심재기 교수 산문선 ❸

한국인의 언어 문자

우리말에 귀를 대면

明文堂

책머리에

어느새 60년이 넘도록 우리말을 배우고 가르쳐 왔다. 이 세상에 태어나서 우리말을 배우고 가르치는 일 이외에 내게 다른 일이 있을 수 없다는 생각으로 살아온 세월이기도 하였다. 열정이 앞서던 젊은 시절에는 어린 중학생들에게 주먹질도 해 가면서 우리말 사랑의 바른길을 강조했었다. 그러다가 언제부터인가 우리 말에 대한 애정을 가벼운 수필 형식으로 발표하여 왔다. 이제 이것들을 묶어 한 자리에 모아 놓고 보니 나의 치졸한 목소리가 부끄러운 뿐이다.

그러나 이 부끄러운 글들은 그런대로 우리말에 대한 나의 숨김없는 애정을 드러내고 있다. 나는 이 글 묶음을 내 어린 시절에 나에게 우리말을 공부하도록 이끌어 주신 국어선생님들께 바치고 싶다. 나의 중 · 고등시절은 1950년대 초반이었다. 아직 6 · 25전쟁의 상처가 아물지 않았고 원색적인 가난이 사그라지지 않던 그 시절, 나의 국어선생님들은 '우리말 사랑' 이라는 일종의 종교적 신념을 제외한다면 다른 것은 보잘 것이 없는 분들이었는지도 모른다. 가난이 흉될 것이 없던 때이니 뒤집어 짓기를 해 입은 양복마저 소매 끝이 나달나달 해어졌었다는 것을 새삼 들출 필요는 없을 것이다. 일본 식민지 시절에 청춘을 살았으니 대체로 국어국문학을 정식으로 배울 기회가 없었다는 것도 들출 필요가 없을 것이다. 또 선생님들의 서가에는 국어국문학에 관련된 책이 별로 없었다는 것도 문제 삼지 말아야 한다. 고작해야 최현배 선생의 〈우리말본〉과 양주동 선생의 〈고가연구〉 같은 책이 몇 권의 소설책과 시집들 사이에 꽂혀 있었던 것 같다. 그러나 몇십 번을 읽었던지 까맣게 손때가 묻은 그 책들의 겉장은 거의 떨어져 나갈 지경이었고 날깃날깃한 책장을 넘기면 두겹 세겹으로 붉은 줄이 그어져 있는 것을 볼 수 있었다. 보통 때에는 어쩌면 바보처럼 보이던 선생님들, 그렇지만 민족문화를 보존하고 계승하는 데 가장 기초가 되는 것은 우리말을 바르게 알고, 바르게 쓰는 것이라고 주장하실 때에는 그 형형한 눈빛에서 불똥이 튀지 않는가 여겨져서 나는 몇 번이고 온몸이 조여오고 가슴이 터질 것 같은 감동을 맛보았었다.

그래서 나는 국어선생이 되었다. 그러나 어린 시절의 스승을 머리에 떠올리며 강단에 섰을 때, 나는 옛 스승들만큼 우리말에 대한 신념과 열정을 지니지 못했음을 깨닫게 되었다. 부끄럽기 그지없었다. 그렇지만 내 앞에 다른 길을 선택할 여지는 없었고, 나는 내 나름대로 떠듬떠듬 우리말이 어떻게 아름다운가를 그려나가지 않을 수 없었다.

여기에 모인 글들은 그러한 내 안간힘의 흔적들이다. 이 책을 읽는 이들이 만일 이 글들을 통하여 조금이나마 우리말의 소중함과 아름다움을 깨닫는 데 도움을 받았다면, 그것은 오로지 그 옛날 나에게 우리말을 가르쳐 주셨던 저 가난한 시절의 스승님들 덕분이라고 믿는다.

2018년 1월 22일

抱川 先山下 遠慕齋에서 지은이 씀

차례

• 우리말에 귀를 대면

• 사람이 되는 길

• 민족과 삶의 자취

• 역사(歷史) 속의 우리말

• 우리말의 뿌리

• 우리말 바로쓰기 12제(題)

• 우리말은 아름답다

• 어원산책(語源散策)

우리말에 귀를 대면

그끄제와 그글피

사용하는 어휘의 많고 적음이 생각의 높낮이에 비례한다는 통속적인 관념을 나는 사랑한다. 셰익스피어가 몇 만의 단어를 자유자재로 구사했는지 단테의 신곡(神曲)에는 몇 만의 단어가 쓰였는지에 대해서 정확한 지식을 갖고 있지는 않지만 그들이 평범한 작가들보다는 엄청나게 많은 어휘를 구사하였으리라는 사실을 나는 믿는다. 어휘가 많으면 많을수록 복잡한 대상을 보다 정확하게 나타낼 수 있음은 틀림없는 사실이다.

이름에 대해서도 나는 묘한 편견(偏見)을 가지고 있다. 1930년대의 천재 시인 이상(李箱)은 그 이름이 이상하게 들려서 시도 '이상' 한 시를 쓰게 되었고, 19세기 영국의 시인

워즈워드(Wordsworth)는 그 이름처럼 단어의 가치를 증명하기 위해서 훌륭한 시를 남긴 것이라고 나는 믿는다.

이런 생각을 하다가 나는 문득 날짜를 꼽는 단어가 우리말에는 얼마나 다채롭게 발달했는지를 깨닫는다. '오늘' 을 중심으로 하고 과거로 거슬러 올라가면 '어제, 그제, 그끄제' 가 있고, 미래로 내려가면 '내일, 모레, 글피, 그글피' 가 있다. 지나간 날은 사흘까지, 다가올 날은 나흘까지가 각기 독자적인 이름을 가지고 있다. 이 세상에서 허다한 문화국가들의 어떤 말을 들추어 보아도 날짜를 꼽는 단어가 우리 한국말처럼 다채로움을 발견할 수 없었음은 기막히게도 놀라운 사실이었다.

영어만 해도 고작해야 '오늘' 과 '어제' 가 있고 '내일' 이 있을 뿐이 아닌가. 영어를 쓰는 사람들이 이토록 머리가 둔해서 날짜 꼽는 단어가 '예스터데이', '투데이', '투모로우' 정도라는 것은 참으로 알다가도 모를 일이다. 아, 그리고 우리 한국어는 또 얼마나 미래 지향적인가. 과거에 대해서는 사흘까지 기억한다면 미래를 위하여서는 나흘까지 미리 계획하고 생각한다는 그 멀고도 깊은 사려가 한국어 속에는 스며 있지 않은가. 누가 나더러 이 말을 궤변이라고 한 대도 나는 양보할 생각이 없다. 이미 한국어를 운명적인 자세로 사랑하는 나는 한국어의 어휘가 부족하다는 사람들에게 늘 이 날짜 꼽는 얘기를 하면서 한국인과 한국어의 미래를 낙관하여 왔었으니까.

암·수의 대결

우리말 사전을 조용조용히 펼쳐 나가면서 단어가 만들어진 경위를 생각해 보는 때가 있다. 언어가 세계를 그리는 도구라면 한국어는 한국적인 세계를 그리는 도구일 것이다. 어떤 단어에는 단군 할아버지 때로부터 줄기차게 사용되어 왔을 법한 길고 긴 연륜이 보이고, 또 어떤 단어에서는 김포 공항에 갓 도착한 외국 유학생의 모습 같은 것이 보인다.

할머니의 옛날 얘기에 귀 기울이던 고향 집의 겨울밤 같은 단어가 있는가 하면 중공업 단지의 트랙터 구르는 소리 같은 단어도 보인다. 그러나 그 어느 것이건 한국 사람의 표정 아닌 것이 없고 한국 사람의 숨결 아닌 것이 없다. 그중에서도 한자어와 순수한 우리말이 복합되어 있는 단어 가운데서 나는 가장 한국적인 맛을 느낀다.

그중에서도 '암-기'와 '숫-기' 이 두 단어는 나에게 기묘(奇妙)한 상상력을 자극한다. 암수는 세상 만물의 생성자인 음양(陰陽)이나 생명체의 자웅(雌雄)을 모두 포함하는 고유어(固有語)인데, 여기에 '-기'라고 하는 접미사가 붙어 있다.

그것은 아마도 한자의 '기(氣)'에서 유래하였으리라. '객기(客氣)', '농기(弄氣)', '결기(決氣)', '화기(火氣)', '냉기(冷氣)', '화기(和氣)', '취기(醉氣)', '부기(浮氣)', '한기(寒氣)' 등 이루 헤아릴 수 없다. '암'과 '수'에도 '-기(-氣)'를 붙일 수는 있으리라.

그러면 '암기(암끼·앙끼)'는 무엇이고, '숫기(숫끼·숙끼)'는 무엇인가. 흔히 '암-기'는 암상궂고 시기하는 마음을 가리키고, '숫기'는 수줍어하지 않고 쾌활한 기운을 뜻하는 말로 풀이된다. 요컨대 '암기'에는 여성적 특질이요, '숫기'는 남성적 특질이다. 모두가 투쟁적이고 자기 보호적이라는 점에서는 공통되어 있다. 바로 이 점이 세상을 발전시킨 원동력인지도 모르겠다. 한 가지 흠이 있다면 '암기'에는 여성의 긍정적인 측면보다는 부정적 측면이 강조되어 있다는 점이다. 그러나 이 단어는 남존여비 시대의 유물이니 필경 앞으로의 세대에는 '암기' 라는 단어 속에 온화와 자애의 함축 의미가 스며들 날이 올는지 모르겠다.

'운전수'와 '식모'

언제부터인지 우리는 자동차 운전사에게 '기사님' 이란 칭호를 붙이고 있다. 운전수, 운전사, 운전수 아저씨, 운전사 어른 같은 말들이 더 구수하고 다정하고 진지한 표현인 듯싶은데, 그러나 요즈음 운전사를 직접 대면했을 때에 아무도 그들을 '운전' 이란 말을 붙여 부르지 않는다. '안 기사님' , '박 기사' 하는 것이 상례로 되어 있다.

이 '기사' 라는 단어는 대단히 관료적인 냄새가 풍기고 또 기술직에 일반적으로 적용될 수 있어서 미상불 부드럽게 대우한다는 의도가 내포되어 있다. 그러나 부드럽게 표현하겠다는 의도 자체에 이미 운전직에 대한 천시관(賤視觀)이 도사리고 있다는 것도 숨길 수 없는 사실이다.

자고로 단어 자체에는 아무런 정감적 의미가 붙어 있지 않다. 다만 그 단어를 쓰는 사람들의 선입견이 그것을 아름답게 하기도 하고, 추하게도 만들어 버린다. 일찍이 노자는 '식모' 라는 말을 '생의 근원' 이란 뜻으로 사용하였었다.

我獨異於人 而貴食母(내 홀로 남들과는 달리 생의 근원을 소중히 여기네), 그의 《도덕경》 제20장에 있는 끝 구절이다. 그런데 어느 사이 이 한자어가 다른 경로를 거쳐서 우리에게 '부엌데기' 를 가리키는 천박성을 지니게 되었는지 모를 일이다.

한 가족의 영양 문제를 관리하고 있으니 그 집안에서 '생의 근원' 을 이루고 있는 셈이다. 그러나 그것에 이미 경멸감이 스며들고 나니까 우리는 어쩔 수 없이 '가정부' 라는 궁색한 단어로 바꿔치기를 하는 수밖에 없었다.

단어들이 사는 세상에 가면 운전수와 식모들이 둘러앉아 이렇게 한탄을 할 것이다. "단어무상(單語無常)이야, 내 몇 번쯤 윤회(輪廻)를 거듭하면 생주이멸(生住異滅)의 수레바퀴를 벗어나 탈속(脫俗)을 할 것인가?"

눈썹과 손톱

탁마(琢磨)하지 않으면 보석을 얻을 수 없는 것처럼 언어도 닦이고 다듬어지지 않으면 빛을 잃은 보석이다. 보석을 갈고 닦는 데 세월과 기술이 필요하듯 언어를 아름답게 다듬으려면 그만큼 끊임없는 노력과 재능이 있어야 한다.

시인이 원래 그런 것이긴 하지만 未堂은 인식론적 차원의 유현(幽玄)한 개념들을 지극히 소박한 일상용어로부터 곧잘 차용해 왔다. 그의 제 5시집 〈冬天〉에는 일곱 편의 시에서 '눈썹' 이란 단어가 쓰이고 있다.(그는 고집스럽게 '눈섭' 이라고 쓴다.) 〈동천〉에서는 눈썹이 하늘에 옮겨 심어도 자라나는 의식의 나무이고, 〈추석〉에서는 눈썹이 눈도 맞추고 가슴에 꺼리기도 하며 비수 밑에 숨어 살기도 하고 바위를 박아 넣는 공간이 되기도 한다. 〈여행가〉에서는 눈썹으로 절간을 짓고 〈연꽃 위의 방〉에서는 눈썹이 뻐꾸기에 전하는 선물이 된다. 〈내가 또 유랑해 가게 하는 것은〉에서 이 시인은 그 눈썹이 무서워 도망도 치다가 '석류꽃'을 보면서 그것이 춘향의 눈썹 너머에서 피어난 것이 아니냐고 반문도 한다. 한 폭의 동양화(東洋畫) 속에 무심코 빗겨 뻗은 한 줄기 난초 잎새 같은 것으로 연상되는 이 눈썹이 어떻게 이렇듯 심오한 심령 세계의 시간적, 공간적 질서를 가지게 되는 것일까.

그가 '눈썹'처럼 아끼는 단어에 또 '손톱'이란 것이 있다. 이 손톱도 《동천》이란 시집에 다섯 번쯤 나오는데, 그것은 꿈속을 찾아드는 관문이기도 하고 못다 부른 노래, 전생의 추억, 그리고 꿈들이 서리어 사는 세계이기도 하다.

한 시인의 붓 끝을 적절하게만 통과한다면 범상한 단어들도 모두 미당의 눈썹이나 손톱처럼 중량급의 의미를 지닌다. 그래서 우리는 시인을 사랑하고 아끼게 되는 것이지만 다시금 따지고 보면 우리가 참으로 아끼고 사랑하는 것은 시인들이 찾아내어 보석인 듯 갈고 닦은 언어, 그리고 그것으로 하여 우리가 누리는 황홀감이리라.

글

만일 언어의 색상과 향기를 분석해 내는 X광선 같은 것이 있어서 한국어를 투사(投寫)해 본다면 을지문덕 장군의 호령이 검붉은 핏빛으로 내비칠까, 아니면 상사몽(相思夢)에 잠 못 이루던 공민왕의 베갯머리 향내 음이 신선도처럼 피어오를까.

먼저 우리말 가운데 '글'이란 단어를 투사해 보기로 하자. 이 단어는 한자의 경서 시문(經書詩文) 따위에 두루 대응하는 대단히 폭이 넓은 포괄적인 개념임을 알게 된다. 그리고 X광선에 투사된 음영에는 '긋다〔획(劃)〕'와 '그리다〔화(畵)〕' 같은 동사와의 관련성을 흐릿하게 암시하고 있음을 보게 된다.

말하자면 '글'의 어원은 필묵으로 종이나 비단 폭에 금을 그어 무엇인가를 만들어 낸 하나의 조형(造形)임을 보여준다. 그 조형 가운데서 가장 작고 추상적인 단위를 우리가 '글씨'라 부르고, 보다 크고 구체적인 단위를 우리가 '그림'이라 부른다는 사실도 알게 된다. 따라서 '글'과 '그림'은 같은 조상에서 가지를 치고 나온 형제의 단어가 아닌지 의심해 볼 만하다.

'그린다'는 말도 크게 나누어 두 가지 대상에 적용된다. 첫째는 외계 대상, 즉 나무, 돌, 산, 구름 등을 그리는 초보적인 작업이 끝나면 드디어 우리는 보이지 않는 사물들도 그려낸다. 이 두 번째의 그림이 바로 '글'이다. 빛깔도 향기도 없는 글이지만 그런 것이 없기 때문에 더욱 찬란하고 향기로울 수 있다. 마음도 그리고 정도 그린다. 마음과 정이 흘러가는 온갖 대상들을 그린다. 그리다가 미처 다 그리지 못한 것을 '그리움'이란 단어 속에 잠시 머물러 있게 한다. 그리하여 그리움은 우리의 사연이요 또 이상이 되어 우리로 하여금 '글' 밖으로 벗어나지 못하게 한다.

'글'이란 결국 '그리움을 그린 그림'이라고나 할까. 이렇게 우리말을 하나씩 하나씩 X광선에 투사해 나간다면 우리 민족이 모두 그리움으로 뭉쳐 서로 사랑해 마지않는 민족임을 결론하게 될지도….

사람과 넋

'사람' 을 조어론(造語論)의 관점에서 분석하면 '살-〔生〕' 이라는 동사 어간이 쪼개져 나올 법하다. 그리고 사람의 삶의 모습을 '살림살이' 라 부르고, 삶의 형태가 아름다울 때 그를 '좋은 사람' 이라 부른다. '사람①이면 사람②이냐 사람③이어야 사람④이지' 라는 경구도 있다. 여기에서 '사람④' 이야말로 좋은 사람인데 하기는 그것도 주관적인 것이어서 특정한 사람이나 집단이나 사회에 좋은 사람이지 보편적 절대치로서의 좋은 사람은 아마 이 세상에 존재하기 힘든 것 같다.

사람을 두 쪽으로 가르면 하나는 몸이요, 또 하나는 마음인데, 이를 육신과 영혼이라고 한다. 그러면 육신은 몸이니까 마음은 영혼이어야 할 터인데 마음과 영혼은 꼭 맞아떨어지는 같은 뜻의 단어가 아니다. 마음처럼 종잡을 수 없이 넓은 의미의 영역을 가진 것도 드물다. 영혼은 차라리 '넋'이라고 해야 옳다. 넋은 몸이 죽은 뒤에도 살아남아 있는 신비한 어떤 것인데, 마음은 몸과 함께 죽으면 사라지는 인식능력과 같은 것처럼 생각된다. 그러니까 사람의 값은 몸값에 있는 것이 아니라 '넋 값'에 있는 것이라 할 수 있다.

예부터 사람들은 몸을 사고파는 일이 흔히 있어서 미국 역사책에는 노예 시장의 슬픈 곡성이 아직도 여운을 남기고 있으며, 우리나라에도 노비들의 몸이 팔려가고 팔려올 적마다 팔릴 수 없는 넋들이 거접(居接)할 곳이 없어서 산천에 방황하는 일들이 많이 있었다. 그 넋들은 무당이 굿을 베풀어 '넋두리'를 시키면 조금은 원한을 풀기도 하였다. 이 넋들이 사람 몸을 떠나서 얼마나 오래 살 수 있는 것인지는 아무도 모른다. 그 넋은 인연을 맺었던 몸들이 이 세상에서 다 죽어 없어지면 비로소 우주 만상 안에 아무 미련이 없는 순정무구(純情無垢)한 정령으로 신격화하는 것이나 아닌지….

세 개의 낱말

몇 해 전, 미국에서 인기를 끌고 있는 흑인 작가 앨릭스 해일리의 《뿌리》라고 하는 실명 소설에는 노예였던 자기 조상을 추적해 낸 끈질긴 집념과 노력의 이야기가 들어 있다. 2백여 년 전 아프리카 대륙의 어느 이름 모를 땅에서 노예 상인들의 손에 의해 미대륙으로 잡혀와 이리저리 팔려 다닌 흑인들이 어떻게 가문의 승계(承繼)가 유지되었길래 자기의 조상을 찾아낼 수 있었다는 말인가.

이 소설을 읽으면 대를 이어가는 혈연적 전통은 부계가 아니라 모계(母系)쪽이라는 것이 드러나며 또 그렇게 대를 잇게 해 주는 정신적 유대의 매개체는 단지 잘 알 수 없는 '아프리카' 낱말 세 개라는 사실이 밝혀진다. 그 세 개의 낱말이 7대 2백 년에 걸려 구전되어 오지 않았다면 그 작가는 영원히 자기의 조상이 '아프리카' 어느 지역, 어느 종족에 유래하는지를 결코 밝힐 수 없었을 것이다. 비록 와전되어 불확실한 것이지만 이 세 개의 낱말은 2백 년의 공백이 생긴 한 집안의 족보를 완성하게 하였을 뿐만 아니라, 미국 내에 거주하는 수천만 흑인들에게 다시 한번 분명하게 자기 영혼의 특질을 확인하게 하였다.

언어는 이렇듯 병신스런 몇 토막의 말일지라도 인간 존재의 가장 심원한 곳과 연결되어 있다. 그래서 우리가 만일 조상을 추모하고 기리는 정성으로 그들에게 우리를 확인시킬 수 있는 세 개의 낱말을 제시해야 한다면 우리는 무엇을 골라야 할 것인지를 생각하게 되는 것이다. 마찬가지로 우리가 우리의 귀여운 자손들에게 우리들 자신과 동일시(同一視)할 수 있는 우리말 세 마디를 남겨야 한다면 무엇이 알맞은가도 생각하게 되는 것이다.

나는 '뿌리' 이야기를 칠순의 내 어머님께 해 드리고 당신을 특징 지을 수 있는 세 마디 말씀을 청하였다.

"글쎄…. 부숭부숭 뒤뚱뒤뚱 둥글둥글이라고 할까?" 하며 웃으셨다.

“풀이를 좀 해 보시지요.”

“천진했던 초년, 고생살이한 중년, 화락한 노년 아니냐.”

나는 내 어머님의 그 분방한 언어 감각의 상징성에 대해 다시 한번 찬미를 보냈다.

웃음과 울음

사람은 이성의 동물인 동시에 또한 감정의 동물이기도 하다. 그 감정은 예부터 일곱 가지로 나누어 '희노애락애오욕(喜怒哀樂愛惡欲)' 이라 하기도 하였고, '희노우구애증욕(喜怒憂懼愛憎欲)' 이라 하기도 하였다. 일곱 가지일지 일흔 가지일지 알 수 없는 이 미묘한 정서의 움직임은 우리가 사람으로 살아간다는 사실을 만끽할 정도로 우리를 울리기도 하고 웃기기도 한다. '울음' 과 웃음은 인간의 감정을 표출하는 가장 선명한 행동 양식이다. 슬프면 울고 기쁘면 웃는다. 이것은 누구나 이해할 수 있는 초보적인 표현법이다.

그런데 이 두 단어는 놀랍게도 그 어간 모음 '우' 가 공통으로 되어 있다. 여기에는 무슨 기연(奇緣)이 숨겨져 있는 듯싶다. 구강의 가장 깊숙하고 또 높은 자리 후부고모음(後部高母音)에서 울리는 '우' 소리는 감정이 지닌 절박성을 반영하는 데 더없이 좋은 것이나 아닌지 모르겠다. 그러나 더 복잡한 문제는 그다음에 오는 어간말자음(語幹末子音)에 있다.

음성 상징론에 따르면, 'ㄹ' 은 부드럽고 유연하여 봄철 시냇물이 흐르는 소리, 아니면 미풍에 하늘거리는 꽃잎처럼 따사로운 촉감을 유발시키는 것이어서 미상불 슬픔보다는 기쁨과의 관련을 상기시키는 자음이며, 'ㅅ' 은 'ㄷ' 으로 중화되어 발음되거나 'ㅅ' 그대로의 마찰음으로 발음되거나 간에 그 각박하고 군색한 음상이 도저히 기쁨의 표상과는 어울릴 것 같지 않은 자음이다. 그러나 우리 한국인의 감정과 의식의 구조를 조금만 조심스럽게 파헤치면 '울음' 과 '웃음' 이 지니는 'ㄹ' , 'ㅅ' 의 음성 상징론이 제법 맞아떨어진다는 생각에 도달한다. 우리 민족사에서 언제 한번 시원스레 웃으며 살아본 적이 있느냐는 자조적인 생각은 잠시 덮어두기로 하자.

자고로 희로애락 미발지중의 인상을 근엄 장중한 선비의 바람직한 모습으로 손꼽아 왔던 우리 조상들은 기쁠 때에 즉시 웃음을 보이고 슬플 때에 즉시 울음을 터뜨리는 경박한 태도를 나무랐었다. 그리고 기쁨의 극한에서 오히려 울고, 슬픔의 극한에서 오히려 웃는다는 역행적 감정 표출방식을 더욱 진실스러운 것으로 생각하여 왔었다. 그렇다면 '울음' 속에서 기쁨을 찾는 예지를 키우고, '웃음' 속에서 슬픔에 대처하는 슬기를 다듬기 위하여서도 '울음' 과 '웃음' 은 그렇게 엇갈려 맞서는 음상(音相)으로 한국어 속에 뿌리박고 있어야 할 것이 아닌가.

'아재'의 교훈

말은 사상과 감정을 전달하는 도구라고 한다. 이것은 지당한 명제임에 틀림없으나 과연 사상과 감정을 얼마나 정확하게 전달하느냐 하는 문제에 이르러서는 함부로 말할 수 없는 어려움이 있다. 서로 다른 언어 사이에서는 말할 것도 없고 하나의 언어를 사용하는 한국 사람이라고 해도 서로 다른 방언을 가지고 있다면 간단한 의사소통이라도 그렇게 쉬운 일이 아님을 발견한다.

'아재'라는 단어를 두고 생각해 보자. 영동 지방의 방언을 면밀하게 조사한 한 보고서에 따르면, 양양 지방에서는 기혼(旣婚)·미혼(未婚)의 구별 없이 고모나 이모를 가리키는 말이고, 울진 지방에서는 기혼·미혼의 구별 없이 시동생을 가리키거나 숙부 또는 고모부를 가리키는 말이다. 그러나 이 정도에서 간단하게 끝나는 것이 아니다. 그것은 같은 지방에서도 농촌이냐 어촌이냐에 따라 또 달라지고 양양에서 강릉, 삼척, 울진으로 내려오면서도 조금씩 미차(微差)를 드러내고 있다.

말이 나온 김에 아예 조금 더 자세히 소개해 보자. 같은 삼척군인데도 맹방리(孟芳里)에서는 고모나 고모뻘의 여자를 가리키고 거기에서 5리 안팎의 아무 지리적 장애가 없는 남쪽 마을 교가리(交柯里)에서는 어느새 시동생을 가리키는 말이 되고 있다. 5리쯤 남쪽으로 내려오는 동안에 '아재'가 돌연 성전환을 한 셈이다. 이 아재가 다시 껑충 뛰어서 경기도 지방으로 오면 어떤가. 그것은 여자 형제들 사이에서 형부 또는 제부를 가리키는 의미로만 고정시켜 사용하는 지역과 만나게 된다.

이 사실을 통해서 우리는 사물과 어형과 의미 사이의 상관관계를 배운다. 즉 한 언어 안에서도 하나의 사물이 서로 다른 명칭을 가질 수 있으며, 그 반대로 하나의 명칭이 서로 다른 사물에 적용될 수 있음을 배운다. 그러고 보면 우리의 의사소통이라는 것이 얼마나 큰 한계성을 가진 것인가.

여기에서 우리는 언어가 언어 자체를 위하여 존재하는 것이 아니라 우리들의 정신의 일치, 감정의 일치를 위해서 슬기롭게 운용될 것을 우리에게 요구하고 있음을 깨닫는다. 돈이 많다고 함부로 쓸 수 없듯이, 권력이 있다고 마구 휘두를 수 없듯이 우리의 언어도 꼭 알맞은 말을 찾기 위한 끊임없는 노력을 기울일 때에만 비로소 인간이 신(神)에게서 언어를 축복으로 받았다고 감히 말할 수 있을 것이다.

귀화어

고유어는 흔히 순수한 배달민족의 낱말로서 외래의 때가 전혀 묻어 있지 않은 것으로 알고 있다. 그러나 고유어는 언어학적 표현을 벗어나서 손쉽게 말하자면 그 기원이 어디에서 유래하건 한국어로서의 의상을 완전하게 갖춘 어휘라고 해야 합당할 것이다. 말하자면, 외래의 어휘라도 충분히 한국적 의상으로 몸치장을 하였으면 그것은 고유어로 취급하여 마땅한 것이다. 고려 초에 귀화하여 과거 제도를 건의한 쌍기(雙冀)는 중국인이되 그 자손은 한국인이며, 조선조 건국 무렵 이성계의 충직한 부하였던 '퉁두란' 은 여진인이지만 그 자손은 한국인이듯 귀화의 세월이 오래되면 귀화 이전의 조상은 따지지 않는 것과 같다고나 할까.

그러한 귀화 고유어 가운데는 중국과의 누천년(累千年)에 걸친 유서 깊은 문화적 교섭 때문에 한자(엄격하게 말하면 중국어)를 기원으로 하는 상당수의 어휘가 있다. 가령 '배추'는 중국어 '백채(白菜)'가 한국어로 토착화한 것이며, '김치'는 중국어 '침채(沈菜)'가 토착화한 것이다. 보라색을 가리키는 '자주'는 '자디(紫的)'에서 왔고, '얌체'는 '염치'에서 온 것이 분명한데 이 얌체의 의미는 거의 정반대로 바뀌어졌다.

'놋주발', '막걸리 사발', '괜히', '조용히', '악착스레', '잔잔한', '잠잠하다' 등의 낱말을 고등학교 학생들에게 제시하면서 이런 것이 고유어라고 말한다면 그렇게 당연한 소리를 무엇 때문에 하느냐고 오히려 이상스레 여길 것이다. 그러면서 그 단어들이 周鉢(주발), 沙鉢(사발), 空然(공연), 從容(종용), 齷齪(악착), 潺潺(잔잔), 潛潛(잠잠) 같은 한자와의 깊은 관련성이 있다는 것은 상상도 하지 못할 것이다. 그들에게 있어서 이 어휘는 고유어로의 귀화 작업이 끝났기 때문이다.

언어는 문화의 그릇이다. 문화는 어떠한 외래의 것이라도 포용하고 고유문화 속에 환골탈태(換骨奪胎)를 시키는 적극적인 문화이어야 한다. 따라서 한국어도 잡다한 외래의 요소를 융합하여 한국적인 것으로 탈바꿈만 시킨다면 어느 나라 말이건 들어와 쓰인다는 것이 무슨 상관이 있으랴. 국어 순화를 때로 고유어 전용 운동쯤으로 잘못 이해하는 사람이 있는 것을 본다. 국어 순화는 차라리 외래어를 어떻게 보다 한국적인 것으로 귀화시키느냐 하는 운동이라고 생각하여야 할 것이다. 국어 순화는 귀화어의 확대 정리 작업이어야 한다.

'싼 것'과 '비싼 것'

반대 의미를 가진 한 쌍의 단어에 대해 생각해 본 적이 있느냐고 사람들에게 묻고 싶다. 특히 '싼 것'과 '비싼 것'에 대해 생각해 보셨습니까, 하고 말이다.

싸다거나 비싸다거나 하는 것은 물건을 사고팔 때에 생기는 문제이니 우선 사고파는 것에 대하여 생각을 간추려 보자. 오늘날과 같은 화폐 경제 체제에서는 산다는 것은 돈을 주는 것이요, 판다는 것은 돈을 받는 행위를 뜻한다. 이때에 준다는 말은 판다는 말로 표현한다면 돈 팔아 물건 사고 물건 팔아 돈을 산다고 얘기할 수도 있다. 그렇다면 '산다'는 말을 '판다'는 말로 바꾸어 본들 무슨 상관이겠느냐는 엉뚱한 상상을 해 본다. 쌀을 사러 가는 아낙네가 "시장에 쌀 팔러 가요." 하는 허세의 반어법이 진정 그럴듯하다고 수긍(首肯)이 되기도 한다. 따지고 보면 '돈'이란 우리의 정력과 노력을 팔아 얻은 신용 증권이 아닌가. 거래는 이렇게 평등의 원리에 의해 유지되는 냉엄한 천칭(天枰)의 균형화 운동이다. 그런데 어쩐 일인가. 물건값에 '싼 것'이 있고 '비싼 것'이 있다니…

우리는 물건의 값이 싸기도 원치 않고 또한 비싸기도 바라지 않는다. 반드시 정당하게 제값을 지니기를 바랄 뿐이다. 이 염원은 '싸다', '비싸다'에 해당되는 우리의 옛말을 검토해 볼 때 더욱 절실하게 느껴진다.

중세 국어(15세기 말)에서 'ᄊᆞ다'는 오히려 ① 값나가다, ② 비싸다의 뜻이었다. 현대어의 '싸다'는 '디다'로 표현했으며, '비싸다'는 '빋ᄊᆞ다'의 변한 말인데 '빋'은 부채 또는 가격을 뜻했으므로 '빋ᄊᆞ다' 역시 '값나가다'를 뜻하는 말이었다. 적어도 중세 국어에서 'ᄊᆞ다'의 뜻에 저렴(低廉)이 들어 있지는 않았다. 아마도 그것은 근세 국어(17세기 이후)에 와서 '비싸다'가 고가의 의미로 언중에게 굳어지자 거기에서 '비-'라는 것을 접두사처럼 생각하여 빼버리면서 '싸다'라는 어형이 저가(低價)를 나타나게 되었을 것이다.

그러고 보니 싼 것이 비싼 것인가, 비싼 것이 싼 것인가 도무지 알쏭달쏭해진다. 돈 많이 팔고 산 물건의 효용 가치가 돈 적게 팔고 산 물건의 효용 가치보다 상대적으로 적을 경우에 비싼 것은 싼 것이 되어 버린다는 법칙을 우리말은 일찍이 그 의미의 변화에서 보여주었다고나 할까.

'있다'와 '없다'

온 천하 삼라만상(森羅萬象)을 도무지 헛된 것으로 돌려 버리고 생사도 뛰어넘어 유유자적하는 도사(道士)들이 없지 아니한 세상이지만 우리 범용(凡庸)한 사람들은 사물의 '있음'과 '없음' 에 대하여 환희와 비애를 민감하게 교차시킨다.

'있다' 는 것과 '없다' 는 것은 무엇인가. 그 말이 쓰여온 내력을 더듬어 뜻의 풀림을 따라가 보자. 유무상통(有無相通)이라 한다. 여기에서 우리는 조상 전래의 따뜻한 인정을 맛본다. 긴 민족사의 여정 속에서 우리는 참으로 어려운 살림살이를 하여 왔다. 그러나 하나의 물건도 여러 사람들이 돌려쓰는 미풍을 통해 우리 민족은 구수하고 너그러운 표정을 잃지 않았었다.

철수네 절구통은 영희네 것이나 다름없었고, 영희네 맷돌은 돌쇠네 것이나 마찬가지였다. 이 분위기에서 '있다' 는 것과 '없다' 는 것의 의미 차이는 존재하지 않았다. '유무' 라는 단어도 재미있다. 반드시 한글로 쓰여서 소식, 안부, 편지라는 단어를 대신하였었다. 아마 이때에는 의미의 심층에 생명의 존몰(存沒)을 감추고 있을 것이다. 정말 그렇게 생각한다면 '유무' 는 '생사' 를 완곡하게 표현한 동의어가 되는 것이다. 안부 정도를 생사(生死)에 관련시키다니 너무 긴박하다는 인상이 든다. 그래서인지 이 단어는 흐지부지 쓰이지 않게 되었다.

'있다' 의 15세기 어형(語形)은 '이시다' 였고, '시다' 라는 또 다른 어형이 있었다는 것은 이 단어에 대한 빼놓을 수 없는 지식이다. '이시다' 는 단독으로 서술어의 기능을 했고, '시다' 는 주로 다른 동사와 어울려서 쓰이었다. 그 뒤 '잇다' 로 표기해 오다가 현대 정서법에 와서 '있다' 가 되었다. '없다' 는 물론 15세기에 '업-' , '업스-' 의 두 가지로 표기되어 나타났었으나 그 어간(語幹)은 예나 지금이나 '없-' 을 고수하고 있다. 한때 이 두 단어는 국어 품사론에서 말썽이 많던 주목거리였다.

그 특성이 동사나 형용사의 일반적인 성질과는 다소 다른 점이 있기 때문이었다. 품사는 의미의 공통성과 특히 통사적(統辭的) 기능에 의해 언어를 쉽게 설명하려는 방편으로 설정된 것이므로 우리에게 필요한 것은 단어의 품사가 무엇이냐 하는 것보다 그것을 어떻게 정확하게 사용하느냐를 아는 일일 것이다. '있다'와 '없다'는 존재사래도 좋고 형용사래도 좋다. 이들 단어를 쓸 때마다 유무상통하던 부드러운 인정을 우리도 실천할 수만 있다면.

사람이 되는 길

신언서판身言書判 후유증

옛날 중국 당(唐)나라에서는 관리를 선발하는 데 네 가지 기준이 있었다. 첫째는 위풍(威風)이 당당한 체모(體貌)요, 둘째는 변정(辯正)의 언사(言辭)요, 셋째는 준미(遵美)한 해법(楷法)이요, 넷째는 우장(優長) 한 문리(文理)이었으니, 의젓한 몸매, 온전하고 부드러운 말씨, 또박또박 적은 예쁜 해서체의 글씨, 그리고 사리 분명한고 논리정연한 문장을 일컫는 것이었다. 이 네 가지는 다시 몸매와 말씨, 글씨와 판단력이라는 의미의 '신언서판(身言書判)' 이란 말로 축소되어 사람을 평가하는 일반적인 기준으로 널리 쓰이게 되었다. 잘 생기고, 말씨 곱고, 글씨 잘 쓰고, 논리적인 사람이라면 사실 그 외에 더 볼 것이 없을 법하다.

그런데 아는 것이 병이라고 나는 이 '선언서판' 이란 한 마디 말 때문에 지나간 이십여 년 동안 우리 집안에서 꽁지 빠진 공작새 꼴이 되어 체통을 잃은 가장(家長) 노릇을 하였다. 생각할수록 억울하고 분통이 터지는 일이었지만 그 책임이 온전히 나에게 있는 것이었으므로 나는 이 말이 우리 집 식구의 입에서 나오기만 하면 빙그레 웃으며 어디 쥐구멍이 없는가 하고 식구들의 시선을 피한다.

사건의 발단은 이러하다. 우리 부부가 결혼하고 아직 큰 아이가 세상에 나오기 전이었으니 결혼한 지 두 해 안팎쯤 되었을까? 신혼기간이라고 할 수 있었다. 우리 부부는 역시 신혼의 친구 집에 초대되어 갔었다. 대부분 낯익은 친구들이었으나 그 부인들은 신혼 초의 조심성으로 필요 이상 얌전들을 빼고 있었고, 또 얼마간은 자기를 돋보이게 하려는 과시욕(誇示慾)을 나타내고 있었다. 한 친구의 부인은 자꾸 골치가 아프다고 미간(眉間)을 찌푸리며 왼쪽 손으로 이마를 짚는 시늉을 했었는데 그녀의 손가락에는 다른 부인에게는 없는 금강석 반지가 끼워져 있었다. 이런 분위기에서 식사가 시작되고, 우리 남자들은 두어 순배 술잔이 돌아가자 또 그 남자들 특유의 호기(豪氣)를 부리며 말소리가 커지고 있었다. 누구의 입에선지 이런 말이 튀어나왔다.

"그래 맞아. 사람은 모름지기 신언서판이 번듯하고 볼 일이야!" 그러니까 다른 친구가 말을 받았다.

"신언서판이 절대기준이랄 수는 없지. 풍신수길이는 꼭 원숭이처럼 생긴 데다가 무식하기까지 했었다는데 뭘."

그때 누구를 흉보기 위한 얘기였는지는 기억에 없으나 아무튼 사람을 평가하는 기준으로 '신언서판' 이 자꾸 거론되고 있었다. 아내는 내 옆구리를 꾹꾹 찌르더니 "여보 신언서판이 무슨 문제유?" 하는 것이 아닌가? 나는 아내의 다음 말을 들을 생각도 않고, "아니, 당신은 신언서판이 뭔지도 몰라?" 아내를 바라보며 언성을 높였었다. 아내는 얼굴이 빨개지며 입을 다물고 말았다.

그때, 아내가 말하고자 했던 것은 '신언서판' 이 아무래도 외형에 치우친 기준이지 인간의 내면에 감추어져 있는 덕성을 알아보는 데는 미흡하다는 말을 꺼내려는 것이었다고 했다. 그러나 나는 경망하게도 아내가 '신언서판' 이란 낱말의 뜻을 묻는 줄 알고 언성을 높여 핀잔을 준 것이었다. 그러지 않아도 금강석 반지가 풍기는 속기(俗氣)어린 분위기 때문에 실망을 하고 있는 차에 나의 아내는 내 경망한 핀잔으로 하여 완전히 까무러칠 것 같은 좌절감을 맛보았다고 했다.

그 후 아내의 복수가 얼마나 끈질기게 전개되었던가!

내가 어쩌다 식구의 말을 잘못 알아듣거나 남의 언행을 비판하려 할 때에는 이제 열여섯 살의 막내딸까지 나에게 이렇게 오금을 박는다.

“아빠! 신언서판 기억하세요?”

나에게 있어 신언서판은 사람을 평가하는 기준이 아니라 나의 경망한 말버릇을 꾸짖는 금강역사의 눈망울이다.

귀를 기울인다는 것

안톤 체홉의 단편소설 '비탄(悲嘆)'은 남의 이야기를 올바로 듣기가 얼마나 어려운가를 일깨워주는 소설이기도 하다.

가난한 마부(馬夫)이오나 포타포브는 며칠 전 아들이 죽었다. 천지가 무너져 내리는 슬픔을 누구에겐가 말하고 싶은 이오나는 마차를 타는 손님들에게 눈치를 보아가며 얘기를 건다. "며칠 전에 제 아들놈이 죽었답니다." 첫 번째 손님은 "허, 무슨 병으로 죽었노?" 하고 말대답은 했지만 즉시 마차를 잘 못 몬다고 야단을 친다. 두 번째 손님은 "사람이란 모두 죽는 법입니다." 하고 제법 초연한 반응을 보인다. 모두들 건성으로 들어 넘길 뿐, 이오나의 슬픔을 함께 나누지 않는다. 숙소로 돌아온 이오나는 젊은 동료에게 얘기를 붙여

보지만 그는 두 마디도 듣지 않고 잠에 곯아떨어진다. 이 불쌍한 이오나가 드디어 이야기 상대를 생각해 찾아간 곳은 그의 말〔馬〕이 건초를 씹고 있는 마구간이었다.

"아무렴 내가 이제 마부 노릇하기는 너무 늙었지? 내 아들놈이라면 얼마나 잘 할까? 틀림없는 일등 마부인데, 살아 있기만 하다면 말이야." 우적우적 건초를 씹는 말 앞에서 이오나는 비로소 아들 이야기를 마음 놓고 꺼내는 것이었다.

지난 연초(年初), 어느 모임에서 나는 오랜만에 동창 ㅈ군을 만났다. 한 직장에 다닌다고는 하여도 워낙 기구가 크고 전공하는 분야가 다르고 보니 그런 모임 같은 경우가 아니면 자주 만나기가 어려운 처지였다. 하지만 우리들은 학창 시절 꽤 가까이 지냈었고 그러한 느낌만은 서로 변함이 없는 사이이다. 우리들은 공통점도 많았다. 대학시절 고학을 한 것, 비슷한 시기에 연애를 시작한 것, 아내들끼리도 서로 친구 사이인 것, 또 종교가 같은 것 등. 그런데 마침 그 무렵 우리나라 여류소설가의 한 분이시던 ㅅ여사가 작고한 지 얼마 지나지 않았었다. 그 ㅅ여사는 ㅈ군의 처삼촌 댁이 되는 분이었으므로 나는 당연히 ㅈ군에게 그 아내의 작은어머님에 대한 조문(弔問)인사부터 했었다. 그렇지만 '처삼촌 무덤에 벌초하기' 라는 우리나라 속담도 있지 않은가? 나는 그저 의례적인 인사에 그치고 즉시 잡다한 세속사의 이야기로 화제를 바꾸며 시간을 보냈다. 서로 집안 안부도 물었고, 아이들 교육문제도 얘기하였다. 평소에 다변이던 그 친구는 그날따라 말수가 적었지만 나는 특별히 이상하다고 생각지도 않고 헤어졌었다. 집에 돌아와 나는 아내에게 ㅈ군의 얘기를 전했다.

"여보, ㅈ군의 큰아들이 대학입시공부에 너무 열중하다가 그만 졸도하기까지 했었대."

"네? ㅈ교수가 뭐라고 말씀하십디까?"

"'우리 집 큰놈이 입시공부하다 쓰러졌어' 그러던데?"

"그렇게만 말하고 말았어요?"

아내의 표정이 하도 이상해서 나는 ㅈ군이 그 말을 하던 때를 가만히 돌이켜 보았다. 무언가 다음 말을 할 것 같았는데 그만 내가 "이 사람아, 공부를 적당히 시켜야지. 하긴 부전자전(父傳子傳)일 터이니 할 수 없지 뭐." 이렇게 농담으로 받아넘기니까 입을 다물어 버리던 것이 생각났다. 그러나 그것이 이제 와서 무슨 소용이란 말인가!

나는 아내의 다음 말을 들으면서 내 얼굴에 연신 모닥불을 붓고 있었다.

“너무 참담한 소식이라 당신에게 얘기할 기회를 찾던 중이었어요. 그 아들이 죽었단 말예요.”

가까운 친구조차 ‘비탄(悲嘆)’ 속의 이오나를 만들면서 무슨 염치로 남들에게 화법(話法)의 예절을 가르치겠는가! 부끄러워 견딜 수가 없다. 그날 이후 반년이 지난 지금까지 나는 ㅈ군에게 사죄할 말을 찾아내지 못하고 있다.

하늘보다 높은 사람

〈여자가 출가하면 지아비가 어버이를 대신하게 되니 전생의 연분이요, 금세에 부부 됨이라. 지아비를 하늘에 견주는 까닭은 그 뜻이 가볍지 않기 때문이니 지아비는 굳셈으로, 지어미는 부드러움으로 서로 아끼고 사랑하느니라. 집안에서도 서로 대접하되 공경하고 소중히 여겨 마치 손님 대하듯 할지니라. 지아비가 무슨 말을 하거든 귀 기울여 자세히 듣고, 지아비가 좋지 않은 일을 하거든 공손하게 권간(勸諫)하여 화(禍)를 입지 않도록 할 것이니라. 지아비가 외출하거든 모름지기 어디에서 무엇을 하는지 마음에 새길 것이며, 황혼이 되어도 돌아오지 아니하거든 조심스런 마음으로 등잔불을 돋우며 저녁밥을 따뜻하게 해놓고 문 두드리기를 기다릴 것이니 지어미로서 먼저 편안히 잠자리에 드는 버릇을 가질 수 없느니라. 지아비가 만일 병들어 앓거든 밤을 새우며 수고하여 백방으로 좋은 약을 구하여 정성껏 치료하여 건강을 회복하도록 힘쓸지니라. 만일 지아비가 성내어 큰 소리를 치거든 결코 마주 꾸짖어 대들지 말고 몸을 사려 참으며 진정하였다가 목소리를 낮추어 마음을 편케 할지니라.〉

18세기 초, 영조(英祖)대왕 시절에 우리말로 번역된 〈여사서(女四書)〉라는 책에서 뽑은 일절이다. 세월이 흐르고, 사회구조가 바뀌어 남편 섬기는 일이 옛날과 사뭇 달라진 오늘날, 옛날식의 부부관계를 무조건 강요한다는 것은 정말 시대에 뒤떨어진 잠꼬대가 될지도 모른다. 그러나 세상이 천만 번 바뀌어도 부부관계에서 반드시 생각해야 할 사항은 어떠한 경우에도 상대방의 인격을 존중해야 한다는 것, 그리고 가까운 사이일수록 마음의 상처를 입기가 쉬우므로 평범한 언행도 예절에 맞추어야 한다는 사실이다.

어린 시절, 나는 부모님들이 언성을 높여 싸우는 것을 본 적이 없다. 두 분 사이의 말씨는 언제나 정중하고 공손하였다. 전화가 없던 시절이라 외출하셨다가 혹시 긴급한 일이 생겨 집으로 돌아오는 시간이 늦어질 경우, 아버지는 인편을 통하여서라도 귀가시간이 늦는다는 것을 반드시 알려오셨다. 그러나 보통은 집을 나가실 때 다음과 같은 말씀을 나누시는 것이었다.

"여보, 오늘은 좀 늦으리다. 나 기다리지 말고 애들이랑 저녁식사 하시구려."

"예, 알겠어요. 과음하시지 않도록 하십시오."

아버지가 의관(衣冠)을 갖추어 문 밖으로 나서시면 어머니는 반드시 우리를 불러 "애들아, 아버지 나가신다." 이렇게 말씀하시며 대문을 열고 한 옆으로 비켜서셨고, 우리들은 쪼르르 마당으로 뛰어나와 "아버지, 편안히 다녀오십시오." 이렇게 합창을 하며 아버지의 뒷모습을 향하여 꾸벅 절을 하는 것이었다.

지금 생각해 보면, 나의 부모님들은 지나치다 싶을 정도로 서로 간의 행동과 말씨가 온공(溫恭)하고 예절 바르셨다는 느낌이지만 그렇다고 하나도 부자연스러운 점이 없었을 뿐 아니라 오히려 은근하고도 훈훈한 분위기가 감돌았던 것으로 기억된다.

엊그제 나를 찾아온 내 아우는 나를 보자 불쑥 이런 말을 던졌다.

"형님, 남권신장(男權伸張) 운동이라도 펼쳐야겠어요."

"왜? 집에 무슨 일이 있었니?" 놀라 묻는 나에게 아우는 대답했다.

"저의 집 얘기가 아니고요, 제 친구에 동갑내기 부부가 있는데 그 친구 부인을 만나면 언제나 마음이 상해요. 자기 남편을 가리켜 꼭 '그 애가, 저애가' 하거든요."

"오라, 그 법률 공부한 여인 말이구먼…."

나는 이렇게 응수하면서 지아비 부(夫)자가 하늘 천(天)자 꼭대기에 점이 덧붙었다고 "남편은 하늘보다 높은 사람이니라." 농담 반, 진담 반의 우스개 말씀을 하시던 옛날 친정어머니들이 생각났다.

압존壓尊의 원리

며칠 전에 어느 가정주부로부터 다음과 같은 편지 한 통을 받았다.

〈저는 30세의 가정주부입니다. 집안이 번족한 편이어서 위로는 시부모님 내외분, 시숙어른, 시고모님이 계시고, 또 시아주버님과 도련님, 아기씨도 계십니다. 저의 남편은 34세의 회사원입니다. 아이는 여섯 살짜리 딸과 네 살짜리 아들 그렇게 둘입니다. 자그마한 아파트에 우리 식구 네 명이 살림을 나와 살고 있는데, 집안 어른들이 자주 찾아주시는 편입니다. 그래서 저는 남편이 없을 때에 시댁 어른을 모시고 말씀을 나누는 경우가 많습니다. 그때마다 어른 앞에서 남편을 가리켜 말할 때, 그만 입버릇이 되어 시어머님께 '아빠가 오늘 늦으신다고 했어요.' 하는 실수를 해서 시어머님으로부터 꾸중을 들은 적도 있습니다. 그래서 저는 바른말 쓰기에 남다른 조심성을 갖고 있는 편입니다. 그런데 최근에 문제가 생겼습니다. 남편이 다니는 회사에 사장 아드님이 외국 유학에서 돌아와 새로 전무(專務)자리에 앉았는데 그분은 남편의 고등학교 삼 년 후배라는 것입니다. 그 전무님이 저희 집으로 'ㄴ과장님 계세요?' 하고 전화를 거는 일이 있는데, 이럴 경우 저는 남편을 높여 말해야 할지 낮춰 말해야 할지 잘 몰라 우물쭈물 쩔쩔맵니다. …〉

나는 이 편지를 받고 무척 유쾌한 기분이었다. 전통적인 예절에 밝은 젊은 부인이 이분 말고도 많이 있으리라는 생각이 들기 때문이었다. 전통문화의 계승이라는 것이 이렇게도 줄기차고도 끈질긴 것이라면 요즈음 젊은 사람들이 바른 말씨를 익히지 못했다고 지레 근심을 하는 것도 우스운 일이 아닌가 싶었다.

신분(身分)제도가 엄격하고 서열(序列)이 분명하던 옛날에는 윗사람에 대한 공대(恭待)의 표현이 그 서열에 따라 질서정연하게 결정되었다. 그중에 기본이 되는 원리가 이른바 압존법(壓尊法)인데, 이것은 어른에 대한 공대가 그보다 더 높은 어른 앞에서는 줄어드는 표현방법이다. 화투놀이에서 높은 끗수가 낮은 끗수를 누르고 이기는 것과 같은 원리라고나 할까? 그래서 할아버지에게 아버지를 가리켜 말할 때에는 '애비가 할아버님께 말씀 여쭙지 못하고 나갔노라고 할아버님 들어오시면 말씀 여쭈라 하였습니다.' 같은 표현을 하게 된다.

그러나 이와 같은 신분과 서열을 중시하는 압존의 원리가 복잡한 현대사회에 투영되면서 미묘한 갈등을 낳게 되었다. 나이 어린 직장의 상사에게 남편을 높일 것인가 낮출 것인가 하는 문제가 바로 그것이다. 이때에 우리는 현대사회의 본질이 평등에 기반을 둔 민주사회라는 대전제에서 문제를 풀어가야 할 것이다. 사회적 직위는 그것이 아무리 높은 것이라 할지라도 옛날 신분사회를 반영하는 것이 아니다. 따라서 남편의 후배가 되는 직장의 상사에게 남편은 여전히 선배로서의 권위를 누려야 마땅하다. 그러나 만일 학교의 선후배라는 과거의 인연이 없는 사이이고, 분명히 공적(公的)인 용무로 남편을 찾는 전화임이 분명하다면 상대방을 존중하는 뜻에서 남편을 낮추어 말해서 나쁠 것도 없다.

한국어의 어려움은 무엇보다도 이와 같은 존대 표현의 미묘함에 있다. 이것은 한국어의 드높은 향기요, 아름다움이기도 하다. 한두 마디의 존대 표현으로 상대방의 마음을 흔들 수 있는 힘의 언어가 이 세상에 한국어 말고 또 있는 줄 아는가? 향기 드높고 아름다운 장미에 가시가 많다는 것을 생각하며 존대의 표현을 익힐 일이다.

입술이 더러운 사람들

옛날에는 날씨가 오래 가물면 고을마다 성안에 있는 다리 밑에서 기우제(祈雨祭)를 지냈다. 도마뱀을 잡아다가 거의 말라붙은 냇물 속에 그것을 넣으며, 비를 내리게 해달라는 뜻의 축문(祝文)을 관원(官員)이 외우도록 되어 있었다. 그 축문에 이런 구절이 나온다.

〈석척석척 흥운조우(淅蜴淅蜴 興雲造雨)〉 한문이 아니면 축문이 통하지 않던 시절이라 "도마뱀아! 도마뱀아! 구름을 몰아다가 비 좀 내리게 해다오."라는 말을 그렇게 한문으로 표현한 것이었는데, 고을의 벼슬아치가 양반 체면에 다리 밑으로 내려가기가 싫으니까 흔히 아랫사람들을 시켜서 그 축문을 읽게 하였다. 그랬더니 언제부터인지 "석척석척 흥운조우"라는 구절이 "철썩철썩 흐물흐물"이란 야릇한 소리로 바뀌어 버렸다고 한다. 한자를 잘 모르는 하예배(下隸輩)들이 한자의 음을 제대로 외우지 못하고 다른 사람에게 일러주는 과정에서 이처럼 요상한 말이 만들어진 것이다.

우리 속담에 "초승달은 잰 며느리가 본다."는 말이 있다. 초승달은 초저녁에나 잠깐 나왔다 지는 것이므로 행동이 민활한 며느리라야 구경할 수 있다는 데에서 생긴 말로 알려져 있다. 그러나 원래는 "초승달은 잿머리에 가야 본다."는 말이었다. 초승달은 초저녁에 야트막한 산언덕에 잠시 떠올랐다가 사라지므로, 마을에서도 좀 높직한 산마루(잿머리)에 올라가야나 볼 수 있으니, 귀한 사물은 그만큼 노력을 해야 얻을 수 있다는 교훈을 담고 있었던 말이다.

"최생원(崔生員)의 신주(神主) 마르듯"이란 속담도 비슷한 사정으로 와전(訛傳)된 것이다. 어쩐 일인지 최씨 성을 가진 사람이 인색하다는 말이 있더니, 최생원이 제사도 잘 지내지 않으므로 사당에 모신 조상의 신주가 배가 고파 메말라 버렸다는 뜻으로 풀이하고 있다. 그러나 이 속담도 원래는 "초상(初喪) 안에 신주 마르듯"이었다. 초상 중에는 제사를 지내지 않으므로 죽은 혼령이 흠향(歆饗)할 것이 없어 굶주

린다는 무척 해학적인 속담이었는데 그만 최 씨들을 꼬집는 험담이 되고 말았다.

말이란 이처럼 다리를 건너 옮겨갈 적마다 요상스럽게 변모가 되는데 대개는 악의에 찬 험담으로 바뀐다. 인간의 심성 속에 숨겨져 있는 못된 심술이 발동하기 때문이다.

세익스피어의 비극 "오델로"에서 비극의 오델로는 간신(奸臣) 이아고의 말을 곧이듣고 자기의 정숙한 아내 데스디모나를 죽인다. 자기 아내의 행실을 의심하는 것부터가 못난 남편으로서의 첫걸음을 내디딘 것이려니와, 아내를 죽음으로 몰아넣을 만큼 사랑하였다면 아내로부터 변명이 되건 해명이 되건 직접 진지하게 이야기를 듣고, 그리고 믿어주는 마음의 여유는 왜 가지지 못하였던 것일까? 부부 사이에 마음을 터놓고 대화를 나누지 못하는 처지라면 그런 사람들의 사회생활이 결코 원만하다고는 할 수 없을 것이다.

인간사의 그 많은 비극이 이처럼 제삼자(第三者)의 말에서 비롯되는 것임을 깨달은 우리 선조들은 그래서 여성의 못된 행실을 손꼽는 칠거지악(七去之惡)에 "구설(口舌)" 이라는 조항을 집어넣었던 것이었다. 어찌 "입놀림" 이 여성들에게만 국한된 문제이랴만, 남의 말 옮겨대기에 열이 오르는 계모임 같은 곳에서 슬며시 자리를 뜨는 여인, 당사자의 말이 아니면 들으려 하지도 않는 여인이야말로 슬기 있는 여인, 바람직한 여인이 아닐 것인가!

일찍이 이사야 선지자는 하느님을 뵈옵고 그 말씀을 받아 옮기기 전에, 자신을 돌아보고 이렇게 고백하였다.

"큰일이옵니다. 저는 아무 말도 할 수 없습니다. 저는 입술이 더러운 사람, 또한 입술이 더러운 사람들 틈에 끼어 살았나이다." (이사야 6 : 5)

옛날 딸의 글, 오늘의 아버지 글

잘못 쓴 글을 이해하는 것이 암호해독(暗號解讀) 같던 옛날 우스개 이야기.

강 건넛마을로 시집 간 딸아이가 친정으로 편지를 보냈더니라. 친정어머니가 겉봉을 뜯어보니 가로대,

〈바두구지가 버거니 미메 하자 주소다〉

도무지 무슨 소린지 알 수가 없더니라. 글이라 하면 한문을 일컫는 것이요, 언문(諺文)은 글 축에도 끼지 못했건만, 농군의 딸로 언문 편지나마 보낼 수 있었다는 것이 대견하기는 했으나, 모녀의 언문 실력이 피차 그런 처지라 읽어낼 재간이 없음이더라. 할 수 없이 영감에게 보이매, 한참 들여다보던 영감이 마누라에게 이르니라.

"집에 내 두루마기 짓는다고 두었던 광목 있지 않소. 그거 한 반 필쯤 끊어 보내주구려."

"아니, 그걸 달라고 했습니까? 그럼 영감 두루마기는 어떻게 하구요?"

"그 애가 버선이 다 해어졌는데 볼댈 천이 없는 모양이오. 두루마기는 차차 짓지 뭘…."

이때, 딸이 쓴 작대기 글에 아버지가 풀이한 요령은 알맞은 받침을 붙여가며 읽는 것이었으니,

〈발뒤꿈치가 벌거니 미멩(무명) 한자 주사이다.〉 군색한 문장 실력만큼이나 가난하던 시절의 가슴 메어지는 인정의 이야기 아닌가.

그런데 요즈음은 세월이 좋아져서 누구에게나 한글 편지나 안내문쯤 그야말로 누워 떡 먹기다. 이렇게 세상이 바뀌니까 이번에는 무식해서가 아니라 유식함을 자랑하고 싶어 글쓰기를 잘못하는 사례가 생기게 되었다. 암호 해독까지는 아니더라도 누구나 알아들을 수 있는 쉽고 부드러운 표현이 아닌 것만은 분명한 글이 가끔 눈에 뜨인다.

1. 승강구의 문은 자동으로 개폐됩니다.

2. 주행 중 승강구 답판 위나 문에 기대 서지 맙시다.
3. 승하차 시에는 뛰어내리거나 타지 맙시다.

서울 시내를 남북으로 운행하는 어느 버스 안에서 내가 이 안내문을 처음 보았을 때, 나는 갑자기 웃음이 나오는 것을 억지로 참아야 했었다. 왜냐하면 아주 재미있는, 그러니까 그 안내문을 작성한 회사 중역이 자기 막내딸의 질문 공세에 쩔쩔매는 장면이 머릿속에 그려졌기 때문이었다.

"아빠, 버스 안내문은 글을 읽을 수 있는 초등학교 어린이라도 읽고 알아들어야 하지요?"

"그야 물론이지."

"그럼 아빠, '개폐' 니, '답판' 이니 하는 것은 나도 잘 모르겠는데, 저 안내문은 좋은 글이 아니군요?"

이쯤 됐으면 그 유식한 아빠는 재빨리 '아차, 그렇구나. 그럼 우리 그 글을 고쳐볼까?' 하고 어린 딸의 의견에 귀를 기울여야 당연할 터인데 사건은 다른 쪽으로 흘러서 '이놈아, 그것도 모르면 어떻게 해.' 하면서 어린 딸의 머리통에 알밤 한 대를 선사하는 것이나 아닐까?

사람의 의식은 참으로 묘한 것이어서 두 번째 내가 그 버스를 탔을 때는, 뾰루퉁 화가 난 그 중역의 따님이 새로 고친 안내문을 아빠의 책상 위에 탁 던지듯 놓는 장면이 내 뇌리에 떠오르는 것이었다. 다음은 새로 고친 글-.

1. 타는 문과 내리는 문은 자동으로 열리고 닫힙니다.
2. 차가 달릴 때, 문에 기대거나 디딤판 위에 서 있지 맙시다.
3. 타고 내릴 때에는 서두르지 말고 여유 있게 행동합시다.

나는 그 후로도 여러 번 이 버스를 탔지만 나의 의식세계에서는 아직도 세 번째 타기를 보류하고 있다. 새로 고친 안내문이 보이지 않기 때문에.

말이 된다는 것은

연암(燕岩) 박지원(朴趾源)은 능양시집서(菱洋詩集序)라는 글에서 사물을 인식하는 데 있어 세상 사람들이 얼마나 답답한 고정관념에 빠져 있는가를 다음과 같이 개탄한다.

〈본 것이 적은 자는 백로를 들어서 까마귀를 비웃고, 오리를 들어서 학을 위태롭게 여기고 있다. 그 물건 자체는 아무렇지도 않건만 혼자서 걱정이 많으며, 하나만 자기의 소견에 어긋나도 만물을 부정하려고 든다. 아, 저 까마귀를 보건대 그 날개보다 더 검은 빛도 없는 것은 사실이지만, 언뜻 비치면 옮은 황색도 되고, 햇빛에서는 자줏빛으로 번쩍이다가 눈이 아물거리면 비취색으로 변한다. 그러므로 푸른 까마귀라 일컬어도 좋고, 붉은 까마귀라 일컬어도 좋을 것이다. 그 물건에는 일정한 빛깔이 없는 것이어늘, 내가 먼저 일정하게 만들어 버리고 만다. 아! 까마귀 하나를 검은빛에다 봉쇄해 버리고도 오히려 부족한 모양이다. 이제는 천하의 모든 빛깔을 까마귀 하나에다 봉쇄시켜 버리려고 하는 것이다.〉

고정관념에 묶여서 세상 사물을 융통성 있게 관찰하고 이해하려고 하지 않는 사람들에게 있어서, 연암의 이러한 지적이 새로운 눈을 뜨게 하는 뇌성벽력이 될 수 있다. 그러나 일상 언어의 세계에서는 이러한 문학적 상상력을 함부로 쓸 수는 없다.

얼마 전 일이다. 음식점에서 점심을 먹다가 무심코 눈을 들어 벽을 보니, 아주 단정한 해서체(楷書體)로 적힌 족자가 걸려 있는데, 거기에는 다음 여덟 글자가 들어 있었다.

〈精神一倒 何事不成(정신일도 하사불성)〉

나는 깜짝 놀랐다. 흔히 '정신을 외곬으로 집중하면 무슨 일인들 이루지 못할까 보냐.' 라는 뜻으로 쓰이는 말로서, 집중한다는 의미의 글자에 '이를 도(到)' 를 쓰는 것이 상식이었기 때문이다. 그러다가 가만히 생각해보니 '거꾸러질 도(倒)' 를 사용해서 뜻이 안 되는 것도 아니라는 생각을 하게 되었다. "정신이 한 번 거꾸러져 미칠 지경에 이른다면 성공하지 못할 일이 어디 있으랴." 이렇게 풀이할 수도 있는 것이다. 그러나 그런, 얼만간의 문자유희(文字遊戲)와 시적 상상력을 허용하면서 우스개로 보아 넘긴다면 모르거니와, 미상불 점잖은 표현이 아닌 것만은 분명하였다. 그래서 나는 주인에게 말을 걸었다.

"주인어른 저 족자에 글자 하나가 잘못되었다는 거 아시지요?"

"그러믄요, 하지만 말이 될 뿐만 아니라 더 멋있지 않습니까?"

"물론이지요, 말이 된다고 할 수 있지요, 허나 그것은 어디까지나 재치놀음이요, 웃음거리 아닙니까?"

이렇게 대답하면서 나는 연암의 붉은 까마귀, 푸른 까마귀를 생각하였다. 연암이 붉고, 푸른 까마귀를 거론한 것은 문학적 창작에서 새로운 안목의 계발을 역설한 것이지 검은 까마귀조차 없애 버리려고 했던 것은 결코 아니었다. 그런데 근자에 이르러서는 말이 된다고 하여 검은 까마귀를 부정하면서 붉은 까마귀를 만들어 내려고 한다.

고속버스 안내양들의 관광지 소개하는 말을 들을 때에도 붉은 까마귀식 말투가 튀어나온다.

"왼쪽으로 보이는 것이 망향의 동산이 되겠습니다."

"이것 봐! 안내양, '망향의 동산입니다' 그래야지, '동산이 되겠다' 니?"

"왜요? 말이 안 되나요?"

"허허, 그런가? 말이 된다는 것은…"

그러나 나의 훈계조 가르침은 결국 말문이 막히고 만다.

말을 잘한다는 것은

방학철이 되면 제법 활기를 띠는 영업장소가 있다. 아파트 단지 안에 자리 잡은 슈퍼마켓 이층 같은 곳이면 더욱 좋은 명당자리일 것이다. 이렇게 말하면 많은 사람들은 대뜸 초등학교 어린이들을 상대로 하는 만홧가게 같은 것을 연상할지도 모른다. 그러나 그런 곳이 아니다. 이곳은 부모의 허락 없이 드나드는 곳이 아니라, 부모의 권유로 찾아가는 곳, 그러니까 부모님의 꿈이 서려 있는 곳이다. 이름하여 웅변학원.

내가 사는 동네 어귀에는 이층집 한쪽 구석에 주산, 속셈, 붓글씨 학원과 웅변학원이 나란히 붙어 있다. 며칠 전부터 초등학교 2, 3학년짜리 어린 소년의 목소리가 골목 안을 쨍

쨍하게 울리고 있다.

"소년 여러분! 우리나라의 미래를 두 어깨에 걸머진 대한민국의 아드님 따님 여러분!"

한 번은 40대 남자의 변사조 음성이고, 또 한 번은 그 말을 받아 반복하는 어린 소년의 째지는 듯한 목소리이다.

그 소년의 어머니는 자기 아들이 수줍고 소심하여 남 앞에서 묻는 말조차 제대로 대답하지 못하는 것이 안타까웠으리라. 그래서 뭇사람 앞에서 당당하게 말하는 씩씩한 아들을 만들고 싶었으리라.

우리는 지난 13대 대통령 선거전을 보면서 우리나라의 말하기 교육이 얼마나 부실(不實)한가를 뼈저리게 깨달아야 했었다. 이미 다 아는 낡은 이야기이지만 말하기의 바른 모습은 첫째 음성이요, 둘째 내용이다.

음성에는 한 나라 안에서 모범이 되는 표준 발음을 지켜야 한다는 것과 가장 자연스런 억양과 어조를 지켜야 한다는 것을 포함한다. 어떤 대통령 후보는 이중모음을 발음하지 못하여 "이대한(위대한) 강주(광주)시민 여러분! 우리의 승리는 학실(확실)합니다."라고 말하여 "확실한 후보"라는 별명을 얻은 바 있다. 제 나라말조차 정확하게 발음하지 못한다는 점에서 우리는 그분의 연설을 들을 때마다 안타까운 마음을 금할 수 없었다.

내용은 물론 말하고자 하는 바의 진실성과 논리성인데, 이것은 반드시 말하는 이의 자세와 인품을 반영하게 되어 있다. 어느 대통령 후보는 "내가 대통령이 되면" 이란 표현을 거침없이 사용하였다. 이것은 "여러분이 저를 대통령으로 뽑아 주신다면" 과는 엄청난 거리가 있는 것이다. 비록 거짓말이라도 좋으니 겸허(謙虛)함이 드러나는 표현을 할 수는 없는 것일까 하는 심정이었다.

이러한 한탄과 조바심은 결국 우리나라 국어교육에서 말하기 교육이 제대로 이루어지지 않고 있다는 것을 일깨우는 것이었다.

젊은 엄마들이 아들의 숫기를 키우고, 또 그 아들이 당당한 언변을 구사하기를 꿈꾸면서 웅변학원을 보낼 때, 정확한 표준 발음도 익히기를 바라는 것일까? 그리고 무엇보다도 평상시의 자연스런 억양과 어조가 변조된 억양과 어조보다는 훨씬 더 친밀감을 주고 설득력이 높다는 것을 알기나 하는 것일까?

오늘도 우리 동네 이층집 웅변학원에서는 그 이상한 변사조의 목소리와 그 목소리를 흉내 내는 새된 어린 소년의 목소리가 엇바뀌며 골목 밖으로 울려 퍼지고 있다.

"소년 여러분! 우리나라의 미래를 두 어깨에 걸머진 대한민국의 아드님 따님 여러분!"

시詩를 읽을 때

우리말의 바른 쓰임새를 가르친다는 일과 아름다운 우리 시(詩)를 가르친다는 일은 똑같은 것이어야 하는데 때로는 그것이 서로 어긋난다. 시의 가치와 문학성을 온전하게 유지하려면 철저하게 원문대로 외고 감상하여야 한다. 그런데 거기에는 사투리도 있고, 잘못 쓰인 말씨도 있고, 맞춤법도 가끔 잘못 적혀 있다. 그러니까 바람직한 언어문자 생활의 모범이라기엔 부족할 수도 있다. 그러나 아름다운 한 편의 시가 잘못 쓴 몇 개의 낱말 때문에 바람직한 언어문자 생활에서 벗어났다고 한다면 이것 또한 어폐가 있는 말이 아닐 수 없다.

완벽한 언어문자 생활이란 것은 우리들의 의식 속에서만

꽃 피는 한갓 환상인가? 이렇게 생각하면서 고등학교 국어 교과서에 실린 시들을 훑어본다.

1학년 책에는 이상화(李相和)의 「빼앗긴 들에도 봄은 오는가」가 실려 있다. 여기에는 〈답답워라(답답하여라)〉, 〈지심(기음)〉, 〈웃어웁다(우습다)〉 등 사투리가 나온다. 2학년 책에는 신석정(辛夕汀)의 「그 먼 나라를 알으십니까」가 실려 있는데 여기엔 그 제목부터 〈알으십니까(아십니까)〉로 잘못 표기되어 있다. 3학년 책에는 한용운(韓龍雲)의 「님의 침묵」이 실려 있다. 이것은 1920년대의 표기를 어정쩡하게 현행 맞춤법으로 바꾸면서 말투는 그대로 두었기 때문에 현대어와는 다른 표현이 생겼다. 〈참어(참아) 떨치고 갔습니다〉 〈날어(날아) 갔습니다.〉 〈사러(사라) 졌습니다〉 〈나는 님을 보내지 아니 하얐(하였)습니다.〉 {-아}와 {-어}가 현대어와는 정반대가 되어버렸다.

이래저래 시(詩)를 통하여 올바른 언어문자 생활의 모범을 보일 수는 없다는 생각을 굳히면서 박목월(朴木月)의 유고시집(遺稿詩集) 『소금이 빛나는 아침에』를 펼쳐 들었다. 「행복의 얼굴」이라는 시에 눈길이 머문다.

행복은 무지개가 아니다.
행복을 추구하면
그것은 자취를 감춘다.

그것은 발견되어지는 것이며
또한 수천수만의 얼굴을 가진 것.

그 옆얼굴은 시시각각으로
새로운 얼굴로 피어나는 것이며
시시각각으로 변해 가는 얼굴이다.

'되다'가 이미 피동(被動)의 생성(生成)을 뜻하는 말이어서 '발견되는'으로 충분한데, 어째서 '발견되어지는'이라는 이중의 피동 표현을 하였을까? '되어지는'과 발음이 유사한 것에 '돼지는'이라는 고약한 낱말이 있어서 이 낱말의 부당성을 소리 높이 외치던 나는 고만 시인 목월의 이름에 눌려 기가 죽고 말았다.

'그것은 발견되는 것이며' 이렇게 둘째 연을 적었다고 가정하자. 그랬다면 아마도 '그것은' 다음에 '저절로'라든가, '어느 틈에'라든가, 아니면 '그저' 또는 '아무도 모르게' 정도의 부사어가 들어가야면 하지 않았을까? 그렇다면 그 고약한 연상을 감내하면서 '발견되어지는' 이라는 표현은 그것이 지니는 고유하고도 독특한 이미지를 발산하는 것이며, 따라서 '되어지는' 이라는 이중 피동의 부적절한 표현은 결코 돼지는 일 없이 번영할 것이 아닌가.

이제, 고전적인 표현에 얽매어, 있어야 할 것이 있는 것에 우선해야 한다는 이상론(理想論)을 유보하고, 모든 국어 선생님들은 하릴없이 언어 현실을 있어야 할 이상으로 인정하는 미네르바의 올빼미가 되어야 할까 보다.

사람 이름 땅 이름

동양철학이라는 거창한 이론적 배경과 입산수도(入山修道) 10년이라는 오랜 수련 기간을 간판에 내세운 거리의 작명가(作名家)들은 요즈음 곱고 예쁜 인상을 주며 등장하는 한글 이름을 앞에 놓고 어떤 해설을 붙일지 자못 궁금하다. 그들에게는 사람의 이름은 말할 것도 없고, 회사나 상점의 이름도 반드시 한자(漢字)로 지어야 하는 것으로 되어 있기 때문이다. 필경 한글 이름에도 한자식의 음양오행(陰陽五行)을 끌어다 붙여가며 그럴싸한 풀이를 하겠지만 그것이 부질없는 궤변임은 두말할 필요도 없다. 곱고 아름다운 한글 이름이 점점 더 늘어나는 것을 보아도 알 수 있거니와 이제 한자(漢字) 이름의 음양오행에 자신의 운명을 예속시키려는 바보는 없을 듯싶다. 이러한 현상은 분명히 의식(意識)의 현대화요, 민주화요, 자유화라 할 만하다.

우람이, 소담이, 보람이, 진달래 같은 이름을 통해서 우리는 그야말로 오천 년을 꿰뚫는 민족의 정체성(正體性)을 확인할 뿐 아니라 한국어의 감칠맛에 대해서도 새삼스런 감동을 받는다(이러한 의견에 의심을 품는 사람은 그전 버릇대로 중국 사람과 구별되지 않는, 그리고 한자 뜻을 모르고 이름을 불렀을 때, 아무런 느낌도 받을 수 없는 이세민(李世民), 양소유(楊少遊)를 고집하면 그뿐이다.) 더구나 이러한 우리말 이름 짓기는 사람 이름에서 가게 이름에까지 번지고 있다. 얼마 전 어느 일간신문은 다음과 같은 10개의 멋진 가게 이름을 선정하여 표창하였다.

고우네(화장품점), 다닐목(대중음식), 때깔(보세 원단), 바람멀미(카페), 108 강의실(분식점), 세시반(다방), 엄마손(한식점), 즈려밟고(신발가게), 힘나라(운동복점), 황금벌판에 메뚜기 뛸 때(분식점).

영업의 성격과 가게 이름을 대비시켜 놓고 불러보면 저도 모르게 무릎을 치며 '옳거니!' 소리를 지르게 만드는 이름들이다.

그런데 이러한 우리말 이름 짓기 움직임에 가장 굼뜬 부분이 있다. 아마도 땅 이름, 길 이름이 아닐까? 일찍이 삼국시대에 한자 이름으로 바꾸는 작업에 앞장섰던 것이 사람 이름, 땅 이름, 벼슬 이름이었으니 이제는 다시 사람 이름 다음에 당연히 땅 이름이 우리말로 고쳐져야 하리라. 서울 시내나 고속도로의 도로 표지판을 보면 무엇보다 '길' 을 가리키는 낱말이 겨우 '길' , '거리' , '로(路)' , '가(街)' 정도에 머물고 있음에 놀란다. 영어에는 길을 나타내는 낱말이 적어도 예닐곱은 넘는다. street, avenue, lane, road, way, yard, court, boulevard, 심지어 반달형으로 구비진 길은 반달이라는 뜻의 crescent를 길 이름으로 쓴다. 명칭이 다양하고 풍부할수록 생각의 폭이 넓어지고 생활도 다채로울 수 있음을 생각할 때, 우리는 거의 획일화한 한자 표기에 눌려 우리의 삶을 위축시켜 온 것이 아닌가 하는 후회가 없지 않다. 영어에서도 마당을 뜻하는 yard, court, garden, boulevard 같은 낱말을 길 이름의 보통명사로 삼고 있으니 우리도 〈뜰, 뜨락, 마당, 큰 마당, 골(고을), 목, 골목, 뜸, 마실, 구비, 모롱이, 등, 등성이, 기슭, 마루, 고개, 자리, 터〉 같은 낱말을 길 이름의 보통명사로 삼는다 해서 아니 될 것도 없다. '그리스도의 몸(corpus christi)', '독수리 고개(eagle pass)' 라는 미국 텍사스 주의 도시 이름을 예로 들 필요도 없다. 다만 황진수(黃眞秀) 대신에 '황 참슬기' 로 바꿀 수 있는 의식(意識)의 깨우침이 문제될 뿐이다.

이미 사람 이름에서는 그 싹을 보였으니 이제는 마을 이름, 길 이름도 자연스런 우리의 옛 이름들을 되살려 한국 땅의 한국스러움을 되찾아 주는 일도 서둘러 해 나아가야 할 것이다. 그러면 이력서에 다음과 같은 주소 성명이 나타날 날도 멀지 않으리라.

서울특별시 종로구 자두나무골 둘째 모롱이 32번지 6호, 황금보슬비, 여자, 나이 25살 운운.

엽전이 별 수 있어

스물 살 안팎의 젊은 여자 대학생 서너 명이 복잡한 지하철 차칸 한구석에서 이야기꽃을 피우고 있다.

"정말 한심하단 말이야, 우리말은 왜 그렇게 비과학적이지?"

"또 무얼 가지고 그러니?"

"배, 배, 배, 말, 말, 말, 너 무어가 무언지 구별할 수 있어?"

"바다의 배, 과일의 배, 우리 몸의 배, 언어라는 말 그걸 왜 몰라?"

"그렇게 말하면 누가 모르니? 그냥 '배', '말' 이라고 하나만 말하면 무얼 뜻하는지 모른단 말이지."

"그건 그래. 〈눈에 눈이 들어가니 눈물이냐 눈 물이냐〉

이런 말도 있지 않아?"

나는 이 여대생들의 대화를 엿들으면서 그들이 재미삼아 지껄이는 것이 아니라 한국어에 대한 기막힌 열등의식에 빠져 있음을 발견하였다. 그러나 정말로 기막힌 감정에 빠진 것은 몇십 년 우리말을 가르쳐 온 나 자신이었다.

이 세상에 동음이의어(同音異義語 : 소리가 같으나 뜻이 서로 다른 낱말)가 없는 언어는 없다. 그런데 어째서 몇 개의 동음이의어가 있다 하여 그것을 비과학적이라고 비관하는 것일까? 한국 사람, 한국 역사, 한국 문화 등 한국 것이면 무조건 좋지 않은 것이라는 자기모멸(自己侮蔑)의 악습은 언제부터 싹튼 것일까? 짐작컨대 일본 제국주의자들에게 나라를 빼앗긴 1910년경부터 다소 의식이 있는 지식인들이 자조(自嘲)와 냉소(冷笑)의 심정으로 "엽전이 별 수 있어!" 하고 자신과 민족을 싸잡아 멸시하던 병든 말버릇에서 그 연원을 찾을 수 있을 듯싶다. 세상이 온통 잿빛 하늘로 덮여 있던 암담한 시절에는 웬만큼 역사의식이 뚜렷하지 않고서는 그와 같은 자기비하(自己卑下)의 심정에서 벗어나기 어려웠을 것이다. 더구나 교활한 일본인들은 사대주의니 당파싸움이니 하면서 은근히 우리 민족의 자주적인 역량을 깎아내리고 있었으니, 자칫 정신을 차리지 않으면 그러한 최면술에 말려들었던 것도 사실이다.

그러나 이제 세상은 달라졌다. 올해 가을 올림픽이 열리게 되어 있는 우리나라는 소득 면에서도 1인당 지엔피(GNP)가 3500달러를 넘어서리라 한다. 활기에 넘쳐 발전하는 새 시대에는 거기에 맞는 시대정신이 있는 법이다. 그 시대정신은 식민지시대의 찌꺼기인 자기모멸의 감정을 용서하지 않는다.

영어에서는 말하는 사람의 처지에서 '예, 아니오'를 말하고, 한국어로는 말을 듣는 사람의 처지에서 '예, 아니오'를 말한다. 그러면 이러한 지식을 토대로 하여 영어를 쓰는 민족은 주관이 강하며 주체적(主體的)이고, 한국어를 쓰는 민족은 주관도 없고 의타적(依他的)이라고 말할 것인가? 또 미국에 사는 우리 교포가 "한국으로 나간다", "미국으로 들어간다"고 말하는 것을 탓하는 사람도 있다. 어째서 '한국으로 들어온다'고 말하지 않느냐고 말이다. 참으로 답답한 일이다. 미국에 살고 있으니까 미국을 기준으로 말한 것이지 거기에 다른 의미가 들어있는 것은 아니다. 오히려 미국 교포들은 그들이 미국 시민권을 가지고 있으면서도 〈우리나라〉라는 말은 반드시 〈대한민국〉을 뜻하는 말로 사용하고 있었다.

언어 표현상의 논리와 그 언어를 사용하는 민족의 의식구조와는 아무 관계가 없다는 진리를 우리 모두 깨우쳐야 하겠다.

시조를 지으시던 한문 선생님

어느덧 60년 넘는 세월이 흐른 나의 중학 시절 이야기다.

신록(新綠)이 연둣빛 새순으로 돋아나는 초여름, 점심식사를 끝낸 오후의 교실, 마음은 까닭 없이 창밖으로만 내닫고, 몸은 나른하여 무거운 눈꺼풀로 졸음을 부르고 있었다.

꼭 이런 때에 한문(漢文)을 담당하셨던 ㄱ선생님은 그 독특한 돋보기안경을 번뜩이며 교실로 들어오시자마자 '내가 오늘은 시조(時調) 한 수를 읊을 것잉께 잘 들어보드라구.' 이렇게 말씀하시며 칠판에 다음과 같이 적어 놓으셨다.

〈엄동설한 다 지나고 또 사흘이 지난 뒤에,
높은 데 풀이 돋고 낮은 데 나무 나되

사람들 어이하여 차다차다 하는고〉

우리들은 모두 칠판에 적힌 이 이상한 시조를 웅얼거리며 선생님의 다음 말씀을 귓가로 흘릴 참이었다.

"얘들아, 엄동설한이 지나면 무슨 계절이냐? 봄이지? 자 '봄 춘(春)' 자를 써놓고 보자. 그런데 또 사흘이 지나갔구먼. 사흘은 삼일(三日)이니까 봄 '春' 자에서 三日을 빼자. 어이쿠, '사람 인(人)' 자 하나가 남았네. 아따, '사람 인(人)' 자 꼭대기에 풀초머리(艸)를 얹고, 낮은 곳에 나무라 했으니 사람 인(人)자 밑에 '나무 목(木)' 자를 써 볼까? 아하 '차다(茶)' 자로구나. 아 그러니께 사람들이 '차다(茶)', '차다(茶)' 그러능거 아니여?"

우리들은 어느새 졸음을 잊고 '차다(茶)' 자를 써보며 좋아하였다.

어느 날이었던가, 선생님은 내 이름을 부르시더니 온 반 아이들이 내 이름을 한자로 분명하게 쓸 수 있도록 해주시겠다고 장담을 하시는 것이었다. 그리고 다음과 같은 시조 한 수를 또 적어 놓으셨었다.

〈청룡은 달을 몰고 백호는 나무를 타는데
죽림이 우거진 북문을 지나니
앞마을 넓은 터를 그 무어라 하던고〉

우리들은 이제 웬만큼 선생님의 수법에 익숙해 있었으므로 '선생님, 글자가 하나예요? 둘이예요?' 하고 떠들어댔었다.

"하나도 둘도 아니고 이것은 자그마치 다섯 개다 다섯 개. 그렇지만 중심이 되는 글자는 하나라구."

빙글빙글 웃으시던 선생님은 '그 기(其)' 자 하나를 큼지막하게 쓰시더니 그 옆에 '돐 기(期), 바둑 기(棋), 키 기(箕), 터 기(基)' 를 나란히 써 놓으시는 것이었다. 우리들은 해설을 들을 필요도 없었다. '그 기(其)' 자가 청룡이 되어 달과 어울리면 '돐 기(期)' 자가 되고, 백호가 되어 나무와 어울리면 '바둑 기(棋)' 자가 되고, 북쪽 머리에 '대 죽(竹)' 자를 얹으면 '키 기(箕)' 자요, 남쪽 아래로 '흙 토(土)' 자와 합하여 '터 기(基)' 자가 되는 것임을 알아낼 수 있었기 때문이다.

그런데 나는 오늘 어쩌다가 ㄱ선생님을 생각하게 된 것일까? 한자 공부가 힘들다는 우리 집 막내둥이의 투정 때문이었는가? 양지바른 창가에서 졸음을 참던 학생의 눈빛 때문이었는가? 방랑 김삿갓은 술 한 잔에 시 한 수였다지만 우리의 ㄱ선생님은 한자 하나에 시조 한 수이다. 도수 높은 안경알 덕분에 부엉이라는 별명을 얻으셨던 선생님이 늘 하시던 말씀이 생각난다.

"이 부엉이의 말씀인데 말이여, 앞으로의 세상에선 한자 몰라도 괜찮을지 몰라. 허지만 너희들 시조 모르면 그게 한국 사람이여?"

민족과 삶의 자취

꽃 이름과 민족정서

일상으로 쓰는 낱말들이 어떤 부류에 속하는가를 식별한다면, 우리들의 일상생활이 어떤 사고방식 또는 생활관에 바탕을 두고 있는가를 알아낼 수 있다는 언어학 이론이 있다. 이 이론은 많은 논쟁을 거치면서 상식적인 수준의 인정은 항상 받고 있다.

벌써 여러 해 전이지만 문학작품에 나오는 식물의 이름이 시대에 따라 어떻게 변모하였는가를 살핀 연구 보고가 있었다. 이 보고서는 한시(漢詩)를 대표하는 작품으로 두시언해(杜詩諺解), 시조(時調)를 대표하는 작품으로 가곡원류(歌曲源流), 현대시를 대표하여 민중서관 한국문학전집의 현대시선(現代詩選)을 선정하고 이들 세 작품집에서 꽃 이름을 중심으로 한 식물의 이름을 뽑아냈는데, 빈도수가 많은 것부터 나열하면 다음과 같다.

한 시 : 죽(竹), 유(柳), 조(藻), 송(松), 봉(蓬), 형(荊), 연(蓮), 맥(麥), 국(菊), 모(茅), 매(梅).

시 조 : 버들, 솔, 대, 도화, 매화, 국화, 오동, 행화, 단풍, 수박, 벼, 이화, 박, 대추, 오이, 고사리.

현대시 : 장미, 살구꽃, 플라타너스, 솔 · 소나무, 모란, 국화, 갈대, 들국화, 해바라기, 코스모스, 진달래, 포도, 복사꽃, 연꽃, 칡, 느티나무, 민들레, 보리, 버드나무.

두시언해로부터 현대시에 이르는 약 오백 년 동안 중국적인 문학정서에서 어떻게 한국적인 문학정서로 변모하였는가를 짐작할 수 있다.

첫째로, 세 가지 시 문학 장르에 두루 공통되는 것은 송(松)과 국화(菊花)인데, 이른바 사군자(四君子)라 일컫는 매란국죽(梅蘭菊竹)에서 현대시에까지 생명을 유지하는 것은 '국화' 라는 점.

둘째로, 현대에 이르러 장미, 플라타너스, 코스모스 같은 유럽풍의 식물 · 꽃 이름과 들국화, 진달래, 느티나무, 민들레 등 한국 풍토에 어울리는 식물 · 꽃 이름이 함께 나타난다는 점.

우선 이런 것이 특징적인 변화로 손꼽힌다. 민족정서가 외래문화를 적극적으로 수용하면서도 독자적인 고유의 영역을 어떻게 수립하여 가는가를 잘 보여 준다고 할 수 있다.

그런데 최근에 이르러 국민의 상당수가 도시로 몰려들고 주거양식도 아파트로 바뀌면서 우리가 쉽게 접할 수 있는 꽃 이름 · 풀 이름조차 모르는 어린이가 많다고 근심하는 소리가 들린다.

울바자를 밀치고 들어서면 장독대, 장독대 옆엔 손바닥만 한 꽃밭, 거기에 마당을 기어가듯 펴져 있는 채송화, 그 사이로 듬성듬성 봉선화 꽃이 피었고, 키가 큰 맨드라미는 울타리 밑에 물러서 있는 시골집 마당 풍경을 지금은 어디에서 찾을 수 있을까?

팬지, 바이올렛, 글라디올러스 같은 꽃들을 플라스틱 화분에 심어 베란다에 놓아둔 오늘의 어린이들은 어떤 아파트풍의 정서를 가꾸고 있을까?

그들은 새로 나온 개나리 가지를 꺾어 연하지도 딱딱하지도 않은 중간 도막을 내어 다시 그 끝 껍질을 얇게 벗겨낸 풀피리를 입에 물고 소리를 낼 줄 아는가? 가을철 분꽃을 따서, 길이를 조절하여 높은 음과 낮은 음을 짝 맞출 줄 아는가?

옛날 정서에만 집착하는 노인들은 온상재배로 자란 물 오이처럼 허여멀쑥하게 키만 큰 요즈음의 어린이들을 보면서 한숨이 태산 같다.

그러나 그들도 민족정서의 큰 울타리를 벗어나지는 않을 것이다. 우리는 인내롭게 그들이 어떤 시를 지을 것인가를 지켜보아야 한다. 그렇지만 그냥 내버려 두어서는 안 될 것이다. 봄철이면 민들레 · 할미꽃의 정취를 느끼도록 들판에 나가는 기회를 만들어 주어야 하고 뻐꾸기 우는 수풀 밑에서 송아지 울음소리를 듣게 해야 한다.

만일에 우리가 그런 일에 실패한다면 미래의 시에서는 전자오락실의 뿅뿅거리는 잡음이 들려올지도 모르는 일이니까.

유행어를 통해 본 현대사

1945년 해방 이후 50년 가까운 세월을 살아오면서 우리는 숱한 유행어를 만들어 냈다. 이러한 유행어에는 일반 서민이 정치·사회의 비리(非理)에 대한 냉소(冷笑)적 비판의식을 표출한 것이 많기 때문에, 그것은 곧 한 시대의 특징을 살펴보는 데 좋은 길잡이가 될 수 있다. 다시 말하여 한 시대를 휩쓰는 유행어가 그 시대의 역사적 안목을 충실하게 반영한다고는 할 수 없겠지만, 최소한 그 시대의 현실감각만은 나타낸다고 할 수 있다.

이러한 뜻에서 흘러간 유행어를 점검한다면 현대사의 얼룩들을 생생하게 되짚어 볼 수가 있을 것이다. 편의상 10년 단위로 나누어 보기로 하자.

● 1940년대 : "소련에 속지 말고 미국은 믿지 말자.", "왜 째려봐!" 근사하게 차려 입고 새치기하면 다야!"

하루아침에 삼천만 민족이 식민지 질곡에서 남북분단의 이산가족으로 전락한 '38따라지'의 시절. '이데올로기'가 무엇인지도 모르는 한 가족 안에 형님은 '빨갱이'가 되고, 아우는 '반동분자'로 몰렸다.

● 1950년대 : "왜 인상 긁어? 수지 맞히는 게 최고라구.", "배때기에 철판 깔았어? 싹 꺼지지 못해!", "높은 자리 있을 때 한번 봐 주슈."

국민의 아버지로 추앙받으며 미국에서 돌아온 이승만 박사가 무수한 정치 테러의 지뢰밭에서 혼자 살아남아 초대 대통령으로 10년 세도를 누렸다. 6·25의 참화를 겪은 뒤에 잿더미 위에서 '꿀꿀이죽'을 먹으며 허기를 달랬으나 세상 돌아가는 것은 '빽'과 '사바사바'뿐인 듯하던 암울한 시절, "요새, 아다라시가 어디 있노?" 하는 비탄의 함성과 "각하, 시원하시겠습니다." 하는 아부의 교성이 제1공화국의 교향악을 연주하고 있었다.

● 1960년대 : "때 묻은 사람 물러가라, 민생고를 해결하자.", "좋아하시네, 배워 남 주나?", "왕년에 ○○한번 안 해

본 사람 있나? 웃기지 말라구."

구악을 씻어 내겠다는 신선감과 '하면 된다' 는 자신감을 동시에 풍기며 검은 안경으로 표정을 감춘 박정희 장군이 18년간 군사정권의 기반을 다진 전반기이다. '정보정치' 니, '인간개조' 니 하는 위협적인 분위기에서도 '보릿고개' 라는 원색적인 가난은 몰아냈다. 학원가의 데모, '정치교수', '입시지옥', '호남 푸대접' 같은 말이 민족국가의 장래를 가름할 변수로 등장하였다.

● **1970년대** : "○○하는 거 있지. 못 말려.", "별로야, 별 볼일 없어.", "그 후진 놈, 손 좀 봐줘."

조국 근대화니, 새마을사업이니 하는 의욕적인 간판을 내걸고 '유신체제' 가 구축된 시절, 비밀리에 남·북한 대표가 서울과 평양을 다녀가는 최초의 정치적 '깜짝 쇼' 가 벌어졌고, '부동산 투기' 와 '민주화 운동' 이 본격화되어 돈의 흐름과 권력의 흐름에 동맥경화현상을 드러냈다.

● **1980년대** : "아직도 강북에 사십니까?", "아직도 운전면허증을 안 따셨어요?", "내가 입만 뻥끗하면 모두 다쳐요."

'서울의 봄' 이라 부르던 민주화 바람은 '정의사회 구현' 과 '선진조국' 을 부르짖는 제5공화국의 탄생으로 뒨서리를 맞았고 급기야는 사회정화 차원의 해직공무원과 해직교수가 나온 시절, 노태우 선언이 제6공화국의 싹을 트이게 하고 5공 시절의 대통령은 현대판 귀양살이 백담사 은둔이 시작되었다.

겉으로는 '88올림픽'으로 민족의 저력을 보이는 듯했으나 끝없는 '노사분규'로 공장들은 문을 닫았다. 유사 이래 처음인 여소야대(與小野大) 국회에서, 유사 이래 처음으로 '청문회'라는 것이 열려 이제야말로 새 시대가 펼쳐지려는 것인가 하는 헛꿈을 키워 주었다.

● **1990년대** : "이제야 알았어? 왜들 야단이야."

고급 공무원의 부정, 국회의원의 뇌물여행, 대학교의 입시부정 등이 터지자 시민들이 중얼거리는 말이라고 한다. 그러나 이러한 중얼거림에는 분명히 우리나라가 밝은 미래를 향하고 있다는 신음 섞인 기쁨을 감추고 있다.

맞서기를 피하는 간접대화

"없어도 있는 것처럼, 있어도 없는 것처럼." 이렇게 말하면 재산이나 돈에 관련된 이야기 같지만 이것은 우리 한국 사람들이 즐겨 쓰는 간접대화 양상을 표현하는 말이다.

대화(對話)라는 것은 마주 보는 양쪽 사람이 눈길을 맞추며 의견을 교환하는 말하기이다. 이때에 이야기를 나누는 당사자들이 자기의 주장을 정면으로 내세우는 사회풍토에서는 명실공히 1:1의 대화가 이루어지지만, '나' 보다는 '우리' 를 앞세우고 또 신분상의 등급이 문제되는 풍토에서는 필연적으로 1:1의 대화형식에 어떠한 변형이 발생할 것이라는 추측을 할 수 있다.

옛날 어른들은 남의 집 대문 앞에서 "이리 오너라, 주인어른 계시냐고 여쭈어라." 이렇게 큰 소리로 말하면 대문 안에서는 주인마님이 "아직 아니 들어오셨다고 여쭈어라." 하고 대답하였다. 이것은 집안에 심부름하는 노복(奴僕)이 제3자로 들어 있다는 상황에서 이야기를 주고받는 대화의 변형이었다. 동네 골목에서 아낙네 둘이 언성을 높여 말다툼을 할 때에도 자기의 정당성을 제3자의 개입을 통하여 입증하려는 말버릇을 발견할 수 있다. "길을 막고 물어봐요. 누가 옳은가." 하고 공격하면 "아, 그럽시다. 물어봅시다." 하고 맞받아 응수한다. 누군가 두 사람 사이에 증인처럼 서 있음을 전제로 삼자는 말이다. 부부싸움을 할 때도 남편에게 대드는 아내가 "이 양반이 사람을 치네요." 하면서 동네 사람 누구에겐가 호소하는 형식의 말을 하는 수도 있고 "세상이 무섭지도 않아요?" 하면서 남의 이목(耳目)을 앞세워 자기가 옳음을 밝히는 수도 있다. 제3자가 없건만, 있는 것처럼 가정하고 그 제3자를 끌어들이는 화법이다.

이렇게 제3자 끌어들이기는 자연스럽게 대화의 상대방을 제3자로 만들어 버리고 독백처럼 허공에다 대고 상대방을 공격하는 방식으로도 발전하였다. 상대방이 있건만 없는 것처럼 상대방을 돌려세운다. 완행열차 3등 객석에서 자리다

툼을 하던 두 사람이 말다툼을 하다가 결판을 낸 뒤에도 마지막에 가서 한쪽 사람이 "세상 오래 살다 보니, 별 미친 놈 다 만나 보겠구먼." 하고 상대방이 들으라고 투덜대는 장면을 목격한 적이 있을 것이다. 이것은 형식상으로는 독백이지만 내용상으로는 대화의 끝부분으로서 상대방 돌려세우기의 화법이라고 할 수 있다. 버릇없는 손자 녀석이 할아버지에게 "할아버지, 누가 그러는데 할아버지는 어려서 심술쟁이였다면서요?" 한다든가, "사장님, 사장님을 사기꾼이라고 매도하는 분이 있다면 사장님은 어떻게 대처하시겠습니까?" 하는 식의 말버릇도 있는데, 이것은 말하는 사람이 엄연히 말을 하고 있으면서도 없는 것처럼, 대화의 뒤쪽으로 숨어 버리는 화법이다.

이처럼 제3자 끌어들이기, 상대방 돌려세우기, 스스로 숨어 버리기의 화법들은 개인주의가 성숙하여 1:1의 대화가 엄정하게 유지되는 사회에서는 발생하기 어려울 것이다. 그렇다고 해서 우리 민족, 우리의 사회보다 뒤떨어진 사회라고 생각할 필요는 없을는지 모른다. 그러나 우리 민족은 전통적으로 사생활보장(私生活保障)을 원칙으로 삼는 이른바 '프라이버시(Privacy)'를 인정하지 않았으니 변칙적인 간접

대화가 앞으로도 정당성을 가질 것이라고 고집해서는 안 된다. 그리고 또 교통법규를 위반한 자가운전자가 교통순경으로부터 '딱지(벌금납부고지서?)' 를 받으면서 행여 마음속으로라도 "에이, 재수 없는 날이군!" 하는 푸념을 늘어놓아서도 안 될 것이다.

풍자와 해학과 개작한 시詩들

어느 시대, 어느 사회가 평화와 행복만이 깃든 낙원이었을까?

그런 시절, 그런 고장이 없었다면 인생살이는 불교에서 말하는 것처럼 결국 고통의 바다라 할 수밖에 없겠는데, 그 고통의 바다 한복판에서 우리는 회한(悔恨)을 씹는 네 가지 방법을 익혀 왔다고 하다.

첫째는 회한을 조용히 받아들이는 수용(受容)의 길이고, 둘째는 회한에 맞서는 대결(對決)의 길이며, 셋째는 회한에 녹아 어울리는 화합(和合)의 길이고, 넷째는 회한을 뛰어넘는 승화(昇華)의 길이다. 회한을 수용할 때에는 우수(憂愁)가 깃들고, 회한에 대결할 때에는 풍자(諷刺)가 발생한다. 회한과 화합할 때에는 해학(諧謔)이 생기며, 회한을 승화시키려 할 때 초월적인 참선(參禪)의 자세를 갖춘다.

이렇게 한(恨)스러움을 맞이하는 네 가지 처방 가운데에서 우수와 참선의 길에는 입을 다물고 고요히 몸을 사리는 자태(姿態)가 있을 뿐이지만 풍자와 해학의 방법에는 반드시 말을 해야만 한다.

특별히 세상이 어수선할 때, 그러니까 한 사회가 누적된 경직성과 침체성으로 말미암아 백성 가운데에는 억울한 일이 많고, 세상 돌아가는 것은 한심스럽기 짝이 없는 병리(病理)현상으로 가득찰 때, 그런 때에 풍자와 해학은 장마철에 봇물 터지듯 흘러넘친다.

김삿갓이라 하는 방랑시인이 팔도강산을 유랑하며 걸식하던 시절은 조선왕조가 말기의 징후를 보이며 서서히 무너져 내리던 19세기 중엽이었다. 오늘날 김삿갓이 지었다고 전해지는 대부분의 파격적인 시들은 세상을 꼬집는 풍자가 아니면 짐짓 너스레를 떠는 해학의 시들이다. 그 시들이 김병연(金炳淵)이라는 한 사람의 작품으로 전해지고 있으나 사실에 있어서는 김삿갓의 입을 빌려 그때의 사람들이 한풀이를 했던 것이라고 생각해 볼 수도 있다.

요즈음 들어 얼굴 없는 시인이 세상에 대고 주먹질하는 시가 생기더니, 또 언제부터인지 세상 사람들이 좋아하는 명시(名詩)에 가탁(假託)한 개작 시들이 사람들의 입에서 입으로 재미 삼아 전해지고 있다고 한다. 몇 수 옮겨 보기로 하자.

청와대 달 밝은 밤에 집무실에 홀로 앉아
휘청이는 조국 안고 깊은 시름하다가
그렇다 해결방법은 범죄전쟁뿐이로다
야당인들 어떠하리, 여당인들 어떠하리
유신본당 5공본류와 합당한들 어떠하리
이렇게 구르다 보면 다음 차례 아니오랴
강의듣기 지겨워 가실 때에는
말없이 고이 보내 드리오리다
휴강에 결강 에프 킬라 학점
아름 따다 성적표에 뿌리오리다
신청한 과목마다 놓인 경고장
사뿐히 즈려보고 생각하소서
공부하기 지겨워 가실 때에는
죽어도 F학점 드리오리다

님은 갔습니다.

아, 아, 사랑하는 나의 님은 갔습니다.

까만 산빛을 깨치고 단풍나무 숲을 향하여 난 백담사 길을 걸어서 차마 떨치고 갔습니다.

황금의 꽃같이 굳고 빛나던 옛 서슬은 차디찬 티끌이 되어 한숨의 미풍에 날아갔습니다.

날카로운 첫 쿠데타의 추억은 나의 운명의 지침을 돌려놓고 뒷걸음쳐서 사라졌습니다.

나는 향기로운 권력의 말소리에 귀먹고 꽃다운 명예의 얼굴에 눈멀었습니다.

우리는 만날 때에 떠날 것을 염려하는 것 같이 떠날 때에 만날 것을 믿지 않습니다.

제 곡조를 못 이기는 분노의 노래는 님의 침묵을 휩싸고 돕니다.

자, 이러한 개작 시들은 단순한 해학이요, 풍자인가? 아니면 이 시대의 징표를 말해 주는 서민의 함성인가?

어떤 뜻을 취할 것인가

" '순진(純眞)하다' 는 말에 '어수룩하다' 는 뜻이 들어 있을까?"

"글쎄, 그럴 것 같은데…, 순진한 사람은 속여 먹기가 쉽지 않아?"

"그럴까? 순진하기 때문에 오히려 남에게 속을 수 없을 만큼 깨끗하고 슬기로운 것 아닐까?"

어느 날 붐비는 지하철 차칸 안에서 고등학교 2학년쯤 되어 보이는 학생 둘이서 낱말의 뜻을 놓고 이야기를 나누고 있었다. 하나의 대상에 대하여 상반된 견해를 갖고 있는 사람들이 허심탄회한 심정으로 의견을 나누는 것을 보니 내 마음도 저절로 흥겨워졌다. 그때 나는 이규보(李奎報)의 '경설(鏡說)' 이란 글을 연상하였다.

한 거사(居士)가 거울을 하나 가지고 있는데 먼지가 끼어서 흐릿한 것이 꼭 구름에 가린 달빛과 같았다. 그러나 아침 저녁으로 들여다보고 얼굴을 가다듬으며 소중히 하였다. 손님이 보고 묻기를 "거울이란 얼굴을 비추는 것이요, 또 군자가 그 맑음을 취한 것인데, 지금 그대의 거울을 보니 그 흐린 것이 안개 낀 것과 같은데도 그대는 오히려 늘 비춰 보고 있으니 그것은 무슨 까닭인가?" 하였다. 거사는 이렇게 대답하였다. "거울이 맑으면 잘생긴 사람은 좋아하지만 못생긴 사람은 싫어한다. 세상에 잘생긴 사람은 적고 못생긴 사람은 많으니 못생긴 이가 맑은 거울을 보면 화가 나서 깨뜨릴지도 모른다. 그러니 먼지 끼어 흐린 것만 못하다. 겉은 깨끗하지 않을지라도 그 맑은 본성은 없어지지 않으리니 훗날 잘생긴 사람을 만나 다시 갈고 닦아도 늦지 않다. 아, 옛적에 거울을 보는 사람은 그 맑은 것을 취했으나 나는 거울을 보며 그 흐린 것을 취하나니, 그대는 무엇을 이상스럽게 여기는가?"

이 글은 물론 외형보다는 내실(內實)을 소중히 하면서 겸허(謙虛)에 바탕을 둔 수양(修養)의 자세를 강조한 것이지만, 똑같은 대상을 어떤 관점에서 이해하느냐에 따라 그 대상의 의미가 달라질 수 있음도 보여 주고 있다.

그날 저녁이던가? '파한(破閑)'의 의미가 우리가 통념으로 이해하고 있는 것보다는 훨씬 심오한 것임을 발견하였다. 이인로(李仁老)의 파한집(破閑集) 끝부분을 읽으면서 나의 고정관념이 무너져 내리는 순간이기도 하였다.

> 내가 '한(閑)'이라고 한 것은 대개 세상일을 원만하게 마치고 은퇴하여 수레를 푸른 들에 놓아두고 마음에 더 이상 구할 것이 없는 사람과, 삶의 터전을 산수 간에 잡고 배고프면 먹고 피곤하면 자면서 세상일에 아무런 거리낌이 없는 사람이라야 그 한가함의 참맛을 누릴 수 있다는 뜻으로 쓴 말이었다. 그러므로 이 파한집을 읽으면 '완전한 한가함'이 어떤 것인지를 깨달을 수 있을 것이다. 대개 세상의 티끌과 부질없는 수고에 시달리고 명예와 지위에 골몰하여 권세와 이윤에 따라붙으며 동서로 바삐 뛰던 사람이 하루아침에 그 자리를 잃으면 외모는 한가로운 것 같으나 마음속은 평화를 잃고 불안하여 그 한가함이 병이 된다. 그러나 이 책에 눈을 붙이면 그 거짓된 한가로움에서 오는 병을 고칠 수 있

을 것이다.

그러므로 '파한' 이란 말은 심심풀이나 심심파적의 놀이가 아니다. 세상을 떳떳하게 살았다는 자신감을 가지고 세속의 번거로움을 벗어난 사람이거나, 처음부터 세속을 등지고 산수 간에 묻혀 인생을 즐기는 사람만이 '한' 의 참맛을 즐길 수 있다는 것이고, 그 '한' 의 완미한 경지에 도달하는 것이 다름 아닌 '파한' 이라 하겠다.

우리가 표면적으로만 바라보고 이해하는 것이 어찌 이런 낱말의 의미에 국한된 것이겠는가. 의견을 달리하는 사람들의 가슴속도 들여다볼 줄 알아야 할 것이다.

하늘 · 사람 · 법 · 술수

바람직한 세상이란 도대체 어떤 것이냐고 묻는다면 사람들은 한마디로 대답하지 못한다. 그러나 어떤 사태가 벌어졌을 때, 그것이 바람직한 세상에 어울리는 것인지 아닌지는 즉시 판별한다. 사람들은 그러므로 어떻게 사는 것이 바람직한 세상에 적합한가를 알고 있는 셈이다. 또한 바람직한 세상에서 얼마만큼 멀리 떨어져 있는가 하는 것도 알고 있다.

옛날 어른들은 말씀하셨다. "하늘도 무심하시지…." 이렇게 말씀하실 때에는 하늘을 우러러 눈길을 모으시며 천지신명께 탄원하는 자세가 되셨다. 그것은 천재지변이요 불가항력의 재난이어서 아직 인간의 잘못 때문이라는 생각이 드는 것은 아니었다. 그럼에도 불구하고 혹시나 인간의 잘못에 대한 하늘의 진노하심인가 여기어, 지나간 삶의 자세를 돌이켜 보며 그 사태를 겸허하게 받아들이며 체념을 익히셨다.

그러나 사태의 얼크러짐이 인간 심성에 연유한다고 판단되었을 때 옛날 어른들은 이렇게 개탄하셨다. "사람으로서야 어찌…" 말끝을 흐리시며 눈을 감으셨다. 인간에 대한 기대가 허물어졌다는 실망의 탄성이기는 하지만, 그래도 아직은 사람다움으로 돌아올 수 있으리라는 희망이 완전히 사라져 버렸다고는 할 수 없었다. "잘못했습니다. 다시는 이런 일이 없겠습니다." 이렇게 무릎을 꿇고 사죄의 말씀을 올리면 "그래, 그러면 없었던 일로 하자." 못 이기는 체, 외면했던 자세를 바로잡으시고 즉시 "배고프지? 밥 먹어야지." 하신다든가 "그 옷매무새가 뭐냐?" 하시며 딴청 피는 핀잔을 주시기도 하였다. 용서와 사랑이 한데 녹아 흐르는 장면이었다.

다시 사태가 악화되어 인간적인 해결이 불가능해졌을 때, 그때에 가서야 옛날 어른들은 말씀하신다. "아니, 이런 법(法)이 어디 있는가?" 여기에서는 이미 인간 심성에 호소하고자 하는 인정(人情)의 차원을 넘어선다. 법이 규정하는 바를 따라 처리되기를 바라는 단호함이 엿보인다. 그러나 그것은 사람 하나를 잃었다고 하는 허탈감과 죄책감을 아울러 나타내고 있다. "무슨 수(數)가 없겠는가?" 이렇게 돌아서서 말씀하시며, 사람도 살리고 일도 해결하는 방도를 찾고자 하셨다. 그것은 어디까지나 사람 만들기에 주안점을 둔 말씀이었다. 그러나 '수(數)'라고 하는 것은 '술수(術數)'를 뜻하는 것인즉 문제해결의 방안으로서는 가장 낮은 단계임을 숨길 수 없다.

환갑의 늙은 스승이 스무 살 안팎의 어린 학생들에게 이리 저리 끌려다니며 밀가루와 계란세례(?)를 받는 불상사가 발생하였다. 91년 6월 3일, 외국어대학교 마당에서 벌어진 사건이었다. 사람들은 모두 말한다. "이럴 수가 있는가?" 그러나 그것은 '수(數)' 풀이로 해결할 문제가 아니다. 사람들은 또 말한다. "이럴 법이 있는가?" 그러나 그것은 '법(法)'으로 해결될 문제가 아니다. 어떤 분은 말하리라. "사람이라면 그래서는 아니 되느니…" 아마도 이런 분은 그 패륜의 어린 학생들이 언젠가는 올바른 사람으로 되돌아오리라는 희망을 갖고 있는 듯하다. 또 어떤 분은 말씀하시리라. "하느님도 무심하셔라. 어찌 이런 사태가…"

이때에 이르러 우리는 문제 해결의 핵심에 이른 것은 아닐까? 거기에는 우리들 인간의 공통적인 과오에 대한 깊은 통찰이 있고, 인간의 오만함과 방자함에 대한 하느님의 분노를 느낄 줄 아는 인간적 겸허가 담겨져 있기 때문이다. 제 잘못이 무엇인지를 깨닫도록 인간을 빚으신 조물주에게 점점 더 두려울 뿐이다.

모순어법矛盾語法의 존재 이유

지난 초여름의 어느 주말, 한가한 마음으로 '욱풍 · 황묘자 부부 서화전' 이 열리는 화랑을 들어서고 있었다. 오래 걸릴 줄 알았던 회의가 일찍 끝났기 때문에 마침 회의장에서 가까운 화랑으로 발길을 돌릴 수가 있었던 것이다. 그때 나는 안내 광고판을 보고 그 전시장을 찾았을 뿐, 욱풍 · 황묘자 부부가 어떤 분인지를 전혀 모르고 있었다. " '욱풍' 은 아호를 썼는데, '황묘자' 는 왜 본명을 썼을까?" 이렇게 생각하면서 전시장 안의 작품을 둘러보았다. 그림은 욱풍의 것이었고, 서예는 황묘자의 것이었다. 그런데 황묘자의 글씨를 보니 해행전예(偕行篆隷) 등 서체가 다양했는데 운필(運筆)의 기교라든가 글씨의 기상이 아무리 보아도 여자의 글씨가 아니었다. '황묘자라면 분명 여자일 터인데 무슨 여자가 이렇게 호방한가?' 나는 입속으로 중얼거리며 전시장 입구로 돌아 나와서 "여기에 혹시 황묘자씨가 계십니까?" 하고 물어보았다. 안내를 맡은 분이 "바로 저분입니다." 하는 쪽을 바라보니, 거기에는 팔순이 넉넉히 되어 보이는 작달막한 키의 중국 노인이 서 있지 않은가! 그때의 당혹감. 그것은 의식의 현기증 같은 것이었다. 일제시대에 태어나서 초등학교를 다니다가 8 · 15광복을 맞은 나는 '춘자, 화자, 순자, 묘자' 같은 이름은 당연히 여자에게만 붙인다는 고정관념에 빠져 있었던 것이다. 그때 문득 노자(老子) · 장자(莊子) · 공자(孔子) · 맹자(孟子)의 이름이 떠오른 것이 다행이라면 다행이었을까?

이처럼 판에 박힌 고정관념의 일상으로부터 우리를 해방시키고자 할 때, 우리가 찾아야 할 것은 무엇인가? 만일 우리가 언어를 통하여 고정관념을 벗어나 보고자 한다면 우리는 가까운 책방에서 한 권의 시집(詩集)을 골라야 하리라. 그리고 그 시집 속에서 일상의 언어논리가 파괴된 뒤에 피어오른 심상(心像)의 꽃향기를 만날 수 있으리라.

시(詩)의 언어가 누리는 일차적인 특권은 모순어법(矛盾語

法)을 가장 자연스럽게 거느릴 수 있다는 점이다. 가장 단순한 모순어법은 '애늙은이', '늙은 아이' 같은 말이다. '늙은 아이'는 어린이를 지시 대상으로 하지 않는다는 점에서 한국어의 일상적인 문법을 위반하고 있다. 그것은 늙은이를 가리킨다. 마찬가지로 '애늙은이'는 어린이를 가리킨다. 한 단계 발전하면 '현명한 바보, 뜨거운 추위' 같은 표현이 나타난다. '현명한 바보'는 바보인가? 생각에 혼란이 오고 의식의 마비를 느낄 수 있다. 이때에 우리는 정신을 차려야 한다. 여기에서 쓰러지면 우리는 고정관념의 일상에서 한 걸음도 벗어나지 못할 것이기 때문이다.

'불타는 냉소(冷笑), 잔인한 친절, 침묵의 화려함, 터지는 고요' 등 어느 쪽으로 해석해야 할지 망설여지는 표현 앞에서 논리적 사고가 부질없다는 것을 깨닫는 순간, 드디어 우리는 향기를 듣고(聞香) 소리를 보는(視聲) 공감각(共感覺) 통제의 경지에 들어선다. 그러면 '천천히 서둘러라', '울음으로 웃는다' 같은 표현은 거부감이 생기지 않는다.

이제 우리는 '눈부신 어두움' 쯤은 자연스럽게 수용할 자세가 되어 있다. 그러면 다음 말이 들려온다. '나는 아무 것도 모른다는 것을 안다.' 소크라테스의 독백이었던 것 같다.

또 들린다. '선(禪)은 아무것도 가르치지 않는다는 것을 가르친다.'

이렇게 우리가 시(詩)의 행간에서 세상 만물이 몇 개의 낱말 속에 녹아드는 것을 지켜보노라면 그제야 우리가 허둥지둥 한 권의 시집을 고르기 위하여 책방 안의 서가를 기웃거렸다는 것조차 부질없이 보이지나 않을 것인지….

숨겨 적은 추모의 마음

그는 연못가 긴 의자에 앉아서 과자부스러기를 던지고 있었다. 먹이를 좇아 금붕어 떼가 넘실거리며 몰려들었다. "무엇을 하고 계십니까?" 내가 웃으며 다가가니 "금붕어들이 나를 좋아해요." 그는 돌아보지도 않고 과자봉지에 손을 넣는 것이었다. 며칠 전 학교 구내 자하연이라는 연못가에서 만난 김 교수의 모습이다.

재작년 아내를 잃은 그는 원래의 고요한 성품이 더 고요해져서 그렇게 한운야학(閑雲野鶴)처럼 물가에 앉아 금붕어와 대화하는 시간이 많아졌다.

그날 저녁 나는 집에 돌아와 서가에 꽂아두고 읽지 않았던 그의 책 '영어발달사'를 펼쳐 들었다.(그는 중세영어를 전공한 영어학의 권위자이다.) 그의 외로움을 위로하고자 하는 숨은 뜻이 있었던 것 같다.

겉표지를 넘기고 다시 속표지를 넘겼다. 머리말이 나왔다. 대강 훑어보고 책장을 넘기려다가 그 머리말이 적힌 반대쪽, 그러니까 속표지의 뒷면 하단 오른쪽에 8포인트짜리 작은 활자로 글자 몇 개가 찍혀 있음을 발견하였다.

〈In memoriam ○○○(1937~1989)〉

가슴이 콱 메이며 핑그르르 눈물이 돌았다. 만일에 내가 김 교수 부인의 이름을 몰랐다면 이렇게 숨어 있는 반 줄짜리 헌정기(獻呈記)에 마음이 쓰이지는 않았을 것이다. 한국적 선비기질 때문에 내놓고 아내를 추모(追慕)할 수는 없고 그렇다고 한평생 자기의 궁벽한 학문을 뒷바라지하다가 먼저 떠나 버린 아내에 대한 그리움과 고마움을 나타내지 않을 수 없는 갈림길에서 김 교수가 취한 이 겸허와 성실.

이때에 우리나라 최초의 한글 비석 영비(靈碑)가 생각난 것은 무슨 연상 작용인지 모르겠다. 흔히 '영비'로 불리는 이 한글 비는 1536년(中宗 31年 嘉靖十五年)에 세운 것으로,

지금 노원구 중계동 야산에 있다. 조선조 중종 때에 승문원(承文院) 벼슬을 지낸 이윤탁(李允濯)이라는 분의 묘비이다. 비석 네 면 가운데 왼쪽 면에 다음 같은 글귀가 새겨져 있다.

〈靈碑 녕ᄒᆞᆫ 비라. 거운 사ᄅᆞ믄 ᄌᆡ화ᄅᆞᆯ 니브리라. 이ᄂᆞᆫ 글 모ᄅᆞᄂᆞᆫ 사ᄅᆞᆷᄃᆞ려 알위노라.〉

(신령한 비석입니다. 건드리어 성나게 한 사람은 재앙을 입을 것입니다. 이것은 한문 모르는 사람에게 알리는 글입니다.)

4백55년 전에 부모의 묘소가 길이 보존되기를 비는 이윤탁의 자제들이 한문을 모르는 나무꾼이나 목동들에게 무덤 주위를 더럽히지 말라는 경고의 뜻을 나타내고자 하여 마련한 글귀이다. '글' 이라고 하면 '한문' 을 뜻한다는 것과 '거우다' 가 '건드리어 성나게 하다' 라는 낱말이라는 것 등의 옛말 지식 이외에 옛사람들이 부모님 묘소를 얼마나 정성들여 보존하고자 하였는가를 헤아릴 수 있는 비석이기도 하다.

원래 문자의 생성과 발달이 오래오래 기억하고자 하는 인간의 욕구에 바탕을 둔 것이라고 한다면, 그리고 기억해야 할 대상은 결국 우리가 정을 붙였던 사람들, 부모 · 스승 · 배우자들을 중심으로 번져 가는 것이라고 한다면, 문자는 본성적으로 종교적, 도덕적 가치 현실의 도구라 아니할 수 없다.

'내가 지금 무슨 생각을 하고 있지?'

나는 서둘러 '영어발달사' 의 책장을 넘긴다. 김 교수가 '인 메모리암' 이라는 글귀를 그의 책 속표지 뒷장에 숨겨 찍으면서 마음속으로 빌었을 기도문을 상상하면서.

'이 책은 제가 사랑하는 아내를 추모하는 신령한 책입니다. 누구든지 이 책을 읽으면 영어에 대한 해박한 지식이 날로 늘어갈 것입니다. 제가 아내를 추모하는 정이 깊어 가듯이…'

속담에 나타난 과학정신

사과가 떨어지는 것을 보고 뉴턴이 만유인력의 법칙을 발견하였다고 한다. 그러나 뉴턴이 이 법칙을 언급하기 전에도 익은 사과는 나무에서 떨어졌었고, 그리고 세상 사람들은 그것을 구경하면서 살아왔다. 이처럼 너무도 자명하고 보편적인 현상은 아무도 주의를 기울여 살피지 않지만, 천재의 눈빛을 받는 순간, 진리의 옷을 입고 세상 사람들을 놀라게 한다.

우리가 일상으로 사용하는 속담은 그것이 지닌 비유의 기능 때문에 그 속담이 생성되던 당시의 생생하던 사실적 진술 의미는 잊혀진 채 사용되는 수가 있다. 그러나 속담의 사실적 진술을 면밀하게 검토해 보면 거기에 어떤 것은 뉴턴의 사과처럼 자명하고도 보편적인 자연법칙이 숨겨져 있다.

'등잔 밑이 어둡다' 고 하는 너무도 분명한 사실적 진술은 원래 가까운 데에 있는 사물이나 사건에 대해 사람들이 더 이해가 부족하다고 하는 인간의 어리석음을 풍자하는 말이 아니었다. 문자 그대로 등잔불이 켜져 있는 등잔 밑, 가까운 곳이 등잔에서 멀리 떨어진 등잔 둘레보다 어둡다고 하는 물리적 현상의 사실적인 진술이다. 이 사실적 진술은 '빛의 직진' 이라는 자연법칙을 말하고 있다. 만일에 빛이 직진하지 않는다면 이 세상에 그림자는 존재하지 않을 것이다.

'얕은 내도 깊게 건너라' 이 명령형의 속담은 냇물을 건너는 방법으로 이해되기보다는 일을 처리할 때 신중하고 겸허하라는 도덕성의 강조로 받아들여지고 있다. 그러나 이 말은 얕아 보이는 냇물이 실제로 깊다는 것을 일깨우는 사실적 진술이다. 즉 빛이 물을 통과할 때 굴절된다는 자연법칙 한 가지를 냇물 건너기에 응용하여 말한 것일 뿐이다.

'바늘구멍에 황소바람' 이라는 말도 '바늘' 이니, '황소' 니 하는 낱말만 '작다', '많다' 로 바꾼다면 명징한 사실적 진술이요, 흐르는 물체의 이동량을 설명하는, 이른바 '베르누이 정리(定理)' 의 알기 쉬운 표현이라고 할 수 있다. '유체

(流體)는 단위시간당 통과하는 양(量)이 같다.' 고 하는 '베르누이 정리' 는 강(江)폭이 좁은 곳에서 물살이 빠른 것을 경험한 사람들에게는 쉽게 이해될 것이다. 삼복더위 여름철에 높은 건물 양옆에 낀 골목을 걸어본 사람은 그곳이 넓은 길보다 시원한 것을 경험했을 것이다. 넓은 길을 통과하던 바람의 일정량이 똑같은 시간 안에 골목길을 빠져나가려면 속도가 빨라져야 할 것 아닌가? 그래서 '가지 많은 나무에도 바람 잘 날이 없다.'

'낮말은 새가 듣고 밤말은 쥐가 듣는다.' 고 하는 말도 어째서 '새' 와 '쥐' 가 동원되었는지를 살펴볼 필요가 있다. 낮에는 소리가 지열(地熱)의 영향으로 실제로 위로 올라가는 현상이 발생하며, 밤에는 지열이 식으므로 땅바닥으로 깔린다. 그러니 올라간 소리는 '새' 가 들을 것이요, 깔린 소리는 '쥐' 가 듣게 되는 것이다. 아파트에 사는 사람들은, 그리고 일상으로 목청을 높여 말하기를 즐기는 사람들은 한 번쯤 생각을 가다듬게 하는 속담이다.

이렇게 속담을 검토하다 보면 우리 조상들의 과학적 슬기에 감탄하지 않을 수 없다. 그런데 웬일로 자연과학은 발달하지 않았을까? 자연현상의 사실적 진술을 자연탐구의 재료로 이용하지 않고 시(詩)적으로 변용시켜 비유와 풍자의 도구로만 사용하려 하였기 때문일까? 그러면 이제부터라도 최소한, 속담이 물리학 연구를 위한 동기유발의 재료가 된다는 것만이라도 알리는 운동을 펼쳐야 하겠다.

민족성과 민족감정

고유한 문화전통과 오랜 역사를 갖고 있는 하나의 민족이 이웃나라의 침략을 받아 굴욕적인 피지배의 쓰린 고통을 겪었다. 침략자에 대한 평가는 당연히 부정적인 방향으로 전개될 것이다.

지난 1950년 여름, 우리나라가 6·25의 참화로 시달리던 같은 시기였다. 모택동이 이끄는 공산 중국은 티베트를 개화시킨다는 명분을 앞세우고, 슬며시 군대를 투입하여 티베트의 공산화 작업을 착수하였다. 그로부터 10년이 지난 1959년 4월, 이 나라 사실상의 임금이요, 최고위직 승려인 제14대 달라이 라마('달라이'는 '큰 바다'라는 몽고어이고, '라마'는 '스승'이란 티베트어이다.)는 24세의 나이로 티베트를 탈출하여 지금까지 33년이란 긴 세월, 인도에서 망명 생활을 하고 있다. 그는 '유배생활 속의 자유(Freedom in Exile)' 라는 제목을 붙인 자서전에서 다음과 같이 중국 사람을 묘사한다.

• 벌컥벌컥 화를 잘 내는 버릇도 중국인에게는 흔한 특성이란 것을 곧 알아챘다. 그래서 감정을 잘 다스리거나 철저히 숨기는 서양 사람들은 중국인에게 공손한 태도를 취하는 것 같다.

• 내가 티베트의 극동지역 타쉬키엘을 방문했을 때, 수천 명의 사람이 나를 찾아와 경의를 표하였다. 나는 그들의 뜨거운 사랑에 깊이 감동하였다. 그러나 중국 당국은 내가 실제로 도착한 날보다 일주일 늦게 온다는, 거짓 정보를 흘렸다는 얘기를 나중에 듣고는 심한 배신감을 느끼지 않을 수 없었다. 그들은 우리 국민들이 나를 만나지 못하게 하려고 날짜를 속였던 것이다.

• 오랜만에 티베트 국민을 만나 보니, 우선 표정만 보아도 우리 티베트인들이 중국인들보다 훨씬 행복하다는 것을 알 수 있었다. 우리 티베트 사람들은 아무리 가난하여도 중국의 빈민만큼 비참하지는 않다. 적어도 티베트에는 전족

(纏足)이나 궁형(宮刑) 같은 야만적인 습속은 없다.

• 우리 티베트 사람 푼축왕갈은 누가 보더라도 성실하고 헌신적인 공산주의자였다. 그럼에도 불구하고 그가 독자적으로 티베트 공산당을 조직했다는 이유로 투옥되어 1970년대 말까지 감옥 생활을 하였다. 이 사건은 나로 하여금, 중국 지도부가 모든 인류의 복지세계를 위하여 애쓰는 진정한 의미의 공산주의자들이 아니라는 사실을 깨닫게 해 주었다. 그들은 철저한 국가주의자들이요, 공산주의를 가장한 쇼비니스트들일 뿐이었다.

요컨대 중국 사람들은 화를 잘 내며, 거짓말을 잘 하고, 아랫사람에게 가혹하고 야만적이며 자기 민족만 생각하는 국가주의자들이라는 것이다.

나는 달라이 라마의 처지가 된 기분으로 그의 자서전을 읽으면서, 어느 틈엔가, 달라이 라마가 중국 사람에 대하여 느끼는 감정 비슷한 것을 우리나라 사람들이 일본 사람에 대하여 품고 있을 것이라는 생각을 하게 되었다. 생각이 여기에 미치자, 그것이 과연 온당한 것인가를 곰곰 따져 보지 않을 수 없었다. 그리고 이렇게 결론을 내리게 되었다. 〈민족감정이라는 것은 서로 이웃하며 살면서 겪게 되는 역사적

경험에 바탕을 둔 어쩔 수 없는 편견이다.〉

〈민족성이란 것도 특정한 역사적 상황 안에서 당시 사회에 적응하기 위하여 발생한 비교적 지속성이 있는 집단 성향이다.〉

매 맞은 사람이 때린 사람을 향하여 웃는 얼굴로 "당신 참 좋은 사람이군요."라고 할 수는 없겠지만 "당신같이 나쁜 사람은 이 세상에 없을 것이요."라고 말하기 전에 왜 매를 맞았는지를 검토해 보아야 할 것이다.

우리는 이제 감정에 사로잡혀 일본을 욕하지 말 일이다. 무역역조(貿易逆調)와 기술후진(技術後進)이 전적으로 우리 책임임을 통감하고, 우리 스스로를 채찍질하여야 한다. 달라이 라마의 글을 읽으며 얻은 소득이다. 이것을 타산지석이라 하던가?

역사(歷史) 속의 우리말

날말이 증명하는 가까운 나라

1980년대 후반에, 우리나라 고대사 분야에는 조용한 파문을 일으킨 사건이 연이어 세 번씩이나 발생하였었다. 첫 번째는 단양신라적성비(丹陽新羅赤城碑)의 발견이고, 두 번째는 울진봉평신라비(蔚珍鳳坪新羅碑)의 발견이며, 세 번째는 영일냉수신라비(迎日冷水新羅碑)의 발견이었다. 발견될 때마다 우리가 지금까지 알고 있던 비석보다는 앞선 시기에 만들어진 것이 아닌가 하는 흥분을 감추지 못하게 했던 이들 비석은 대체로 6세기 초엽에 세운 것으로서, 임금의 권위와 나라의 위세를 과시하는 순행비(巡行碑)의 성격을 갖는 것들이다.

지금부터 천5백 년 전, 이들 비석을 세울 당시에 신라의 임금과 백성들은 그 비석이 영원토록 세운 자리에서 위엄을 드러내며 남아 있기를 기원하였을 터이지만, 그러나 그 비석들은 조만간 땅에 묻혀 사람들의 기억에서 사라져 버렸고, 무상한 세월은 몇 번씩이나 생겼다가 없어져 버리는 왕조(王朝)의 순환을 지켜보고 있었다. 이제 천5백 년이나 지난 오늘날, 우리에게 다시 발견된 바 되어, 우리가 그 비문을 판독하면서 느끼게 되는 것은 잊혀졌던 옛날 일을 조금 더 자세히 알게 되었다는 지적(知的) 호기심의 충족이 아니라, 도대체 인간사에서 부질없이 추구하는 권세가 얼마나 허망한 것인가 하는 것과, 인간은 그저 인간일 뿐이라는 초월적인 깨달음이다.

그러나 물론 이러한 깨달음은 구체적인 지식을 근거로 한다. 울진봉평신라비를 두고 생각해 보자. 이 비는 524년에 그때 임금 법흥왕(法興王)이 당대의 귀족관료들과 함께 거벌모라(居伐牟羅) 남미지(男彌只) 사람들 마을에 순행하여 별교령(別敎令 : 일종의 특별시행령?)을 내리고 제사를 지냈다고 하는 내용을 담고 있다. 6세기 초엽 신라 사회에 대하여 아는 것이 별로 없는 우리로서는 일차적인 관심이 '거벌모라' 라는 지명과 '남미지' 라는 집단에 쏠린다. 그중에서도 특히

'거벌모라' 가 주목의 대상이다. '모라' 는 일본서기(日本書紀)에 '마을' 을 나타내는 낱말로 자주 나올 뿐 아니라 현대 일본어 '무라(ムラ : 村)' 와도 일치하는 낱말이기 때문이다.

일본어와 우리말 중에서, 같은 뿌리에서 나온 것으로 '섬(島)' 과 '시마' , '밭(田)' 과 '하다케' 등 몇몇 개가 알려져 있었지만, '마을' 을 나타내는 '무라' 의 옛 형태가 6세기 신라의 비석에서 발견되리라고는 생각하지 못했었다.

여기에서 우리는 잠시 천 5백 년 전 비석에서 눈을 돌려 시공(時空)의 한계를 뛰어넘어야 한다. '모라' 또는 '무라' 라는 낱말이 한반도에서 쓰이던 때에, 일본과 한국은 서로 얼마만큼의 친밀성을 유지하고 있었는가? 그런데 지금은 얼마나 멀리 있는가? 민족의 형성과 변천은 몇천 년을 단위로 동질성과 이질성을 논의할 수 있는 것인가.

우리 중에는 일본을 가깝고도 먼 나라로 생각하는 사람이 많다. 앞서가는 기술 공업국이요, 배울 것이 있다는 점에서 일본을 가까운 나라로 생각해야 한다는 사람이 있는가 하면, 일제 통치의 과거에 집착하면서 배타적 감정을 앞세우는 사람도 있다. 그러나 고고학적 차원에서 인류사를 바라보는 시각에서는 일본은 가깝고도 또 가까운 나라일 뿐이다. 그렇다고 우리가 새삼스럽게 일제시대에 저들 군국주의자들이 통치수단으로 이용했던 한일동조론(韓日同祖論)을 찬성하는 것은 천만 아니다.

흘러간 낱말을 살피다 보면, 이웃한 나라끼리는 본질적으로 이웃사촌이라는 점, 그리고 일본은 그중에서도 더 가까운 이웃이었음을 확인하게 된다는 것을 강조해 두고 싶을 뿐이다.

가장 오래된 우리나라 고문서古文書

옛날 물건을 정성 들여 보존하려는 마음도 부족한 터에, 잦은 병화(兵火)의 회오리 북새통에, 종이에 적힌 우리나라 옛날 문서들은 대개 무심하게 잊혀져 없어지거나 불길에 휩싸여 사라져 버렸다. 그래서 조상의 문화유산을 정리하려는 사람들은 어쩌다 남아있는 옛날 문헌을 대하면, 그것은 종이쪽지에 적힌 글발이 아니라 금덩이에 박혀 있는 금강석을 얻은 것보다도 더 소중하게 여기며 기뻐한다.

그러면 현재 우리나라 안에서 가장 오래된 옛날 문적(文籍)은 무엇일까? 그것은 1979년에 국보 196호로 지정된 신라사경(新羅寫經)이다. 이 문서는 신라 경덕왕(景德王) 13년(서기 754년)에 작성된 것으로 일본 정창원(正倉院)에 보관

되어 있는 신라장적(新羅帳籍)보다 꼭 1년이 앞선다. 만일에 이 신라사경이 세상에 알려지지 않았다면 우리나라 고문서 가운데 가장 오래된 것이 일본에 있다는 서글픔을 면하지 못하였을 것이다. 그러나 국어학도들에게 있어서 이 신라사경의 가치는 그것이 현전하는 가장 오래된 문서라는 점에보다도 그 문서 끝에 이두로 적힌 발문(跋文)이 있다는 점에 있다.

이 글은 정확하게 말하면 산라화엄경사경발문(新羅華嚴經寫經跋文)이라 할 수 있겠는데, 그 내용은 대략 다음과 같다.

〈천보(天寶) 13년(경덕왕 13년, A.D. 754) 갑오(甲午)년 8월 초하루부터 다음 해 을미(乙未)년 2월 14일까지 두루마리 일부(一部)를 완성하였다. 이 사업을 이루고자 발원한 이는 황룡사(皇龍寺)의 연기법사(緣起法師)인데, 첫째는 은혜를 입은 아버지를 위한 것이요, 둘째는 법계(法界)의 일체중생이 모두 성불하게 하고자 하는 것이었다. (이 두루마리경을)만드는 절차는 다음과 같다. 닥나무 뿌리에 향수를 뿌려가며 나무를 키운 다음에 여린 닥나무 껍질을 벗기고 벗긴 껍질을 잘 다듬는다. 종이 만드는 이, 경문을 베끼는 이, 경심(經心)을 만드는 이, 불보살을 그리는 이, 심부름하는 이들이 모두 보살계(菩薩戒)를 받게 하고 부처님께 공양한 밥을 먹게 한다. 또 모든 종사자들이 만약 대소변을 보거나 누워 잠을 자거나 음식을 먹을 때에는 반드시 향수를 사용하고 목욕을 하게 한다. 그래야만 작업장에 나아갈 수 있다. 경을 베낄 때에도 순정(淳淨)의식을 치른다. 새로 지은 깨끗한 겉옷 · 속옷 · 어깨걸이 · 천관(天冠) 등을 장엄하게 갖춘 두 명의 청의동자(靑衣童子)가 관정침(灌頂針)을 받들고 뒤이어 네 명의 기악인(伎樂人)이 기악(伎樂)을 하며 한 사람은 향수를 길에 뿌리고, 또 한 사람은 꽃을 뿌리며 한 명의 법사(法師)가 향로(香爐)를 받들고 나아가며, 또 한 명의 법사는 범패(梵唄 : 불교 찬송가)를 부르며 나아간다. 그리고 여러 필사(筆師)들이 각기 향화(香花)를 받들고 부처님을 찬송하며 행진하여 작업장에 도달하면 모두 삼귀의(三歸依)를 염하며 세 번 정례(頂禮 : 이마를 땅에 조아려 예배함)하고 불보살에게 화엄경을 공양한 다음에 자리에 올라가 경을 베꼈다. 경심(經心)을 만들거나 부처님과 보살상을 그릴 때에는 청의동자와 기악인의 행렬을 빼고 나머지 순정의식은 위와 같이 하였다. 경심 안에는 한 알의 사리를 넣었다.〉

얼마나 장엄하고도 경건한 의식을 행하였던가. 그리고 그 마음가짐은 얼마나 정성스러웠던가.

지금 이 신라사경은 영구보존 처리를 하여 삼성문화재단에 보관되어 있거니와 이것이 앞으로도 오래오래 보존되려면 이 경을 베낄 때의 정성 못지않은 정성이 또한 필요할 것이다. 그리고 이제부터라도 또 정성을 쏟으면 어디에선가 천 3백 년 전, 혹은 천 4백 년 전의 문서가 불쑥 나타나지 않을까? 꿈결 같은 마음을 가다듬는다.

몽고 외래어 '수라'와 '보라'

지금으로부터 7백20여 년 전인 고려 원종(元宗) 9년(A.D. 1269) 왕세자 왕심(王諶)은 서른네 살의 나이에 연경(燕京·元나라 서울·지금의 北京)으로 원나라 세조(世祖) 홀필열에게 인사를 드리러 떠났다. 좋게 말하여 입조(入朝)라 하였으나 인질이 되어 원나라로 살러 가는 것이었다. 다음 해에 잠시 귀국하였다가 그다음 해에는 다시 가서 홀필열의 딸, 제국대장공주와 결혼을 시켜 달라고 사정사정하여 허락을 받고 호복(胡服)에 변발(辮髮)차림으로 돌아왔다. (그는 물론 두 명의 고려인 아내가 있었다) 그 해에 다시 들어가 연경에서 살다가 원종 15년(A.D. 1274) 5월에 제국대장공주와 결혼하고, 6월에 부왕 원종이 돌아가자 몽고인 부인과 함께 개경으로 돌아와 임금의 자리에 앉으니, 그가 충렬왕(忠烈王)이다.

이렇게 왕세자가 원나라 서울에 인질로 잡혀가 살다가 원나라 공주를 아내로 맞이하고 본국의 임금이 승하하면 왕노릇 하러 개경으로 나오는 것은 그 후 공민왕(恭愍王) 때까지의 관례가 되었다. 몽고장수 살례탑이 고려에 쳐들어온 해(A.D. 1231)로부터 원나라 연호 사용이 폐지된 공민왕 18년(A.D. 1369)까지를 원나라에 시달린 것으로 친다면 1백30여 년이요, 초기에 항거하던 기간을 뺀다 하여도 줄잡아 1백년 남짓 고려는 원나라 지배 아래 신음하였다. 이 기간 동안 우리 민족은 처음으로 중국 이외의 민족 언어를 외래어로 받아들이는 경험을 하였다.

충렬왕의 아들 충선왕은 일생의 대부분을 원나라에서 살았기 때문에 나중에 임금이 되어 개경에 돌아왔으나, 정치에는 뜻이 없어 결국은 아들 충숙왕에게 임금 자리를 물려주고 원나라에 들어가 살다가 거기서 죽었다.

이러한 분위기에서 몽고 외래어는 고려의 상류사회를 휩쓸었을 것이다. 그러나 조선왕조 시대의 문헌을 통해, 현재 확인할 수 있는 몽고 외래어는 40개 정도에 지나지 않는데 그것은 크게 네 가지 계열로 나뉜다. 첫째는 말(馬)의 종류를 구분하는 낱말, 둘째는 매(鷹)의 종류를 구분하는 낱말, 셋째는 군사(軍事)용어, 넷째가 일반 용어이다. 몽고는 유목 민족이요, 기병(騎兵)편제가 발달하였을 터이니 말을 구분하는 낱말이 많았을 것은 당연한 일이겠고 또 당연히 그것들이 고려에 들어왔을 것이다. 매(鷹)를 구분하는 이름이 발달한 것은 역시 매사냥이 당대에 크게 유행하였기 때문이다. 말은 오늘날 자동차에 해당한다면, 매는 골프쯤에 해당한다고 할까?

그러나 그들 몽고 외래어 가운데, 오늘날까지 일반인에게 알려진 낱말은 단 두 개 '수라' 와 '보라' 가 아닌가 싶다.

'보라' 는 '보라색' 이라고 할 때의 그 '보라' 로서 '보라매' 라는 매 이름으로 우리말 속에 들어와 색깔 이름으로 정착하였다. '보라매' 는 가슴 털이 보라색을 띤 매의 일종을 일컫는 낱말이다.

'수라' 는 다 아는 바와 같이 임금님의 진지를 가리키는 낱말이다. 원래 '술런(sülen)' 이라는 몽고어에서 온 것으로 원뜻은 탕(湯)을 나타내는 낱말이었다. 어째서 '탕' 을 "뜻하는 낱말이 임금님의 진지 전체를 가리키는 것으로 바뀌었는지는 확실치 않다. (요즈음에도 제사를 지낼 때에 '밥' 을 '메' 라 하고 '국' 을 '탕' 이라 한다. 임금님 진지도 이런 식으로 '탕' 을 몽고어 '술런' 으로 불렀을 것이다.) 그런데 오늘날 '설렁탕' 이라 하는 것도 그것이 곧 '탕' 이요 '설렁' 이 몽고어 '술런' 과 발음이 비슷한 점으로 보아 그것 역시 '술런' 을 기원으로 하는 낱말이 아닌가 하는 생각을 갖게 된다. 고려를 1백 년 이상 지배했던 몽고는 6백 년 세월이 흐른 지금 우리나라에 겨우 '보라색', '설렁탕' 을 남겨 놓았을 뿐이다.

오랑캐의 감투

이웃한 민족과의 문화적 접촉은 필연적으로 언어의 접촉을 동반한다. 그것은 외래어를 주고받는 일이다. 더구나 같은 지역 안에서 서로 밀고 밀리면서 삶의 터전을 마련했던 경우에는 이웃 민족으로부터 빌어다 쓴 차용어가 역사적으로 중요한 의미를 갖기도 한다.

우리는 만주족으로부터 몇 개의 낱말을 차용(借用)하였다. 그들 만주족은 한때 청(淸)나라를 세워 중국 천하를 호령하기도 했으나 지금은 중국의 신장지역에 겨우 3만여 명이 집단을 이루어 살면서 그들 언어의 가냘픈 명맥을 유지하고 있다고 한다. 그들은 상당히 이른 시기부터 만주 동북부와 함경도 지역을 생활터전으로 삼고 우리 민족과 끊임없는 힘

겨루기를 하여 왔었다. 숙신(肅愼) 읍루(挹婁) 물길(勿吉) 말갈(靺鞨) 여진(女眞) 등 명칭을 바꾸어 가며 우리 조상들과 어울려 살기도 했고 또 위협을 가하기도 하였다. 그러는 동안 그들은 점차 영락하여 이제는 역사상의 뒤안길로 물러갈지도 모르게 되었지만 우리가 그들로부터 차용한 몇 개의 낱말은 두고두고 기억하여야 할 것이다.

첫째는 "발구"라는 낱말이다. '눈 쌓인 산간지방에서 말이나 소가 끄는 썰매'를 가리키는데, 이 낱말은 '발위'라는 변이형을 거쳐 '바리'라는 형태가 되어 '마소 한 마리가 실을 수 있는 짐의 단위'를 가리키는 것으로 변하였다.

둘째는 '두만강'의 이름에 나오는 "두만"이다. 여진 말로는 일만(一萬)을 '투먼'이라 하는데, 여러 골짜기 물이 모여 큰 강이 되었으므로 '투먼강'이라 하였다는 기록이 있다. 15세기 우리말에 '즈믄(一千)'이라는 낱말이 이 여진어와의 관계를 생각하게 한다.

셋째는 현대 한국어에서 가장 인기를 끌고 있는 낱말 "감투"이다. 흔히 높은 벼슬자리를 뜻하는 추상 개념으로만 사용되지만 원래는 머리에 쓰는 모자의 한가지였다. 먼저 사전에 쓰인 설명문을 읽어 보자.

〈감투 명 ① 머리에 쓰는 의관(衣冠)의 하나. 쳇불처럼 결은 말총이나 혹은 가죽, 헝겊 등으로 탕건(宕巾) 비슷하게 만들었는데 앞뒤 턱이 없이 민틋하게 만든 것. 원래 벼슬 아니한 평민이나 중들이 썼음. ② 〈속〉탕건 ③ 복주감투 ④ 벼슬.〉

이 설명문에 따르면 "감투"는 평민이나 불교 승려를 표상하는 낱말은 될지언정 고위관직(高位官職)을 뜻할 수는 없는 것임을 알 수 있다. 그럼에도 불구하고 지금 우리는 "감투"로 하여 많은 사람들이 울고 웃는다. 옛날 말이면 모두 중국어에서 들어온 것이라고 생각했던 정약용(丁若鏞)은 그의 저서 '아언각비(雅言覺非)' 에서 '감토(甘土)' 라고 쓰는 것은 잘못이며, 중국말로는 '감투' 라고 한다 하여 이 낱말이 중국어인 양 설명하고 있다. 그러나 만주어 감투〔帽, Kamtu〕가 중국어에서 왔다는 증거는 아직 발견되지 않는다.

그런데 한 가지 재미있는 것은 "오랑캐"라는 낱말이다. 이 낱말은 '미개한 주변 민족' 의 뜻으로 널리 사용되고 있는데, 사실은 '옛날 두만강 일대에 살던 여진족(女眞族)의 명칭' 이다. 그렇다면 결국 "감투"는 오랑캐들이 즐겨 쓰던 말총 모자라고 말할 수 있겠다.

국회의원 선거, 대통령 선거 등 감투잡기 경쟁이 치열해지는 요즈음 우리는 냉정하게 생각해 보아야 한다. "감투"라는 낱말이 또 한 번 의미 변화를 한다면 언젠가는 "사람답지 않은 이들이 따라잡으려 했던 별 볼일 없는 직업"쯤으로 될지도 모른다는 것을.

삼전도비三田渡碑를 바라보며

우리나라 사적(史蹟) 101호가 무엇인지 모르는 사람이라도 병자호란 마무리 과정에서 참패를 인정하며 우리의 임금님 인조(仁祖)대왕께서 남한산성에서 나와 청태종(淸太宗)에게 머리를 조아린 삼전도(三田渡)가 어디에 있는 줄은 알고 있을 것이다. 지금은 서울시 송파구(松坡區)로 편입된 옛날 광주군 중대면 송파리 한쪽 둔덕에는 한강의 물줄기를 굽어보며 이른바 삼전도비(三田渡碑)라 부르는 대청황제공덕비가 우뚝 서 있다. 이것이 바로 대한민국 사적 101호이다.

높이 395cm, 폭 140cm의 장대한 몸집으로 한강 머리에 버티어 서 있는 이 비석은 350여 년의 비바람에 씻기면서도 여전히 그 시절 청나라의 위세를 자랑하고 있다. 이 비석 앞면에는 만주문자로 20행, 몽고문자로 20행이 새겨져 있고, 후면에는 대청황제공덕비(大淸皇帝功德碑)라는 한문 제목 옆으로 24행의 한문이 새겨져 있다. 세 가지 문자가 모두 같은 내용인데 그 글을 지은 이는 그 당시의 이조판서 이경석(李景奭)이다. 청나라의 강압에 못 이겨 눈물을 머금고 이 치욕의 글월을 매만졌을 이경석의 심정을 헤아리며 비문의 첫머리를 읽어 보기로 하자.

대청국 성황제의 공덕비, 대청국의 숭덕(崇德) 원년 겨울 섣달에 인관화성(仁寬和聖) 황제는 화친을 파괴한 것은 우리 쪽이었다고 크게 진노하여 무기를 갖추고 동쪽으로 진격하여 오니 모두 두려워 맞서지 못했다. 그때에 우리 임금은 남한성에 있으면서 봄날 얼음 위를 밟듯, 세월을 보냈다. 50일째 되는 날 동남쪽 여러 고을 군사들이 연이어 패배하였고 서북방의 장수들도 산골짜기로 도망가서 한 발자국도 나오지 못했다. 성중의 양식도 떨어졌다. 그때에 대군이 성을 공략하는 것은 북풍에 가을 낙엽 떨어지는 것 같고, 불화로가 새털을 태우는 것 같았다. 성황제는 죽이지 않고 가르치는 것이 도리라 여겨 조칙을 내리되, '투항하면 살릴 것이나, 그렇지 않으면 전멸시킬 것이라' 하니 여러 장수들이 성황제의 뜻을 받아 우리 임금께 전했다. 우리 임금은 "내가 대국에 강화한 지 10년에 잠시 곤혹하여 하늘의 정벌을 받고 만백성의 재난을 불러왔다. 오로지 내 탓이다. 그런데 성황제는 오히려 죽이지 않고 깨닫게 하니 내 어찌 감히 위로는 조종의 사직을 보존하고 아래로는 백성을 보호하기 위하여 황제의 뜻을 받들지 않겠는가." 고 말하며 죄를 청하니, 성황제는 측은히 생각하고 위로하고자 하여 한 번 만나니 마음속에 친부모를 뵙는 듯하였다.

이 비문은 계속해서 우리 임금과 신하가 어리석고 부족하여 대청황제의 너그러운 마음을 상하게 하였고 그 결과가 삼전도 나루터에서 머리를 조아려 신하의 예를 갖추게 하였으니, 이것은 대청황제의 더할 수 없는 은덕임을 누누이 강조하고 있다.

이렇듯 승승장구하던 청나라, 그리고 그들 만주족은 지금 어찌 되었는가? 그 나라가 통틀어 300년도 버티지 못했다는 것은 전혀 들먹일 필요가 없다. 더구나 청나라의 마지막 임금 선통제(宣統帝)의 파란만장한 일생은 더더욱 들먹일 필요가 없을 것이다. (흔히 부의(簿儀)라는 이름으로 알려진 그는 최근 '마지막 황제' 라는 영화로 말미암아 이 세상에 더욱 분명하게 알려진바 되었다.) 문제는 만주의 한구석에서 일어나 중국은 물론 동북아시아에 위세를 떨치던 그 기세당당한 만주족이 지금은 자기네 말을 할 줄 아는 사람조차 찾아보기 힘들게 되었다는 사실이다. 만주문자를 알고 쓰는 사람이 없음은 더 말할 필요도 없다.

오늘도 삼전도에는 대청황제공덕비가 비를 맞고 서 있다. 이 세상에는 이렇게 사라져 버린 언어, 문자, 민족도 있는 법이라고 외치는 모습으로.

'물레'와 '씨아'의 영웅, 문익점

을지문덕이며, 강감찬이며 이순신 같은 분을 기리는 까닭은 무엇인가? 외국의 침략으로 온 나라가 곤경에 빠져 있을 때에 신명(身命)을 바쳐 나라와 민족을 구하였기 때문이다.

우리는 그분들을 '민족의 영웅' 이라고 칭송하기까지 한다. 그러면 '민족의 영웅' 이라는 칭호는 그와 같은 군사적(軍事的) 위인(偉人)에게만 해당되는 것일까? 의식주(衣食住)의 어느 분야에서 우리 민족에게 커다란 공헌을 한 분이 있다면 그런 분에게는 '민족의 영웅' 이란 칭호가 부당한 것일까? 군사적 위업 못지않게 경제적·산업적 위업도 인정되어야 하는 것 아닌가? 이러한 의미에서 우리는 고려 말의 선비 문익점(文益漸)을 '민족의 영웅' 으로 추앙하여야 한다. 그리고 그분의 업적과 관련된 낱말도 살펴보아야 한다.

문익점(1329~1398) 고려 말의 학자. 문신. 자는 일신(日新), 호는 삼우당(三憂堂). 강성현(江城縣 : 지금의 경남 산청) 출생. 숙선(淑宣)의 아들. 공민왕 9년(1360) 문과에 급제. 김해부사록(金海府司錄) 순유박사 등을 지냈고, 1363년 좌정언(左正言)으로 서장관이 되어 계품사 이공수(李公遂)를 따라 원나라에 갔다. 이 해에 최유 일파가 덕흥군(德興君)을 받들고 원나라 군사가 이끌고 쳐들어 왔다가 최영 · 이성계 등에 패배하였는데, 익점은 이에 가담한바 되어 그곳에서 운남(雲南)으로 유배되었다. 그 후 3년 만에 풀려 본국으로 돌아왔으나 파직되었다. 익점이 중국 검남(劍南) 땅에 있을 때, 목화씨를 얻었는데 당시 중국은 목면(木綿)의 수출을 금하였기 때문에 그는 그것을 붓두껍 속에 감추어 가지고 귀국하였다. 그는 고향에 내려와 장인 정천익과 함께 목화재배에 힘써 뒷날 우리나라 의료(衣料)와 경제에 큰 공헌을 하였다. 조선조 세종 때에는 영의정으로 추증되고 부민후(富民侯)에 봉해졌다.

인명사전에 적혀 있는 이 짧은 글은 민족의 살길이 오로지 경제부흥에 있는 현대의 시점에서 다시 한번 면밀히 검토되어야 할 것 같다. '무명', '목화', '베', '실', '물레', '씨아', '베틀' 같은 낱말과 함께 말이다.

'무명'은 한자어 '목면(木綿)'의 중국음 '무미엔'의 한국식 개주음(改鑄音)이며, '목화(木花)'는 한국 한자음으로 부르는 한자어이다. 물론 그 낱말의 기원은 중국에 있다. '베'는 한글로 적히기 때문에 고유어처럼 보이지만 이것도 한자어 '포백(布帛)'에서 나온 것일 가능성이 크다. '백(帛)'의 현대 중국음은 '바이(pai)'이고, '포(布)'의 옛날 중국음은 '부오(puo)'이다. '실' 역시 '사(絲)'의 중국음 '시(sï, si)'와 깊은 관련이 있다.

'물레'와 '씨아'는 순수한 고유어로 생각된다. '물레'는 한자어로는 방차(紡車)라 하여 솜뭉치에서 실을 자아내는 연장인데 '가래(鍤), 고무래, 굴레(轡), 얼레' 등의 낱말과 같이 '-애/-에' 접미사를 가지면서 '-래/-레'로 끝나는 부류의 낱말인 듯하나 오늘날 '실을 잣다'는 의미로 '무르다, 물르다'라는 낱말이 없어서 그 분명한 어원은 알 수가 없다. '씨아'는 요즈음에도 '씨앗, 씨앗씨, 씨아시'라는 사투리 형태가 있으므로 '씨를 뽑아낸다'는 '씨+앗이'에서 끝음절이

줄어든 것이라고 할 수 있다. '베틀' 은 물론 '베' 와 '틀' 의 복합어이다.

우리가 알아야 할 낱말은 여기에 그치지 않는다. 1950년대까지만 해도 익숙하게 사용했던 광목(廣木)이니, 옥양목(玉洋木)이니 하는 낱말들이다. 무명천의 질(質)이나 폭(幅)에 따라 붙여졌던 이런 낱말은 화학섬유 · 합성섬유가 판을 치면서 사라졌지만 자연섬유의 우수성이 재평가되는 미래의 어느 날엔가는 두 번째의 부민후(富民侯 : 백성을 풍요롭게 한 분), 또 다른 문익점 선생이 사용할는지도 모르기 때문이다.

중앙아시아의 고려 말

'칠천만 동포'라고 하는 말이 이제는 전혀 귀설지 않다. 온 세상 곳곳에 퍼져 살고 있는 우리 민족이 어림잡아 칠천만이 되기 때문이다. 그중에는 소련 영토 안에 살고 있는 수십 만의 동포도 포함되어 있다. 소련의 서남부 지역 중앙아시아에는 터키계 민족이 몰려 사는 우즈베크 공화국과 카자흐 공화국이 자리 잡고 있는데, 서남쪽으로는 아프가니스탄·파키스탄과 연접해 있고, 동남쪽으로는 중국의 서북단 신강성과 맞붙어 있는 지역이다. 유라시아 대륙의 한복판, 하늘과 맞닿은 산이라 하여 천산산맥이라 부르는 험산준령의 서쪽, 한반도로부터는 수만 리 떨어진 궁벽한 초원이다. 거기에 우리 동포가 30만 정도 몰려 살고 있다.(소련 안의 전체 한인 수는 약 40만 : 2억8천7백만 소련 전체 인구로 보면 적은 숫자이지만 그래도 1백여 개 민족 가운데서 28번째로 큰 민족이라 한다.) 우즈베크 공화국에는 수도 타슈켄트에, 카자흐 공화국에는 크즐오르다주 딸리꾸르간주, 그리고 수도 알마아타가 그들의 주요 거주 지역이다.

그들은 원래 시베리아 동남단 연해주 지역 블라디보스토크에 19세기 후반부터 함경도로부터 옮겨 살던 우리 동포였는데 스탈린이 통치하던 1937년 가을에 강제로 집단 이주되어 정착한 사람들이다. 이주 당시의 1세들은 많이 타계하였고 현재의 동포들은 그들의 2세와 3세라고 한다. 그들은 할아버지, 할머니의 조국을 '고려' 라 부르고, 스스로를 고려 사람이라 생각하면서 '고려 말' 을 사용하고 있다.

그러나 한반도와의 연락이 두절된 상태에서 소련연방 표준어인 소련 말과 그들 공화국의 공용어인 우즈베크 말이나 카자흐 말의 곁다리로 쓰기 때문에 어쩔 수 없이 잊혀지고 변질된 것이 많이 생겼다. 그래도 알마아타 시에는 고려인 전용극장이 있고, 한글신문 '레닌기치' 가 발행될 뿐만 아니라 고려 말로 방송하는 라디오방송시간까지 갖고 있다니, 그 민족적 저력에 경탄을 금할 수 없다. 이제 그들이 쓰는 말

몇 마디를 옮겨 본다.

"인제야 오심둥?(이제야 오십니까?)"

"차나 한 잔 마시깁소.(차나 한 잔 마십시다.)"

"아슴챠니꼬마.(대단히 고맙습니다.)"

"그 사람이 무스게라 함둥?(그 사람이 무엇이라 하였소?)"

"지내 덥어서 혼났으꾸마 합데.(몹시 더워서 혼났어요 하더군요.)"

함경도 사투리를 바탕으로 하는 이 몇 마디 중에 우리의 관심을 모으는 한마디는 '아슴챠니꼬마' 이다. 어째서 이 말이 '고맙다' 는 뜻이 되었는가? 좀 더 검토해야 하겠지만 짐작되는 최초의 낱말은 '안심(安心)찮다' 일 것 같다. '다른 사람에게 폐를 끼쳐서 마음이 편치 않다' 는 애초의 뜻이 발전하여 '고맙다' 는 뜻으로 굳은 듯하다. 재미있는 의미변화를 하였다. 이 의미변화는 어려운 이민생활의 고초를 딛고 일어서서 잘사는 소수민족이 된 것이 자랑스럽고 고맙다는 뜻을 숨기고 있는 것 같기도 하다.

이 알마아타의 고려 말에서 또 주목되는 낱말은 '엽전' 이다. '고려 사람', '조선 사람' 을 가리키는 말이지만 얕보는 뜻을 지닌 것이 아니라 '돈 많은 사람' 이라는 뜻으로 사할린 지역에서부터 사용되던 말이라 한다. 근검한 우리 민족의 기질을 긍정적으로 표현한 것이어서 기분이 좋다.

얼마 전에는 이들 지역에서 한글학교 선생님들이 모국을 방문하여 우리 역사와 우리말 연수를 받게 되었다는 소식을 신문에서 보았다. 중앙아시아의 고려 말이 오십여 년 만에 서울말과 만난 것이었다.

우리들의 성명 석 자, 그 미래는

윤동주의 시 '별을 헤는 밤'을 읽다가 우리들의 이름을 생각하게 되었다.

〈어머님, 나는 별 하나에 아름다운 말 한마디씩 불러 봅니다. 소학교 때 책상을 같이했던 아이들의 이름과 佩(패) 鏡(경) 玉(옥) 이런 이국(異國) 소녀들의 이름과 벌써 애기 어머니 된 계집애들의 이름과 가난한 이웃사람들의 이름과 비둘기 · 강아지 · 토끼 · 노루 · 프란시즈 잠 · 라이너 마리아 릴케, 이런 시인의 이름을 불러 봅니다.〉

우리들은 우리의 성명 석 자를 사랑한다. 이 성명 석 자는 우리 존재의 절대성과 유일성을 증명하는 단 하나의 고유명사이기 때문이다. 그러나 어느 날 우연히 동명이인(同名異人)이 있다는 것을 알게 되었을 때, 혹은 전화번호부를 뒤적이다가 자기와 똑같은 이름을 쓰는 사람이 수십 명이나 된다는 것을 발견하였을 때, 우리는 성명 석 자가 정말로 자기를 드러내는 고유한 징표인가를 의심하게 될 것이다.

먼저 성씨(姓氏)부터 살펴보자. 최근 경제기획원 조사통계국이 실시한 인구센서스에 따르면 2백72개의 성씨에 3천4백35개의 본관이 있는 것으로 되어 있다. 그중에 金·李·朴·崔·鄭 등 성씨가 전체 인구의 절반을 넘어서고 있다. 그런데 우리 민족은 이 성씨에 대해 무서운 고집을 가지고 있다. 자신의 결백과 진실을 증명하고자 할 때 "이것이 거짓이라면 내가 성(姓)을 갈겠다."고 맹세한다. 이러한 성불변(姓不變)의 원칙은 혈연 상의 뿌리의식과 함께 우리 사회의 도덕적 기초를 형성하는 중요한 요소로 작용한다. 이렇게 본다면 성씨는 자기만 지닌 고유한 것이 아니요, 자신의 가문(家門)과 혈통을 나타내는 집단개념이다.

그러면 두 글자로 된 이름은 어떤가? 그중의 하나는 할아버지·아버지·아들·손자로 이어 내려가는 서열표시의 이른바 항렬(行列)자이다. 그러므로 이것도 자기 자신만이 지닌 고유한 것이 아님을 알 수 있다. 마지막으로 남은 하나의 글자가 자기의 고유한 이름일 것 같다. 그러나 여기에도 문제가 있다. 뜻이 좋은 글자를 고르다 보니 모두들 비슷비슷한 글자를 선택하였기 때문이다. 어느 중학교 선생님은 남자와 여자의 이름에 자주 쓰이는 글자를 각각 14개씩 추려내여 다음과 같이 짝을 맞추어 놓았다.

철룡영일학성광(哲龍永日學成光)
현덕동국춘호정(賢德東國春浩正)
〈밝은 용 영원토록 학문 성취 빛나고 어진 덕성 동쪽나라 봄빛이 퍼졌구나.〉
순옥화영자숙희(順玉花英子淑姬)
난향선미정경애(蘭香善美貞卿愛)
〈순한 옥, 예쁜 꽃 모두 맑고 깨끗하고 난초 향기 아름다워 벼슬아치 사랑하네.〉

물론 이 뜻풀이는 억지로 꿰어 맞춘 것이지만 그 글자들을 가만히 들여다보면 우리가 자기의 고유한 이름이라고 고집하는 글자도 너무나 공통성이 많음에 놀라게 된다. 이렇게 제한된 한자의 울타리 속에서 우리의 이름이 기를 펴지 못하고 있는 한, 우리는 동명이인(同名異人)이 수십 명, 수백 명씩 되는 것을 피할 수가 없게 되어 있다.

원래 우리 민족이 성명 석 자를 갖게 된 것은 중국문화에 심취하던 과거의 역사 때문이었다. 우리의 선조들은 어떻게 하면 우리가 중국 사람과 생활과 생각이 같은가를 드러내 보이려고 애썼다. 그러나 이제 세상이 바뀌어 가고 있다. 특별히 양반인 체하여 남의 집 족보에 자기 이름을 끼워 넣을 필요도 없어졌고 또 그럴 사람도 남아 있지 않다. 게다가 앞으로의 세상에서는 한자(漢字)도 점차 없애 버리겠다고 하는 움직임이 있으니, 일이백 년만 지나도 우리의 이름을 '성명 석 자'라고 표현하지도 않을 것이고, '성(姓)을 갈 놈'이라는 욕설도 옛날이야기가 될지도 모르겠다.

이름이나 바꾸어 볼까

기구한 운명을 한탄하던 사람이 이름이나 바꾸면 운수가 트일까 하여 작명소를 찾아가는 일이 있다. 이때에 새 이름을 지어 주는 성명철학자가 어떤 해설을 붙이느냐 하는 문제와는 상관없이 새 이름의 주인공은 새로운 이름과 더불어 전개될 아름다운 미래에 가슴을 설렌다. 새 이름에는 과거의 그늘진 추억을 씻어 내는 활력소가 들어 있기 때문이다. 그러면 그 활력소에는 무엇이 있는가? 거기에는 낡은 이름에 붙어 있던 슬픔과 고통을 잊어버리게 하는 신선한 발음이 있고 산뜻한 심상(心像)으로 떠오르는 새 뜻이 담겨있다.

이러한 이름 바꾸기는 운명의 개조를 희망하는 사람들이 자기 이름 석 자를 바꾸는 일에 국한되지 않는다. 이 세상의 모든 낡은 명칭들이 기회만 있으면 새로운 음상(音相)과 의미(意味)로 변신하고자 노력한다.

한때, 부엌데기에 지나지 않았던 '식모(食母)'는 '가정부(家政婦)'로 변신함으로써 당당한 직업인이 되었고, 또 한때 아래채 행랑방의 식객이나 다름없던 '운전수(運轉手)'는 '기사(技士)님'으로 탈바꿈함으로써 서양 중세기의 기사(騎士)가 된 듯한 기분을 누리게 되었다.

지위(地位) 격상(格上)을 시도하고 나온 분들은 여기에 그치지 않는다. '간호부'는 '간호사'가 되었고, '사법서사(司法書士)'는 '법무사(法務士)'가 되었다. 그들이 새 이름과 더불어 옛날 심부름꾼의 모습을 벗어버렸음은 두말할 필요도 없다.

어찌 특정 직업인의 명칭뿐일까 보냐. 대학의 학과(學科) 명칭도 한몫 끼어든다. 상대적으로 인기가 적었던 학과가 새롭게 몸단장을 하고 나서는 것이다. 그래서 '요업공학과(窯業工學科)'라는 명칭의 학과는 '무기재료공학과(無機材料工學科)'로 바꿈으로써 사기그릇이나 굽는 과라는 허물을 벗을 수 있었고, 책이나 분류하면서 책 먼지나 마시는 것으로 알았던 '도서관학과(圖書館學科)'는 '문헌정보학과(文獻情報

學科)’로 개칭됨으로써 정보화 시대에 걸맞은 신예 인기학과로 떠올랐다.

이때에, 이름을 바꿨기 때문에 실체의 속성이 바뀐 것인지, 실체의 속성이 바뀌었기 때문에 이름을 바꿀 수밖에 없었던 것인지 판별해 낼 수는 없다. 어느 것이 먼저인지는 알 수 없으나, 닭과 달걀의 관계처럼 맞물려 돌아가는 것만은 분명하다.

이렇듯 세월이 흐름에 따라 사물의 명칭은 끊임없이 새로운 몸단장을 하면서 변신을 거듭하여 왔다. 과장하여 말한다면, 인류문화의 변모는 이름 바꾸기의 역사라고 할 수 있을 것이다.

비근한 예를 하나만 더 생각해 보자. 옛날 우리 선조들이 ‘뒷간’이니, ‘측간(廁間)’이니 하고 부르던 것을 한참 동안 ‘변소(便所)’라고 했었다. 그러더니 언제부터인가 ‘세수간(洗手間)’, ‘화장실(化粧室)’로 바꾸어 불러왔다. 그런데 조금 운치 있는 접객업소에서는 얼마 전부터 ‘해우소(解憂所)’라는 꽤 노골적인, 그러나 해학과 글 사랑을 겸한 명칭을 사용하고 있다. 몇 해 전 제주도 여행 중에 처음으로 ‘해우소’를 만났을 때, 나는 “허허, 그렇지, 그렇지, 근심거리를 풀어 주는 곳이고 말고." 이렇게 그 익살스런 새 이름에 찬사를 보내며 용변을 마친(그러니까 근심을 풀어 버린) 시원한 기분을 토로했었는데, 요즈음 이 명칭이 서울에도 심심치 않게 보인다. '화장실' 의 운명도 멀지 않았나 보다.

그러나 우리가 정말로 근심을 풀기 위해 바꾸어야 할 이름들은 투기(投機)니, 퇴폐(頹廢)니, 유괴(誘拐)니 하는 이 사회의 부조리 현상들이 아닐까? 그렇지만 슬프게도 우리는 안다. 명칭이 바뀐다 하여도 그 본성은 결코 바뀌지 않는 사물도 존재한다는 것을.

사모님과 아주머니

며칠 전, 캐나다에 사신다는 분으로부터 한 통의 편지를 받았다. 존경하는 선생님의 부인을 부르기 위해 마련된 '사모님' 이라는 호칭이 아무 데서 아무에게나 품격을 잃고 사용되는 사실에 분노를 터뜨리면서 바로잡을 길이 없겠느냐는 호소를 하고 있었다. 그 글월의 일부를 옮겨 본다.

> 70년대만 해도 그다지 흔하게 쓰이지 않던 '사모님' 소리가 80년대에 들어서면서부터는 아무에게나 쓰여서 어색하게 느껴질 뿐만 아니라 불쾌하기까지 합니다. 상대편에서 존경의 마음을 나타내고자 할 때에는 불러서 좋고 들어서 흐뭇할 수도 있겠습니다. 그러나 그렇지 않을 때에는 아

부하는 행위이거나 넉살 좋은 행위에 지나지 않습니다. 그렇게 생각지 않으세요?

요즈음 이곳에서도 한국 텔레비전 드라마의 비디오테이프를 종종 보게 되는데, 거기에서도 그 '사모님' 이 귀에 거슬립니다. 나이 많은 남자 어른이 새파랗게 젊은 여자에게 부르는 경우, 또 자가용 운전기사가 주인 여자에게 부르는 경우 같은 것입니다. 이런 장면이 나올 때마다 저는 드라마 이야기의 흐름마저 깨뜨리는 것 같아 불쾌하기 그지없습니다. 이럴 때에 '아주머니' 라는 호칭을 쓰면 얼마나 좋을까요? …중략…

몇 해 전, 한국엘 나갔었지요. 동대문시장 비단전을 들렀던 때였습니다. 비단가게 앞에 들어서자마자 양쪽에서 마치 군대사열이나 하는 것처럼 "사모님, 구경하세요." 하고 일제히 합창을 하는 것 아니겠어요? '어머나 …별일이야. 언제 봤다고 사모님이야…' 달음질치듯 그 골목을 빠져나와 다른 골목으로 들어섰지만 거기에서도 마찬가지더군요.

나는 이 편지를 읽으면서 내 어린 시절의 사건 한 토막이 생각났다. 골목길에서 놀고 있는데 어떤 부인이 아기를 데리고 지나가고 있었다. 그런데 그 부인의 저고리 뒷등에 울

긋불긋한 검불이 붙어 있었다. 그래서 나는 별생각 없이 "아주머니, 저고리 등에 검불이 붙었네요." 하고 큰 소리로 알려 드렸었다. 그때 마침 어디에 갔다 오시는 길이었는지 내 어머니가 우리들 노는 데로 다가오시는 중이었다. 나는 반가워서 "엄마, 어디 갔다 오세요?" 또 소리를 칠 수밖에. 그러나 어머니는 눈짓을 해 우리 집 대문 앞으로 나를 불러 세우시더니 이렇게 물으시는 것이었다.

"너 아까 지나가던 부인을 그전부터 알고 있니?"

"아니요."

"그럼 어째서 알지도 못하는 사람보고 '아주머니' 라고 불러? '아주머니' 란 말은 아주머니뻘이 되는 집안사람이거나 아주 친한 동네 어른에게나 쓰는 말이란다. 그냥 '여보세요' 라고 하는 게 좋단다."

벌써 나의 어머니는 고인이 되셨고, 이 한 토막의 사건도 오십 년 가까운 옛날 일이 되었다. 그러니까 오십 년 전쯤에는 '아주머니' 라는 호칭도 시장바닥이나 길거리에서 함부로 사용할 수 없는 품격이 높은 낱말이었음을 알 수 있다. 그런데 이제는 '아주머니' 는 싸구려 낱말이 되었고, '사모님'

쯤은 되어야 겨우 쓸 만한 낱말이 된 듯싶다. 그러나 그 '사모님' 이란 낱말에도 덤핑(싼값으로 팔아넘기기)현상이 나타나기 때문에 캐나다에 사시는 부인이 걱정하는 글월을 쓰시게 되었다. 그런 의미에서 낱말가치와 화폐가치와는 서로 통하는 면이 있는 것 같다. 세월이 흐를수록 돈의 가치가 떨어지듯이 낱말의 가치도 자꾸만 떨어져 가기 때문이다. 그러다가는 '사모님' 이란 낱말도 시들해져 무언가 다른 낱말로 바뀌어야 할 것 같다.

우리말의 뿌리

'안전띠'와 '죽눈'

자동차 운전의 안전성을 높이기 위하여 거리 곳곳에 계몽하는 현수막과 입간판이 보인다. 처음에는 "안전벨트를 착용합시다."라고 쓰인 것이더니 어느 틈에 "안전띠를 맵시다."라는 표현으로 바뀌었다. '벨트' 라는 낱말이 아직 우리말로 정착한 외래어가 아니고, '착용' 이라는 한자말도 편안한 느낌을 주는 표현이 아니라는 생각 때문이었을 것이다. 교통행정을 맡은 이들의 건전한 언어감각에 대해 아낌없는 찬사를 드리고 싶다.

이 기회에 우리는 '안전띠' 라는 낱말의 유래를 살펴보기로 하자. '안전' 은 물론 한자말이지만 우리에게 대단히 친숙한 낱말이다. 그러면 '띠' 는 어떤가? '허리띠, 머리띠, 가죽

띠, 비단띠' 같은 낱말에서는 복합어로 나타나지만 '띠' 라는 독립형으로도 쓰이는 이 낱말은 흔히 순수한 우리말이라고 생각하는 수가 있다. 그러나 이 낱말의 근원을 캐어 올라가면 한자 '대(帶)' 에 이른다. '혁대(革帶), 복대(腹帶)' 같은 낱말에서 앞에 있는 음절의 영향으로 '때(중세어로는〈띄〉)' 라는 된소리가 만들어졌고, 그것이 다시 '띠' 라는 변이형태로 굳어지면서 고유어로 자리가 잡힌 낱말이다. 이처럼 오늘날 우리가 너무도 당연하다는 듯, 고유어로 알고 있는 낱말들 가운데에는 그 기원을 거슬러 올라가 보면 이천여 년 전 중국문화와의 교섭의 결과로 얻은 차용어인 경우가 많다. 자〔尺〕, 요〔褥〕, 절〔寺, 邸〕, 살〔矢〕, 붓〔筆〕, 먹〔黑〕, 되〔升, 斗〕, 뵈〔布〕, 벼〔稻, 稗〕 같은 명사는 말할 것도 없고, 글씨를 쓰다〔書〕, 적다〔記, 誌〕, 옷을 여미다〔衽〕, 도끼로 나무를 찍다〔剔〕, 바구니를 겯다〔編, 結〕, 물건을 저미다〔塹〕, 뛰다〔跳〕, 닿다〔達〕 같은 동사들까지도 오래전 아주 이른 시기의 한자음에 뿌리를 두고 있다. 채찍〔策〕, 소매〔袖, 袂〕, 무늬〔紋〕, 심지어 이엉〔蓋, 草, 广〕 같은 낱말조차도 오래전에 중국에서 건너온 것이라고 한다면 우리나라 사람들은 고개를 갸웃거리면서 "그렇다면 도대체 순수한 고유어는 없단 말인가?" 하는 의문을 품을 수도 있을 것이다.

이때에 우리는 다시 한번 반문하여야 한다. "순수하다는 것은 무엇인가?" 하고. 특히 언어의 순수성 또는 고유성이라는 것은 시간의 흐름을 전제로 하는 역사적인 상관관계 속에서만 밝혀지는 상대적인 개념이다. 천 년 전에는 낯선 것이었으나 칠백 년쯤 전에는 아주 친숙한 것이 되고, 오백 년쯤 전이면 이미 우리 문화전통의 일부분이 되어 있는 것. 이것이 언어의 경우, 고유성의 문제점을 푸는 열쇠이다.

여러 해 전, 말레이시아 페낭에 머물던 때의 일이다. 한낮이면 섭씨 30도를 웃도는 폭염이기 때문에 시장은 새벽에 서고 아침 10시경이면 벌써 한산한 파장이 된다. 어느 날, 나는 아내와 함께 야채를 사러 새벽 장을 찾았다. 부지런한 중국계 상인들이, 역시 부지런한 중국계 농부들이 고산지대에서 특수 재배한 야채들을 깨끗하게 정돈해 놓고 있었다. 질펵한 한국의 야채시장을 보던 눈에 대뜸 이국적인 정취를 느끼게 해 주었다. 마늘 · 파 · 고추 · 무 · 배추 등 김칫거리를 사고 돌아서려는데, 한쪽 좌판에 죽순(竹筍) 한 무더기가 쌓여 있는 것이 보였다.

"여보, 저 죽순 좀 보아! 사다가 죽순나물 좀 해 먹을까?"

나는 아내를 보며 이렇게 말하고 나서 “이 죽순을 당신네 혹끼엔〔福建語〕 말로는 무어라고 합니까?” 하고 물어보았다.

“예, 땍순이라고 해요.”

그때 나는 ‘대나무[竹]의 대’ 조차도 중국 남방계 한자음 ‘땍’ 과 관계가 있다는 사실을 알게 되었었다.

한국인의 이름 석 자

우리 한국 사람들은 대체로 성명(姓名) 석 자를 갖고 있다. 성씨(姓氏)가 두 자인 경우도 있고, 이름이 외자인 경우도 있어서 김신(金信)이라든가 선우형순(鮮于亨順)처럼 성명이 두 자나 넉 자로 표시되는 경우가 없지 않지만, 성명이라고 하면 석 자로 되어 있어야 일반성을 띤다. 그러면 이 성명 석 자로 우리나라 사람들이 자신의 동일성을 증명한 것은 언제부터이며, 그것은 어떤 문화전통에 연유하는 것인가?

나는 이런 생각을 할 때마다 서울 서대문 밖 무악재 고개 못미처에 세워져 있는 독립문이 연상된다. 내가 가지고 있는 묘한 조건반사 현상의 하나이다. 그 독립문은 누구나 아는 바와 같이 우리나라가 중국 청(淸)나라의 세력권에서 벗어났음을 나라 안팎에 과시하기 위해 1898년에 독립협회가 국민의 성금을 모아 세운 기념물이다. 수백 년 동안 중국 사신을 영접하던 영은문(迎恩門) 자리에 독립문을 세우고, 또 중국 사신들이 한양에 머무는 동안 유숙하던 모화관(慕華館)을 헐어 버리면서 우리 조상들은 어쩌면 외세로부터 영원히 자유롭게 되었다고 기뻐하였을지도 모른다.

그러나 그 뒤의 우리나라 형세는 어찌 되었었는가? 만일에 무악재 고개 밑에 독립문을 세울 때에, 그것이 북쪽 세력으로부터의 독립일뿐만 아니라 남쪽 세력인 일본으로부터의 독립을 표상하는 것이요, 더 나아가 우리 민족이 중국문화전통으로부터도 서서히 벗어나는 시발점이라는 생각을 분명하게 가질 수 있었다면 우리 역사의 물줄기가 다른 방향으로 흐르지 않았을까 하고 부질없는 공상을 펼치게 된다. 그때에 내 사념을 사로잡는 것이 다름 아닌 이름 석 자이다.

우리 조상들이 중국 사람들과 마찬가지로 한자(漢字)로 외자 성씨에 두 자 이름을 가지기 시작한 것은 삼국시대 초엽부터라고 말할 수 있다. 물론 그때는 고주몽(高朱蒙) 김알지(金閼智) 등 임금의 성명에 국한하였을 터이지만 조만간 나라의 유공자나 귀족들에게 성씨를 선물로 주는 사성(賜姓)의 제도가 자리 잡으면서 우리 조상들은 중국 사람들과 똑같이 이름 석 자를 갖게 되었던 것이다.

그 후로 이름에 관한 한, 중국 사람과 우리 한국 사람은 구별이 불가능하게 되었다. 그것은 큰 나라 중국을 섬기고 그 문화를 그리워하는 사대모화(事大慕華)의 풍토 속에서는 오히려 커다란 자랑이요, 영광이었다. 그래서 똑같은 한자로 이름을 적으면서도 "산밑〔山本〕, 솔아래〔松下〕, 대밭〔竹田〕, 시골냇물〔村川〕, 우물위〔井上〕" 같은 것을 성씨로 삼은 일본 사람들을 야만이라 깔보며 우리 조상들은 이름이나마 중국식 허울을 쓴 것에 무한한 자부심을 느꼈었다. 더구나 유교 사상이 깊이 뿌리 내리면서 성씨는 영구불변이라는 고정관념이 형성되었다. 그래서 성(姓)을 바꾼다는 것은 이 세상에서 받는 가장 욕되고 수치스러운 일이라 여기게 되었다.

그러나 생각해 보자. 우리가 언젠가는 반드시 한글만으로 문자생활을 꾸려 가는 날이 올 터인데, 그때에 정(鄭)씨는 '나라 정몽주', 정(丁)씨는 '고무래 정일권', 정(程)씨는 '길 정서방' 하는 식으로 구분할 것인가? 아니면 이른바 한글 종씨(宗氏)가 생겼다고 좋아하며 대범하게 넘길 것인가? 아니면 중국 사람들과는 구별되는 배달민족임을 밝히기 위하여 다른 표현방식을 모색할 것인가?

어떤 이는 본관(本貫)을 살려 '김해 김철수, 광산 김영철'이라고 쓰면 어떻겠느냐고 하고, 또 어떤 이는 이름을 한글로 '소담이, 보람이, 진달래'라고 하니 성도 그렇게 바꾸어 '느린〔徐〕 꽃나무', '깊은〔沈〕 시냇물', '높은〔崔〕 진달래'라고 하는 것이 어떻겠느냐고 한다. 세월을 기다려 볼 일이다.

현대국어의 뿌리

우리 민족의 역사에서 최초의 통일국가가 형성된 것은 고려 태조 왕건이 신라와 후백제를 차례로 병합한 10세기 초엽의 일이었다. 지금으로부터 일천여 년의 세월이 흐른 옛날이다. 그 무렵부터 고려의 서울이었던 개성이 당대 문화의 중심지가 되었고, 개성의 언어는 고려의 표준어 구실을 하였을 것이다. 그러면 그 언어의 실상은 어떤 것이었을까?

개성은 고구려 · 백제 · 신라가 솥발처럼 버티고 있던 삼국시대에 대체로 고구려 영토에 속해 있던 곳이었으므로 그 당시의 개성 말은 고구려의 언어를 기본 자산으로 가지고 있었으리라는 추정을 할 수 있다. 그러나 다른 한편 개성문화의 일반적인 성향은 오히려 신라의 전통을 강하게 이어받은 것으로 밝혀지고 있다. 그 실례를 삼국사기의 경순 왕조에서 살펴보기로 하자. 신라의 마지막 임금 경순왕이 나라를 고려에 바치기로 하고 경주에서 개성으로 이사하는 장면을 삼국사기에는 다음과 같이 적어 놓았다.

> '경순왕 9년(서기 9백35년) 11월에 태조(왕건)는 (경순)왕의 항복하는 글을 받고 대상 왕철 등을 보내어 영접하게 하였는데, 왕은 신하들을 거느리고 서라벌을 떠나 태조에게 돌아가 의지하고자 하는데 향차보마(香車寶馬)가 30여리에 연하고 도로는 막히고 구경하는 사람은 담을 둘러싼 것 같았다. 태조는 교외로 나와 왕을 맞아 위로하여 대궐 동쪽에 가장 좋은 집 한 채를 주고 장녀 낙랑공주를 그에게 시집보냈다.'

30여 리에 걸친 향차보마의 행렬은 경순왕이 왕건의 사위가 되는 정치적 사건의 행렬임과 동시에 신라문화의 중심이 경주에서 고스란히 개성으로 옮겨 가는 문화사적 행렬이기도 한 것이다. 그러므로 고려의 정치적 · 사상적 지향점은 고구려의 웅혼한 기상과 영화를 재현한다는 의미에서 나라 이름까지도 고려라 하였지만 사회적 · 문화적 제반 현상은 경주의 것을 개성에 옮겨 놓은 것으로 이해하는 것이 좋을 것이다. 언어 현상도 같은 범주에서 해석할 수 있다. 즉 개성의 지배적인 문화어가 신라 경주에서 사용되던 언어로 대체되었으리라는 점이다. 그 특징적인 예를 수사(數詞)를 통하여 검증할 수 있다.

일찍이 고구려어 수사 네 개가 고대 일본어 수사와 비슷하다는 것이 학자들의 비상한 관심을 끌었었다. 고구려어 수사 3, 5, 7, 10은 각각 '밀〔密〕·옻〔于次〕·나는〔難隱〕·덕(德)'으로 나타나는데 이것들은 고대 일본어 '미〔三〕·이두〔五〕·나나〔七〕·도워〔十〕'와 너무나도 비슷하기 때문이었다. 고구려어 자료의 상당 부분이 신라어와의 공통점을 보이지만 수사가 이처럼 특이하다는 것은 그만큼 고구려어와 신라어가 다르다는 증거이기도 하다.

한편 고려어 자료로 첫손에 꼽히는 계림유사(鷄林類事)에는 오늘날 '하나·둘·셋·넷·다섯·여섯·일곱·여덟·아홉·열'의 직계 조상임이 분명한 어형을 다음과 같이 보여 준다.

〈'ᄒᆞᄃᆞᆫ(河屯)·두불(途孛)·세ㅎ(酒:斯乃切)·네ㅎ

(遒) · 다솟(打戌) · 여솟(逸戌) · 닐굽(一急) · 여듧(逸苔) · 아홉(鴉好) · 열ㅎ(噎)' 〉

이것들은 고구려어 수사와는 하나도 일치하지 않으므로 신라어 수사의 계통을 이어받은 것이라고 해석할 수밖에 없다. 그러면 현대국어의 직계 조상은 조선왕조와 고려왕조를 거쳐 통일신라와 삼국시대 신라어가 되는 셈이다.

근자에 북한에서 간행된 책에는 현대국어의 뿌리가 고구려어에 있음을 지나치게 강조하고 있다. 물론 고구려어도 우리 조상의 언어요, 그것 또한 현대국어의 뿌리가 아니라고 말할 수는 없으나, 언어 자료를 근거로 했을 때, 신라어를 배제하고 고구려어만을 강조하는 것은 그야말로 학문의 분파주의 이외의 아무것도 아니다.

하루빨리 북한 학자들과 마음을 트고 대화를 나누게 되었으면 좋겠다.

고향에 돌아온 여인

전쟁의 회오리가 휘몰고 지나간 폐허 위에서 우리의 가슴을 쥐어짜게 하는 아픔과 슬픔은 무엇인가? 주검인가? 가난인가? 아니다. 죽은 사람을 그리워한다거나 가난한 살림을 꾸려 가야 하는 어려움 같은 것은 결코 아니다. 그것은 죽음을 모면하고 살아남았으니 차라리 죽느니만도 못할 만큼 육체적으로나 정신적으로 상처를 입은 인간의 영혼이다. 그중에서도 특별히 주목해야 할 한 무리 여성들의 영혼이 있다.

6·25라는 한국전쟁에서는 '양부인' 또는 '양갈보' 라 이름하는 여인들의 영혼이 있었다. 그 여인들은 자신의 몸을 방패막이로 하여 외국 군인들의 위안부가 됨으로써 일반 시민 생활을 건전하게 유지시켰다는 역기능적인 공로가 있었

음에도 불구하고 세상 사람들로부터 따가운 눈초리를 견뎌내야 하는 슬픈 족속이 되었었다. 그들이 온전한 시민으로 재생하기 위하여 치러냈을 고초를 세상 사람들은 알지 못한다. 그리고 일제 식민지 시절, 제2차 대전 중에는 '정신대(挺身隊)' 라는 이름으로 붙잡혀 간 여인들이 있었다. 그들은 몸도, 마음도, 영혼도 온통 만신창이가 되어 사라져 갔다. 어쩌다 고향에 돌아온 여인이 없지는 않았으나 그들의 남은 생애가 밝을 수는 없었다. 대개는 폐인이 되어 골방 구석의 한숨소리로 잦아들고 말았다.

이렇듯 서러운 운명의 여인들이 우리의 과거 역사에는 또 없는 것일까? 없을 수가 없다. 3백50여 년 전, 병자호란(1636년)에 청나라 되놈 병사들에게 붙잡혀 갔던 부녀자들이 몇백 명인지 몇천 명인지 모른다고 한다. 그들은 되놈들에게 몸을 더럽힌바 되어, 다시는 고향 땅을 밟을 수 없는 신세로 전락하였다. 그들 가운데에는 용케 목숨을 부지하여 고향으로 도망쳐 온 여인이 없지는 않았으나 그들이 고향에서 옛날과 다름없는 인격적인 대접을 받았다고는 생각되지 않는다.

전해 오는 말로는 서울 북쪽 구파발 근처에 큰 연못이 있는데, 되놈 병사들의 막사에서 풀려났거나 도망쳐 나온 여인들이 그 연못에 목욕을 하고 나면 일체의 과거사를 묻지 아니하고 깨끗한 여인으로 대우하였다 한다. 그리고 그런 여인을 '고향으로 다시 돌아온 여인' 이라는 뜻으로 '환향녀(還鄕女)' 라 불렀다 한다. 그러나 이 낱말이 오늘날 '화냥년' 이란 욕설의 대명사가 된 것으로 보아, 그 비운의 여인들이 진정으로 고향에서 깨끗한 여인으로 환영을 받은 것 같지는 않다.

그런데 '화냥년' 의 어원을 거슬러 올라가면 놀랍게도 청나라 말, 곧 만주어의 '하얀(hayan)' 이란 낱말에 이른다. 이것이 다름 아닌 '음탕한 계집' 이라는 뜻의 낱말이다. 되놈들은 우리나라 부녀자를 능욕하고 그 여인들을 '하얀년' 이라 비아냥거리며 놀렸던 것일까? 그 말을 들은 우리나라 사람들은 '하얀' 에 그럴듯한 한자를 붙여 '환향(還鄕)' 이라고 하여 뜻바꿈을 시도해 보았지만 원래의 의미를 벗어날 수 없었던 것이다. 그래서 '하얀' 이란 만주어 차용어가 '화냥년' 이란 형태로 변화를 입기는 하였으나 그 원래의 의미는 그대로 유지되었던 것으로 보인다.

17세기 말에 간행된 중국어 어휘집 역어유해(譯語類解)에

'화냥' 의 뜻을 나타내는 중국어는 '양한디(養漢的)' 요, 우리 말로는 '화랑(花娘)' 이라 한다고 적혀 있다. '화냥' 이란 욕스런 낱말을 어떻게 하든지 감추어 보려는 숨은 의지가 눈물겹다. 그러나 그렇게 한다고 해서 '화냥년' 이란 낱말이 우리 민족의 언어자산 속에 들어오게 된 사실이 숨겨지는 것도 아니고, 우리 부녀자의 설움이 씻기는 것도 아니다. 배달의 남정네들이여! 기억할 일이다. 우리가 잘못하면 우리의 누이와 딸들이 또 언제 '하얀년', '화냥년' 이 될지 모른다는 사실을!

본적지를 잃은 인삼人蔘

동물학이나 식물학에서는 해당 동식물의 생태와 특징에 따라 매우 상세한 분류작업을 하게 되는데, 그때에 원산지(原産地)가 어디냐 하는 것을 중요한 기본 문제로 삼는다. 말하자면, 동식물의 경우도 근본을 밝히고 족보(族譜)를 따지는 것이라 할 수 있다. 따라서 동식물의 이름도 족보를 존중하여 붙이게 마련이다. 그것은 한 지역의 특산물이 그 지역의 언어로 불리는 것이나 마찬가지다. 그래서 '김치' 는 '김치' 라 불러야 하며 '코리안 피클' 이라 한다거나 '썰티드 베지터블' 이라 부를 수 없는 것이며, '불고기' 를 '불고기' 라 불러야지 '스키야키' 나 '로스트비프' 로 부를 수 없는 것이다.

그런데 옛날부터 우리나라가 원산지로 알려져 있는 '인삼(人蔘)' 은 어쩐 일인지 국제적인 통용어가 일본 발음에 토대를 둔 '진생(Ginseng)' 이다. 먼저 국어사전에 적힌 바를 살펴보자.

〈인삼(人蔘) 명 (식)[Panax, Schin-seng]. 오갈피나무과에 속하는 다년초. 높이 60cm 내외이고 근경(根莖)은 짧고 마디가 있으며, 하부에 비대한 백색 다육질의 곧은 뿌리가 있는데 흔히 사람 모양임.
…깊은 산의 숲속에 야생하며, 강원 · 경기 · 평남 · 평북 · 함남 · 함북 및 중국 동북부에 분포함. 야생종을 산삼(山蔘), 재배종을 가삼(家蔘)이라 하는데, 한방에서 뿌리를 강장제의 약재로 귀하게 여기며 널리 재배함.〉

다음은 대영백과사전에 적혀 있는 내용이다.

〈진생(Ginseng. Sang). 중국에서 그 뿌리를 약재로 삼고 있는 두 가지 종류의 파낙스(Panax)를 가리키는 일반 명칭.
파낙스 퀸크폴리우스(Panax quinquefolius)는 아메리카 인삼으로 퀘벡 · 마니토바 남쪽에서부터 플로리다 · 앨라배마 · 루이지애나 · 알칸사스에 걸쳐 생산된다. 미국에서는 150에이커 정도가 재배되며 잘 건조된 대부분의 인삼이 홍콩으로 수출되어 동남아지역에 유포된다. 매년 미국에서 수출되는 인삼은 10만 파운드 정도이다.

파낙스 진생(Panax ginseng). 이 아시아 인삼은 만주와 한국이 원산지이며, 한국과 일본에서 재배되는데 미국산보다 높이 평가된다. 오래전부터 중국 사람들은 인삼을 만병통치약으로 여겨왔다. '파낙스' 라는 명칭도 만병통치라는 그리스어 '파나세아(Panacea)' 에 유래한다. 그 뿌리가 사람모양을 닮았다 하여 중국 사람들 오래전부터 정력 강장제라는 믿음이 널리 퍼져 있다. 미국으로부터 야생 인삼이 동양으로 수출되기 시작한 것은 18세기 초부터였고, 1870년경에는 미국에서 재배가 되었다. 한국에서는 적어도 금세기 초엽부터 재배되었다.〉

이들 두 사전의 내용을 검토해 보면, 국어사전은 식물학적 관점이 강하고, 백과사전은 경제 사회학적 관점이 앞서지만 모두 다 만주와 한국이 원산지라는 사실만은 분명하게 밝히고 있다. 그런데 인삼을 뜻하는 한자에는 '삼(蔘)' 과 '심(蓡)' 의 두 개의 글자가 있고, 특히 '심(蓡)' 의 경우는 우리나라 산삼 채취인(속칭 '심마니')들이 전통적으로 인삼을 지칭하는 '심'을 반영하고 있어서, '삼(蔘, 葠)'이라는 한자가 이른 시기의 우리 고유어를 나타내는 것이라는 견해까지 있다. 그렇다면 '인삼'을 '진생'이 아니라 '인삼'이라는 우리말 발음을 토대로 하여 국제통용어를 삼아야 할 것 아닌가?

일본 식민지 시절에 잃어버린 것이 어찌 한약재 이름 '인삼' 하나뿐일까 마는 지금이라도 인삼의 본적지를 찾아, 온 세상 사람들이 '인삼'을 '인삼'으로 불러 주었으면 좋겠다. 영어로는 'Yinsam'쯤으로 표기하고 '진생'을 약화 소멸시키는 작업을 시작해야 할 것이다.

윷놀이의 다섯 사위 '도·개·걸·윷·모'

새해가 돌아오면 즐기는 풍속
노인과 어린애가 어울린다네.
여럿이 둘러앉아 말판을 쓰면
변화가 무궁하여 이길 듯 지고
지는 듯 하다가도 쉽게 뒤집혀
강약의 무상함을 예측 못하네.
노인들 흥에 겨워 기운을 빼고
구경꾼은 웃다가 턱이 빠지네.

이 시는 고려 말의 문인 이색(李穡)이 저포(樗蒲)놀이의 광경을 묘사한 것인데, 오늘날의 윷놀이를 그린 것으로 생각된다.

새해 정초에 남녀노소의 구별 없이 어울려 즐기는 윷놀이가 우리나라에 언제부터 자리 잡은 민속놀이인가를 자세하게 상고하기는 힘들겠지만 중국의 북사(北史)나 태평어람(太平御覽) 같은 책에는 백제에 저포놀이가 있었다 하였으니 대체로 삼국시대에는 오늘의 윷놀이로 생각되는 저포놀이가 널리 퍼져 있었던 것 같다.

이렇듯 오래된 민속이고 보니 그것이 우리나라 고유의 놀이라고 생각하는 것 또한 자연스런 일이었다. 그래서 윷놀이의 사위 이름 '도 · 개 · 걸 · 윷 · 모'의 어원(語源)을 무척 오랫동안 우리말에서 찾으려 했었다.

첫 번째의 노력은 우리나라 동물 이름과 결부시키는 것이었다. '도'는 '돼지'를 뜻하는 옛말 '돝〔猪〕'과 발음이 비슷하고, '개'는 두말할 것 없이 '개〔狗〕'와 같으며, '윷'은 '소〔牛〕'와 관련을 짓고, '모'는 '말〔馬〕'에 연결시켰다.

옛날 부여(夫餘)에 여섯 짐승의 이름으로 관직명(官職名)을 삼은 예가 있으므로 짐승의 이름이 등급의 수단이 될 수 있음을 짐작하기 어렵지 않다는 첫째 이유에다가 '돼지', '개', '소', '말'의 순서가 그 짐승들의 민첩성과 효용성의 두 가지 면에서 어렴풋이 서열이 매겨질 수 있겠다는 점이 둘째 이유로 작용한 것이었다.

그러나 항상 '걸'은 무엇을 뜻하는지 알 수가 없어서 어떤 이는 우리나라에 있지도 않은 '코끼리'라 하기도 하였고, 어떤 이는 말〔馬〕의 한 종류인 '가라말'〔黑馬 또는 栗色馬〕이라 하기도 하였다. 또 어떤 이는 '걸' 하나만 한자 '갈(羯)'에 결부시켜 '양(羊)'이나 '염소'일 것이라고 하였다.

두 번째의 노력은 특별히 노력이랄 것도 없는 것으로 조선시대 책에 나타나는 한자취음(漢字取音) 표기이다.

경도잡지(京都雜誌)에는 '徒·介·傑·杻·牪'라 적었고, 오주연문장전산고(五洲衍文長箋散稿)에는 '都·介·傑·杻·模'라 하였으며, 동국세시기(東國歲時記)에는 '徒·開·杰·流·牟'라 하였다.

이것들은 윷 사위의 우리말 발음을 한자로 옮겨 적었다는 것 이외에 그 의미를 밝히려는 노력은 보이지 않는다. 그렇다면 '도·개·걸·윷·모'라는 윷 사위의 이름은 무슨 뜻을 가진 것일까?

이 문제는 윷놀이가 우리나라 고유의 민속놀이가 아니요, 고대 중국에서 유행하던 저포놀이 가운데에서 네 개의 저포로 다섯 사위를 만드는 사유(四維) 오채(五采)의 토착화한 놀이임을 이해하여야만 해결되는 것이다. 따라서 윷 사위의 다섯 가지 이름 '도 · 개 · 걸 · 윷 · 모' 는 놀랍게도 모두 한자에 그 기원을 두고 있다.

'도' 는 털 빠질 '독(秃)' 이니 모두 엎어지고 하나만 자빠져서 대머리가 하나라는 뜻이고, '개' 는 나눌 '개(開, 介)' 이니 엎어지고 자빠진 것이 두 개씩 반반으로 나뉘었다는 뜻이고, '걸' 은 말뚝 '궐(橛)' 로서 말뚝 하나만 엎어졌음을 뜻하고, '윷' 은 모퉁이 '유(維)' 로서 네 개의 모퉁이가 다 자빠져 드러났음을 뜻하고, '모' 는 클 '모(牟)' 로서 모두 엎어져서 점수가 크다는 뜻을 나타내는 것이라 하겠다.

윷놀이 하나를 통해서도 우리는 인류문화의 보편성을 배운다. '유(維)놀이' 가 변해서 '윷놀이' 가 되었으니.

낱말의 대물림

언어는 한 세대에서 다음 세대로 전수되는 과정에서 가끔 흥미 있는 오해를 발생시킨다. 이 오해는 앞선 세대에서 다음 세대로 낱말의 쓰임이 옮겨갈 때에 그 의미가 분명하게 전달되지 않는, 이른바 의미의 비지속성(非持續性) 현상으로 말미암아 생기는 것인데, 대개의 경우 다음 세대가 그 낱말의 의미를 정확하게 파악하려는 노력이 뒤따르기 때문에 오해의 기간이 빨리 지나가 버리고, 낱말의 쓰임은 정상화되는 것이 보통이다. 그러나 어떤 낱말은 기묘하게도 정상화 과정에서 빠져나와 의미 불명의 낱말로 표류하는 수가 있다.

다음은 30년 넘게 우리말을 가르쳐 온 나와, 내 딸아이의 대화 한 토막.

"연애하는 거야 얼마든지 좋지. 하지만 제 눈에 안경이라고, 청개가 쓰이면 상대방을 객관적으로 관찰할 수가 없단 말이야. 청개가 쓰이지 않도록 조심해야지."

요즈음 들어 딸아이한테 남자친구의 전화가 심심치 않게 걸려와서 마음이 쓰인다고 하는 제 어미의 말이 생각나는지라 무슨 말 끝에 이렇게 잔소리가 되었다.

"아버지는 저를 그렇게 못 믿으세요?"

"누가 못 믿어 그러나. 확실하게 믿으려고 그러지."

"그러세요? 그럼 청개를 쓰지 않으면 되죠 뭐. 그런데 도대체 청개가 무언지 알아야 쓰고 말고 할 것 아니에요?"

그러고 보니 나는 '청개가 쓰인다' 는 말을 입버릇처럼 해오기는 했으나 정확한 뜻을 생각해 본 적은 없었다. 그것은 아주 어릴 적부터 '청개가 씌어서' (정확하게 표기하자면 '칭게가 씌어서')라는 어구의 형태로, 나의 어머니로부터 자주 들어왔던 관용표현이었다. 문맥으로 보아 시력(視力)에 장애를 주는 눈병의 한 가지가 아닐까 하고 막연한 추측을 한 적은 있으나 그 이상의 확인 작업은 해 보지 않았었다.

"글쎄, 옛날부터 할머니한테서 들은 말인데…. 시력을 떨어뜨리는 눈병 아닐까?"

이렇게 말하다가 나는 부지런히 국어사전을 펼쳐 보았다. 아뿔싸! 거기에는 두 개의 '청개'가 있었으나 눈병을 뜻하는 명사는 눈을 씻고 보아도 찾을 수 없었다.

〈청개[1](靑蓋) 명 (역) 의장(儀仗)의 한 가지. 무과(武科)의 장원(壯元)에게 풍류와 함께 내리어 유가(遊街)할 때에 앞에 세우고 다니게 한 특례가 있었음.〉
〈청개[2](靑芥) 명 (식) 겨자의 한자 이름.〉

이 해설에 따르면 '청개가 쓰인다'의 '청개'는 청개(靑蓋)로서 푸른색 덮개를 씌운 햇빛 가리개 '일산 : 日傘'를 가리킨다. 아마도 무과에 장원급제한 젊은이가 유가할 때에 앞세워 가게 하여 장원의 기분을 돋우는데 한몫을 거들게 하였던 물건이었을 것이다. 사전에는 물론 일산 모양의 그림도 곁들여 있었다.

그러므로 '청개가 씌어서' 라는 말은 무과에 장원급제하였다고 너무 자만하여 거드름을 피우지 말고 오히려 온공(溫恭)하고 겸손(謙遜)하여야 한다는 경계의 의미를 담기 위하여 사용했던 은유적 표현이었음을 알 수 있다.

그러나 어느덧 풍속과 제도가 바뀌고 세월이 흘러 청개를 앞세우고 장원을 뽐내던 유가행렬은 자취도 없어지고, 경계의 뜻을 담았던 은유적 표현만이 입에서 입으로 전해 오다가 드디어는 서른 해 넘게 우리말을 가르쳐 온 국어선생도 뜻 모른 채 입에 올리는 말이 되고 말았다.

그러니 우리말 사랑에 특별한 의식을 지니지 않은 세상의 보통 사람들을 어찌 탓할 것인가? 미심쩍은 낱말이 있으면 부지런히 사전을 찾는 버릇을 길들이는 것, 그것만이 낱말의 대물림을 바르게 지키는 길이다.

낱말과 삶의 자취

낱말을 통하여 옛날의 살림살이를 짐작해 보는 학문분야가 없을까? 어원(語源)을 탐구하는 자리에서 가끔 고고학(考古學)적 상상을 해 보는 수가 없지 않지만 뚜렷한 방법론과 실증(實證)을 생명으로 삼는 학문 자세는 어원탐구에서 유혹을 받는 시적 상상력으로부터 벗어나기 위하여 조심에 조심을 거듭한다.

그럼에도 불구하고 우리는 가끔 낱말을 놓고 환상의 날개를 펼친다. 며칠 전에는 어느 시인과 이런 대화를 나눈 적이 있었다.

"무명이 없던 시절에는 무엇으로 옷을 지어 입었을까?"

“‘없어서 비단’이란 속담이 있지 않아? 비단이 아니면 짐승 가죽, 또는 삼베 같은 것이겠지 뭐.”

“가난한 서민이 무슨 비단이야. 움막에서는 초근목피(草根木皮)로 연명을 하였을 터인데…”

“하긴 그래, 집다운 집을 지니고 산 것이 얼마 안 되었을 터이니까…. 움막이나 굴속에서 살았다는 분명한 증거가 있거든.”

“그래? 그게 무언데?”

“우리말에 ‘드러눕다’와 ‘일어나다’라는 낱말이 있지? 들면〔入〕 누워야 하고, 일면〔起〕 나와야 하는 찌 낮은 굴속이나 움막이 아니면 이런 낱말이 어울리지 않는단 말야.”

“예끼, 이 사람. ‘들어가다’도 있고, ‘일어서다’도 있는데, 하필 ‘드러눕다’와 ‘일어나다’를 가지고 그렇게 해석하는 것이 어디 객관성이 있는 주장인가?

우리는 한바탕 웃고 말았으나 20세기도 막바지에 이른 요즈음에도 여전히 달동네 움막집이 엄존하고 있다는 사실은 그런 해석을 간단히 허망하다고 내칠 수만은 없지 않은가 하는 느낌을 갖게 하였다.

물론 옛날 중국 측 역사책에는 우리 동이족(東夷族)의 주거생활이 혈거(穴居) 중심이었음을 기록하고 있다.

"성곽을 쌓지 않고, 흙으로 방을 만들었는데 그 모양은 마치 무덤과 같고, 그 위에다 문을 달았다.(후한서 동이전)"

"언제나 굴속에서 살았다. 큰 굴집은 매우 깊어서 사다리 아홉 개를 놓아야 들어갈 만하고 속이 깊을수록 좋은 집이었다.(삼국지 동이전)"

"여름에는 나무 위에서 살고, 겨울이면 굴속에서 산다.(진서 동이전)"

그러나 이러한 기록은 대략 이천 년 이전 우리 민족의 생활상이요, 또 그 무렵 다른 민족의 생활도 우리와 별로 다를 것이 없었다고 생각하면 우리 마음이 편안해진다.

그러나, 다시 그러나, 지금 이 순간에도 드러눕기 위하여 들어가고, 일어나기 위하여 일어서는 달동네 움막집은 우리 마음을 편안하게 하는가?

낱말의 어원 풀이를 통하여 시적 상상력을 즐기려던 우리의 가슴에는 천 근 납덩이가 매달린다. 그 납덩이를 가만히 들여다보니 '200만 호 아파트 건설, 부실공사 불량 레미콘, 주택조합 분양사기' 같은 낱말들이 박혀 있다. 납덩이의 무게가 왜 더 무거운지를 알 것 같다.

우리의 후손은 이러한 낱말을 놓고 어떤 어원 풀이를 하면서 시적 상상력을 펼칠 것인가? 이 삼복더위에 어디에서 겨울바람이 인다. 스산하고 서글픈 한여름이다.

‘소년 · 소녀’의 옛말을 찾아서

며칠 전에 어느 중학교의 영어선생님으로부터 편지 한 통을 받았다. 그 내용은 영어의 보이(boy)와 걸(girl)에 대응하는 꼭 맞아 떨어지는 우리말이 없다는 불평이었다. 굳이 들이대자면 ‘소년 · 소녀’가 있지만 그것은 한자말이고 순수한 우리말이 아니며, ‘사내아이’, ‘계집아이’라는 말이 없는 것은 아니나 ‘사내’와 ‘계집’이라는 남녀의 어른 명칭에 ‘아이’를 덧붙인 복합어인데다가 풍기는 어감에 경멸과 비속(卑俗)이 섞인 듯하여 마땅치가 않다는 것이었다.

이 불평의 글월을 받고 내가 할 수 있었던 것은 고작 우리나라 옛날 책 속에서 소년과 소녀의 뜻을 가진 낱말의 흔적을 찾아보는 일이었다.

삼국유사 권4 사복불언(蛇福不言)조에 보면 다음과 같은 이야기가 적혀 있다.

> '경주땅 만선리 북쪽에 한 과부가 살았는데 남편도 없이 아이를 배어 낳았다. 그런데 이 아이가 열두 살이 되었는데도 말도 못하고 잘 움직이지도 못하였다. 그래서 사람들은 그를 사동(蛇童 : 뱀소년)이라 불렀다.'

이 이야기는 그 소년의 어미가 죽자 그 소년이 어미의 시체를 업고 활리산 동쪽 기슭으로 가서 풀뿌리를 뽑으니 그 속에 별천지가 열렸는데 그 소년이 그 속으로 들어가자 땅이 닫히고 다시 옛 모습이 되었다는 불교설화로 끝맺는다.

우리의 관심은 이 기록에서 '사동' 의 주석이다. 거기에는 '소년' 을 뜻하는 동(童)이 "복(福 · ト · 巴 · 伏)" 으로 발음한다고 되어 있다. 그러니까 신라시대에는 '소년' 을 '복' 이라 하였음을 알 수 있다. 신라 홍덕왕 때에 당나라와의 교역을 확대하고 해상권을 주름 잡았던 장보고(張保皐)의 다른 이름도 궁복(弓福)이라 하였으니, 이것도 '활 잘 쏘는 소년' 이라는 뜻으로 '활복' 이라 하였을 것 같다.

이 '복' 이라는 낱말은 고려시대에 오면 '보기' 또는 '바기' 로 나타난다. 1103년에 개성 방언을 기록한 것으로 알려진 계림유사에는 남자아이는 '아들' 이라 하고, 혹은 '바기' 라고도 한다(男兒曰丫妲 亦曰同 婆記)고 적혀 있다. 물론 이 해석에는 미해결의 문제점이 없지 않으나 '바기' 가 신라시대 '복' 의 후대형임에는 틀림없다.

그러면 '소녀' 에 대한 기록을 살펴보자. 신라시대 기록은 찾을 수가 없고 고려시대에 오면 계림유사에 다음과 같은 글을 만나게 된다. (여자아이는 '보달' 이라 하고, 혹은 '죠고만 소이' 라고도 한다. 女兒曰寶妲 亦曰召古盲曹兒 : 물론 이 해석은 논란의 여지가 있다.) 여기에서 '曹兒' 를 조선시대에 여인을 가리키던 '소사(召史)' 의 앞선 형태로 추정한다면 '소사' 또는 '소이' 라는 낱말은 어른 여자를 가리키는 것이지 소녀를 가리키지는 않았으므로, 결국 '아들' 에 대응하는 '복, 바기' 라는 말은 있었으나 '보달' (현대어 '딸')에 대응하는 독립된 낱말은 없었다는 결론에 이른다.

여자를 남자와 대등한 자리에 놓고 생각하지 않았던 당시의 사회상이 낱말에도 반영된 것이라고 보아야 할까? 오늘날 '복' 은 '울보 · 떡보 · 느림보' 라고 할 때의 접미사[- 보]

의 형태로 남아 있는 듯한데, '소이'는 그 흔적을 찾을 길이 없다. 혹시나 '돌쇠 · 마당쇠 · 구두쇠' 하는 남자 이름의 접미사 [-쇠]가 여자를 가리키던 '소이'와 관련이 있는 것이라면 그 낱말이 조선시대 후반에 성전환을 한 것이라고 해석할 수 있겠다. 그러나 이것은 우연한 일치에 지나지 않을 것이다.

나는 끝내 영어선생님에게 답장을 드릴 수가 없었다. 천 년 세월의 숲속을 거슬러 헤치며 '소년, 소녀'의 고유어를 찾았으나 결국 제자리걸음 '사내아이'와 '계집아이'에 머물고 말았기 때문이다.

삼각산三角山과 우이동牛耳洞

우리나라 땅이름의 연구는 국어학 속의 고고학(考古學)이라는 별명을 갖고 있다. 고고학이 땅속에 묻혀 있는 옛날의 유물 유적을 발굴하여 그 당시의 사회와 문화의 실상을 추정하고 해명하는 것처럼 우리나라의 땅이름을 면밀하게 검토하면 놀랍게도 옛날 말의 흔적을 찾아낼 수 있기 때문이다.

우리나라 땅이름은 한자말로 된 것이 많다. 그러나 원래는 순수한 우리나라 토박이말이었는데 삼국시대 이래 한자로 적어 온 관습 때문에 한자로 적혀 온 것도 있다. 그러므로 한자로 적은 땅이름은 의외에도 순수한 우리말일 수가 있는 것이다.

선조대왕시절에 송강(松江) 정철(鄭徹)은 강원도 관찰사가 되어 서울을 떠나면서 다음과 같이 관동별곡을 읊었다.

〈고신거국(孤臣去國)에 백발도 하도할샤, 동주(東州) ㅣ 밤 계오새와 북관정(北寬亭)에 올라ᄒᆞ니, 삼각산(三角山) 제일봉이 ᄒᆞ마면 뵈리로다.〉

또 인조대왕시절에 청음(淸陰) 김상헌(金尙憲)은 청나라로 붙잡혀 가면서 이렇게 읊었다.

〈가노라, 삼각산아 다시보쟈 한강수야, 고국산천을 써나고쟈 ᄒᆞ랴마는 시절이 하 수상ᄒᆞ니 올동말동ᄒᆞ여라〉

이렇듯 옛날 우리 조상들은 서울을 떠날 때마다 서울을 표상하는 대표적인 낱말을 삼각산으로 삼고 있다. 그러니 이 "삼각산"을 소재로 하여 우리말 고고학을 해 보는 것도 의의가 있을 것이다.

흔히 북한산(北漢山)이라고도 부르는 이 산은 서울시 도봉구 우이동(牛耳洞)과 경기도 고양군 신도읍의 경계선상에 837m의 높이로 우뚝 솟아있다. 서울 근처에서는 가장 높은 산이기도 하려니와 '백운대(白雲臺)', '국망봉(國望峰)', '인수봉(仁壽峰)'의 세 봉우리가 나란히 기암괴석을 자랑하고 있는 것도 이 산의 매력이다. 그 세 봉우리 때문에 삼각산이란 이름을 얻게 된 것이리라. 그러나 지금은 동네 이름으로만 남아 있는 우이동(牛耳洞)의 '우이'도 '삼각'이 나타내고자 했던 세 봉우리의 뜻이라고 하면 모두 어리둥절할 것이다. 이제 그 사연을 풀어보자.

'삼각(三角)'에서 '삼(三)'은 '세 봉우리'의 '세'라는 '뜻'을 빌어온 것이고, '각(角)'은 '귀퉁이'라는 낱말의 '귀'라는 '발음'을 빌어온 것이다. 그러나 '각(角)'이 나타내는 뜻을 아주 무시한 것은 아니다. '각'은 보통 '모서리'를 뜻하는 것이지만 삐죽 삐친 모서리를 '귀퉁이'라고도 하였으므로 '귀'가 높이 솟은 것을 뜻하기도 하였다고 할 수 있다. 즉 '세 개의 귀' 또는 '세 개의 뿔'이라는 뜻을 나타내기 위하여 '삼각'이란 글자를 빌어 왔던 것이다. 그러면 '우이(牛耳)'는 어떠한가. '우(牛)'는 '소 우'자이므로 뜻으로 읽을 때에는 '소'라 읽는다. 그것이 관형사가 되어 다른 낱말 앞에 올 때에는 '쇠고기, 쇠기름, 쇠가죽'에서처럼 '쇠'가 된다. 이 '쇠'는 '세'와 발음이 비슷하다. '이(耳)'는 '귀 이'

자이므로 뜻으로 읽을 때에는 두말할 것도 없이 '귀' 로 읽힌다. 결국 '삼각(三角)' 이나 '우이(牛耳)' 는 모두 세 개의 봉우리를 뜻하는 서로 다른 표기 '세 귀' 이었음을 알 수 있다.

우리는 향찰(鄕札)이라는 한자차용 표기체계가 신라시대의 향가를 적기 위해서만 쓰인 것이라고 알고 있다. 또 이두(吏讀)라는 표기체계가 고려나 조선왕조시대에 금석문이나 하급관리들의 공문서에 통용되던 글로서 한문도 아니요, 우리글도 아니라는 것으로 알고 있다. 물론 이러한 지식이 틀린 것은 아니지만 그 원리는 한자의 뜻과 음을 빌어 적는 것으로서 오늘날 우리가 일상으로 사용하는 땅이름에도 여전히 남아 있다는 것을 알아야 하겠다.

'우이동 삼각산' 은 이천 년 전부터 거기에 그 이름으로 흥망성쇠의 우리나라 역사를 지켜보고 있었던 것이다.

우리말 바로쓰기 12제(題)

'하느님'과 '심령 언어'

그리스도교의 총본산이며 맏형인 천주교회가 백 년이나 나중에 들어온 개신교로부터 용어상의 영향을 받는다는 것은 분명, 역사의 아이러니가 아닐 수 없다. 물론 개신교의 용어가 올바른 것이기만 하다면 겸허한 자세로 받아들여야 마땅하겠으나, 그렇지 않을 경우 우리의 자세는 냉엄하고도 비판적이어야 한다. 오늘 우리는 개신교의 영향으로 쓰이는 두 개의 낱말 '하나님'과 '방언'을 검토해 보기로 한다.

하늘에 계신 님 '하느님'

'하나님'이란 발음과 표기가 부당하다는 것은 국어를 조금만 공부한 사람이면 금방 알 수 있는 초보적인 사항이다.

그 부당성은 다음 세 가지로 요약된다.

첫째, '하느님' 은 "하늘에 계신 님" 으로서 우주 만상의 주인이시며 그 창제자이시고 우리의 아버지라는 개념이 담긴 낱말이어야 한다. 그래서 '하늘+님' 으로 만든 낱말이다. 이것이 'ㄹ' 이 탈락하여 '하느님' 이 되었다. 아들과 딸에 '님' 이 붙으면 '아드님, 따님' 이 되는 것과 같다. 둘째, '하늘' 의 옛말은 '하놀' 이었고, 여기에서 제2음절의 'ㆍ' 는 'ㅡ' 로 바뀐 것이 우리말의 일반적인 현상이었다. '말씀' 이 '말씀' 이 되고, '아둘' 이 '아들' 로 바뀐 것과 같다. 셋째, 하느님이 유일신임을 나타내기 위하여 '하나+님' 으로 생각할 수 있다는 주장은, '하나, 둘, 셋' 같은 수사가 인격을 나타내는 존경의 접미사 '님' 과 결합할 수 없으므로 잘못된 견해요, 잘못된 어법이다.

그런데 실질적인 문제는 많은 가톨릭 신자들이 무의식적으로 '하느님' 을 '하나님' 으로 발음하는 데 있다. 즉 표기의 문제가 아니라 발음의 문제라 하겠다. 신부님이나 교회 지도자들이 기회 있을 때마다 잘못 발음하는 것을 지적하고 교정시켜 주는 방법 이외에 다른 방법은 없는 것 같다.

방언이 아니라 '심령 언어'

방언(方言)이란 낱말은 잘못 번역된 성서와 밀접한 관련이 있다. 사도행전 2장 첫 부분은 오순절 이후 첫 번째 성령 강림 사건을 다루고 있는데, 거기에 옛날 잘못된 번역본은 모두 '방언' 이란 낱말을 사용하고 있기 때문이다. 공동 번역본에서 문제의 구절만 옮겨보기로 하자.

> 그들의 마음은 성령으로 가득 차서 성령이 시키는 대로 여러 가지 외국어로 말을 하기 시작하였다(사도 2, 4).
>
> 사도들이 말하는 것이 지방말로 들리므로 모두 어리둥절해졌다(사도 2, 6).

위에서 '외국어' 또는 '지방말' 로 번역된 그리스어의 원뜻은 '혀로 말하다' 이기 때문에 영어로는 '텅(Tongue)' 이라고 하는데, 우리말로는 '혀' 라고 할 수 없으므로 초기의 잘못된 번역에 근거하여 '방언' 이란 낱말이 쓰이게 되었다. 그런데 성령으로 가득 차서 자기도 모르게 하느님을 찬미하는 기도가 터져 나오는 이 신비한 언어 현상은 오늘날 성령 쇄신 운동이 확산되면서 문제의 용어로 떠올랐다.

공동 번역에도 '지방말' 이란 낱말이 나오기는 하지만 이 언어는 지구상에 실재하는 지방 사투리가 아니라, 마치 지방 사투리처럼 이해되었다는 것이므로 지방 사투리를 뜻하는 '방언' 이란 낱말을 사용할 수 없음은 자명한 일이다. 그렇다면 무어라고 할 것인가?

성령의 감화로 말미암아 하느님을 찬미하지 않고는 못 배길 신비스런 감동이 입으로 표출될 때, 그것이 '언어' 이기는 하지만 지상의 언어가 아니요, 하늘 언어의 한 조각일 것이다. 그것은 인간에 대한 하느님 사랑의 선포이어야 하고 하느님의 위대하심과 아름다우심, 더 나아가 하느님이 사랑 자체이심을 밝히는 낱말이어야 한다. 그것을 지방 사투리라는 뜻의 '방언' 으로 표현한대서야 말이 되겠는가? 어떤 이는 '이상한 언어' 라고 하는데, 그것은 '신비한 언어' 이기는 하지만 '이상하다' 는 말로 표현할 성질의 말은 아니다. 성령 쇄신에 종사하는 사람들이 가끔 '심령 언어' 라는 낱말을 사용하기도 한다. 다른 대안이 없는 한, '심령 언어' 라는 말이 그런대로 정착시킬 수 있는 낱말이 아닌가 싶다. 그러나 좀 더 생각해 보아야 하겠다.

전망과 갈무리

세월 따라 인심도 변하고 강산도 변한다. 이 세상 삼라만상 가운데 변하지 않은 것은 아무것도 없다. 어떤 것은 어제 오늘이 다를 정도로 빠르게 변하고, 또 어떤 것은 작년이나 올해나 그 모양 그대로인 듯 변화가 없어 보이지만 거기에도 변화의 흐름은 존재한다. 우리가 날마다 사용하는 말〔言語〕도 느리기는 하지만 역시 변화의 흐름을 타고 있다. 그러나 변하는 것이 말이라고 하여 변하는 대로 내버려 둘 수 없는 것도 말이다. 잘못 써서 변하는 것이 문제 되기 때문이다.

"다음 주부터는 예년보다 더 추울 것으로 전망됩니다."

"지난 한 해를 아름답게 갈무리하시기 바랍니다."

요즈음 젊은 세대들은 위의 두 문장에서 아무런 저항감도 느끼지 못할 것이다. 거기에 어법상의 실수나, 잘못 쓰인 낱말이 있다고는 생각하지 않기 때문이다. 그러나 오십 대 이상의 어른들은 '전망(展望)' 과 '갈무리' 가 그렇게 쓰일 수 있을까를 생각하면서 고개를 갸웃거린다.

'전망' 은 확 트인 경치를 멀리 바라본다거나, 희망을 갖고 기다리는 미래의 좋은 일을 일컬을 때에만 쓰는 낱말이요, '갈무리' 는 물건을 잘 정돈하여 보관하는 행위만을 가리키는 낱말이기 때문이다. 따라서 나이 드신 분들은 바라는 일이 아닌 사항에 대하여는 '전망' 대신에 '예측' 또는 '예견' 을 써야 옳다고 생각하며, 지나간 세월의 사건과 같은 추상적인 내용을 정리 · 정돈하는 것은 '갈무리' 가 아니라 '마무리' 라는 말을 써야 옳다고 여기신다. 그러니까 앞의 문장은 각각 다음과 같이 고쳐야 마음이 편안해 하실 것이다.

"다음 주부터는 예년보다 더 추울 것으로 예측됩니다."

"지난 한 해를 아름답게 마무리하시기 바랍니다."

그러나 '전망' 대신에 '예측' 을, '갈무리' 대신에 '마무리' 를 쓰는 것이 올바른 표현이라고 노인네들이 아무리 강조해도 젊은 세대들이 그것을 받아들이지 않고 '전망' 과 '갈무리' 를 고집한다면 어쩔 수 없이 '전망' 과 '갈무리' 가 판정승을 거들지도 모른다. 미래의 세계는 젊은이들의 몫이요, 어차피 나이 든 사람들은 이 세상에서 사라져갈 것이기 때문이다. 이 시점에 이르러 우리말을 아름답게 가꾸고 튼튼한 언어로 발전시키고자 애쓰는 사람들은 슬픔에 잠긴다.

즉 다수결의 민주주의 원칙과 세월 따라 변한다는 만물유전(萬物流轉)의 법칙을 내세우며, '예측' 대신에 '전망' 을, '마무리' 대신에 '갈무리' 를 통용하게 내버려 두면서 진취적이요 개방적인 자세를 취할 수 없음은 말할 것도 없는 일이요, 어휘 의미의 왜곡과 오용(誤用)을 허용하면서까지 언어 변화를 수용해서는 안 된다는 엄정성과 순결성을 주장하고는 싶지만, 그 방법이 막연하기 때문이다.

'전망' 이란 낱말은 일기예보를 하는 이들이 좀 더 좋은 말을 찾아 쓰려는 노력에서 비롯하였고, '갈무리' 란 낱말은 컴퓨터의 저장 기능을 가리키는 말이 유행하면서 번지기 시작하였다. 새로운 표현을 구하려는 노력이 아름답지 않음이 아니요, 권장하여 마지않을 일임에 틀림없기는 하지만, 그것 역시 넘어서는 안 될 한계가 있는 것이다.

무언가 기대를 모으는 좋은 일을 미리 내다본다는 의미를 함축하고자 할 때 쓰였던 '전망' 이 '폭풍우', '대홍수', '강추위', '주가하락' 등과 연결되지 않도록 그 낱말을 보호하는 것은 과연 세상의 유행을 거스르는 일인가? 그리고 물질적인 것의 저장 · 정리와 정신적인 것의 저장 · 정리를 가리키는 낱말을 엄격하게 분리시킴으로써 표현의 다양성과 섬세함을 보장하는 일은 정말로 세상 물정을 거스르는 일인가?

'계시다'와 '드리다'

'과공(過恭)이 비례(非禮)'라는 말이 있다. 지나친 겸손은 오히려 예의가 되지 않는다는 말이다. 일상생활의 사소한 일에 이르기까지 예의를 생각하며 행동하던 옛 어른들이 형식에 얽매인 예절 행위가 도리어 예절이 지닌 근본정신을 해친다는 사실을 일깨우기 위해 자주 쓰던 관용표현이다. 물론 이 말은 필요 이상으로 겸손을 드러냄으로써 결과적으로 아첨이나 면종복배(面從腹背 : 보는 앞에서는 순한 척하지만 돌아서면 배반하는 일)의 행위가 될 수 있는 여건을 만들지 말라는 뜻에서도 중요한 행동규범이 되는 말이었다. 그런데 이러한 과공비례의 현상은 우리들의 일상적인 말씨에서도 심심치 않게 발생한다. 특히 '계시다'와 '드리다'를 말할 때 일어난다. 다음 말을 조심스럽게 살펴보기로 하자.

"신부님께 용무가 계신 분은 본당 사무실에 오셔서 신부님의 일정을 확인하시기 바랍니다."

"다음 주일은 11시 미사를 마친 뒤에 본당 신부님의 은경축 행사가 있습니다. 모두 참석하시어 신부님이 지나간 25년 동안 아름다운 사제로 사셨음을 감사드리기로 합시다."

위의 두 문장은 교회 안에서 쉽게 접할 수 있는 알림 글들이다. 그런데 '용무가 계신 분'과 '감사드리기'는 잘못된 표현이다. 그렇지만 불행하게도 요즈음 사람들은 이런 표현이 잘못되었다고 생각하지 않는다. 오히려 매우 겸손하고 예의 바른 표현이라고 만족해하는 분까지 있다.

계시다

그러면 무엇이 잘못인가? 첫 번째 낱말 '계시다'는 사람의 존재만을 밝히는 서술어로서, 그 사람이 말하는 이보다 윗분일 것을 전제로 한다. 그러므로 '형님, 누님, 신부님, 선생님, 아버님, 사장님' 같은 인격적 존재–물론 '하느님'도 포함된다.–만이 '계시다'의 주어가 될 수 있을 뿐이요, '용무, 일, 사무' 등은 결코 '계시다'의 주어가 될 수 없다. '웃

어른의 말씀' 은 어떤가? 물론 그것도 '계시다' 의 주어가 될 수 없다. 그럼에도 불구하고 우리는 다음과 같은 표현을 흔히 듣는다.

"지금부터 추기경님의 축하의 **말씀이 계시겠습니다.**"

이런 표현은 추기경님을 높여서 표현하고자 하는 심성이 그분의 말씀까지 인격적 존재로 착각했기 때문에 일어난 현상이다. 따라서 앞의 말은 다음과 같이 고쳐야 한다.

"지금부터 추기경님께서 축하의 **말씀을 하시겠습니다.**"

굳이 '말씀' 을 주어로 삼으려면 다음과 같은 표현이 옳은 것이다.

"지금부터 추기경님의 축하의 **말씀이 있으시겠습니다.**"

드리다

두 번째 낱말 '드리다' 는 원래 아랫사람이 윗사람에게 물건을 줄 경우에 쓰이는 서술어였으나 그 의미가 확대되어 '말씀의 전달' 이나 '행사의 봉헌' 등에도 쓰이게 된 말이다. 그러므로 '인사, 축하, 감사' 가 직접 '드리다' 와 결합할 때에는 '인사(의 말씀)를 드리다', '축하(의 말씀)를 드리다', '감사(의 말씀)를 드리다' 로 해석되는 문맥, 그리고 '미사를 드리다' 와 같은 문맥에서만 그 표현의 정당성을 얻는다. 그러니까 앞의 알림 글은 다음과 같이 고쳐져야 한다.

"…신부님이 지나간 25년 동안 아름다운 사제로 사셨음을 감사하기로 합시다."

"…모두 참석하시어 신부님께 경하와 감사의 말씀을 드리기로 합시다."

겸양을 나타내는 말이 좋지 않은 것은 아니다. 그러나 좋은 것이라고 하여 함부로 사용하면 본의 아니게 '과공비례'의 실수를 저지르게 됨을 명심해야 한다. 그것은 자칫 잘못하면 아첨이 될 수 있기 때문이다.

'영성체'와 '영세'

"가톨릭 신자가 누리는 기쁨은 무엇이라고 생각하십니까?" 누가 불쑥 이렇게 묻는다면 우리는 어떻게 대답할 것인가? 무엇을 강조하고 어디에 초점을 맞추느냐에 따라 매우 포괄적인 대답에서 아주 부분적인 대답에 이르기까지, 가톨릭 신자가 누리는 행복의 명세서가 작성될 것이고, 거기에는 다음과 같은 대답도 들어있을 것이다. "네. 그것은 미사를 드리는 기쁨입니다."

이 대답은 다시 다음과 같은 물음을 끌어들인다. "미사의 어떤 점이 당신에게 기쁨을 줍니까?" 이때에 우리가 별로 힘들이지 않고 할 수 있는 대답은 "최후의 만찬을 끝없이 재연(再演), 반복하는 미사에서 우리가 성체를 모실 수 있기 때문입니다."라고 말하는 것이다.

그렇다. 미사는 성체를 받아 모시는 순간에 절정을 이룬다. 우리들은 그 순간 우리들 자신이 예수 그리스도가 되었다는 사실을 깨달으면서 감동과 환희를 함께 느낀다. 그런데 이토록 아름답고 신비로운 '성체 받아 모시기'를 많은 신자들이 잘못 표현한다.

다음 말을 주의해서 보자.

"옛날에는 **영성체**를 신부님이 직접 신자들의 혓바닥 위에 놓으셨어요. 그런데 요즈음은 **영성체**를 손바닥에 주신단 말야."

이 말은 다음과 같이 고쳐야 올바른 표현이다.

"옛날에는 **성체**를 신부님이 직접 신자들의 혓바닥에 놓음으로써, 신자들이 **영성체**를 했어요. 그런데 요즈음은 **성체**를 손바닥을 주신단 말이야."

'영성체(領聖體)'라는 낱말은 중국어의 영향을 받은 한자말로서 '성체를 받아 모심'이라는 뜻이다. '영(領)'이라는 글자가 '받는다'는 뜻을 나타내는 동사이기 때문이다.

이와 같은 잘못은 '영세(領洗)'와 '세례(洗禮)'라는 단어 사이에서도 발생한다.

"너 언제 영세 받았니?"

"천주교는 영세를 받고, 개신교는 세례를 받는다면서?"

이미 짐작했겠지만 '영세'는 '세례를 받음'이라는 뜻이므로 앞의 말은 다음과 같이 고쳐져야 하다.

"너 언제 영세했니?"

"천주교에서 영세하는 것이나 개산교에서 '세례를 받는다'는 것이나 똑같은 말이구나."

가톨릭의 용어가 '영세'니, '영성체'니 하는 한자말로 정착하게 된 까닭은 200여 년 전에 우리 교회가 우리나라에서 자생적으로 발생하는 과정에서 중국 천주교회의 용어를 받아들였기 때문이다. 그러므로 자연스런 우리말을 살리려 한다면 앞으로는 '영세' 대신에 '세례를 받음', '영성체' 대신에 '성체를 (받아)모심'이라는 말을 쓰도록 해야 할 것이다. '영'이란 글자의 문법적 기능을 바로 알고, 또 그 뜻도 바르게 알아서 실수 없이 말하는 것도 중요하지만, 자연스런 우리말을 사용하는 것도 중요하기 때문이다.

이제는 거의 쓰이지 않는 용어가 되었지만 '묵주의 기도'를 '매괴신공'이라 한 적이 있었는데, 이것도 중국어에서 유래한 것으로 엄격하게 말한다면 잘못 번역된 용어였다.

묵주(默珠)의 원말은 '로사리오(Rosario)' 이고 이것은 '장미꽃 다발' 을 뜻하는데, '매괴' 는 '장미' 가 아니라 '해당화' 를 가리키기 때문이다.

이러한 용어들을 살펴보면서 우리가 얻게 되는 교훈은 우리 교회의 용어가 이제부터는 신토불이(身土不二)의 방향으로 나아가야 한다는 것이다.

'사·임·당'이라는 세 글자

현행 미사 통상문은 21세기를 앞둔 오늘의 시점에서 우리의 언어 감각과 맞지 않는 부분이 많다는 지적이 있은 지 오래되었다. 그리고 여러 해 논의를 거쳐 미사 통상문을 새로 마련한 것도 몇 해 전의 일이다. 그러나 새로운 미사 통상문이 전면 실행되려면 또다시 여러 해를 기다려야 할 것 같다. 한번 확정되어 굳은 전례용어를 바꾼다는 것이 그렇게 쉬운 일이 아니기 때문이다.

그러면 미사 통상문에서 문제 되는 것은 무엇인가? 그것은 적절하지 않은 낱말이다. 그것은 모두 자연스런 우리말이 되는 데 실격한 것들이다. 물론 우리는 미사 통상문을 우리말로 바꿀 당시에, 라틴어 원문에도 충실하고, 미사 전례의 근본정신에도 충실하기 위하여, 우리말로는 조금 어색한 표현에 대해 너그러울 수밖에 없었던 그때의 사정을 깊이 이해하여야 한다. 그러나 몇십 년 세월이 지났음에도 아직 일반 교우들한테 어색한 표현으로 받아들여지는 것이 있다면, 그것은 분명히 잘못된 번역이라고 하지 않을 수 없다.

우리는 아주 이른 시기부터 한자에 '~하다'를 붙여서 동사나 형용사로 쓰이는 풀이말을 만들어 썼다. 그러한 낱말을 만들 당시에 반드시 그 낱말에 해당하는 고유한 우리말이 없었기 때문만은 아니었을 것이다. 표현의 다양성을 추구하거나, 미묘한 어감의 차이를 반영하기 위해서도 새로운 낱말은 필요했을 것이다. 가령 '독특하다' 대신에 '유니크하다'를 쓰고, '시위하다' 대신에 '데모하다'를 쓰는 요즈음의 사정을 생각해 보면 '~하다'가 붙은 이른 시기의 한자 풀이말은 어쩔 수 없는 수입품 낱말이었을 듯싶다. 그중에서도 미사 통상문에서 문제 되는 것은 **'사(赦)하다, 임(臨)하다, 당(當)하다'** 등 한 음절 한자를 어근으로 하는 낱말들이다.

한 음절 한자를 어근으로 하는 낱말이라 하여 예외 없이 어색하게 받아들여지는 것은 아니다. '위(爲)하다, 구(求)하다, 구(救)하다, 친(親)하다, 귀(貴)하다, 천(賤)하다' 같은 낱말은 너무도 익숙한 나머지 그것이 한자말이라는 사실조차 깜빡 잊어버릴 때가 많다. 그렇지만 어쩐 일인지 '사하다, 임하다, 당하다' 이 세 낱말은 아직까지 우리말 어휘 체계 안에서 편안한 자리를 얻지 못하였다. 새로운 낱말이 한 언어 안에서 어떻게 하여 편안한 자리를 차지하는가 하는 문제는 그 언어의 주인인 일반 언어 대중이 그 낱말을 얼마만큼 아끼고 사랑하느냐 하는 애정의 밀도, 곧 사용 빈도에 비례하는 것일 터인데, '사하다, 임하다, 당하다' 는 그런 면에서 낙제한 낱말이라고 보아야 할 것이다.

이제 미사 중에서 이들 세 낱말이 들어있는 부분을 보자.

> 죄를 **사하시고**, 영원한 생명으로 이끌어주소서.
> 복음의 말씀으로 우리 죄를 **사하소서**.
> 죄의 **사함**과 육신의 부활을 믿으며….
> 아버지의 이름이 거룩히 빛나시며 그 나라가 **임하시며**….
> 주여, 내 안에 주를 모시기에 **당치** 못하오나….

다행스럽게도 새로 고친 미사 통상문에서는 우리말 언어

자산에서 실격한 이들 세 낱말이 보이지 않는다. 그러나 혹시 몇몇 사람들이 자기한테는 익숙한 것이니 계속 쓰는 것도 무방하다고 생각할지도 모른다. 그런 분들은 다음과 같은 말이 일반 언어 대중한테 과연 받아들여질 것인가를 곰곰이 생각해 보아야 한다.

사하는 일은 인간의 죄를 풀어주기 위한 하느님의 사랑이요, 권능입니다.

신부님, 오늘 저녁 여섯시에 저희 집에 임하세요.

세상 사람들은 자기한테 유리하면 당한 일이고, 불리하면 부당한 일이라 하지요.

내 탓인가, 네 탓인가

바람직한 언어생활을 이야기할 때에 우리는 어떻게 알맞은 낱말을 골라 쓸 것인가 하는 문제와, 어떻게 정확한 발음을 할 것인가 하는 문제를 함께 논의한다. 어쩌면 정확한 발음의 문제는 알맞은 표현의 문제보다 앞서는 문제인지도 모른다. 말하기가 읽기나 쓰기보다 언어생활에서 더 많은 비중을 차지하기 때문이다.

이러한 발음의 문제를 근심하는 분들의 마음을 헤아리기 위하여 다음 글을 잠시 읽어보기로 하자.

김영삼 대통령의 '학실이' 란 발음이 항간의 한담거리가 되어왔다. 지난번 대통령 선거에서 이 때문에 잃은 '포'

('표' 의 경상도 사투리)도 아마 적지 않았을 것이다. 이 '학실이' 로 말미암아 이런 사투리를 쓰는 경상도 사람들이(필자를 포함해서) 좌중의 농담, 아니 또는 조롱의 주인공이 되는 수가 흔히 있다. 심지어는 '전국을 간통(관통)하는… 강간(관광)사업' 과 같은 입에 담기에도 민망한 비아냥거림도 생겨났다. 또 그 끔찍한 아웅산 사건 당시의 공보부 '장간' ('장관' 의 경상도 사투리)이 희생자들의 이름을 발표할 때에 아무개 '장간' , 아무개 '장간' 이라고 해서 조롱거리가 되었던 것을 우리는 기억하고 있다.(이병건 교수의 『말소리 이야기』)

이 글은 경상도 사람들이 경상도를 '갱상도' 또는 '겡상도' 로 발음한다는 사실과 그것이 무식의 징표가 됨으로써 은근히 멸시의 대상이 된다는 사실을 지적하는 말로 이어지고 있다. 그러나 어떤 발음이 무식의 징표인지 아닌지 하는 것은 그렇게 중요한 문제가 아니다. 잘못된 발음으로 말미암아 의사소통에 오해가 발생한다면 그것은 언어가 수행해야 하는 기본 기능을 상실하는 일이 된다. 따라서 어떠한 경우에서나 오해의 소지가 있는 잘못된 발음은 피해야 한다.

여기에 이르러 'ㅐ' 와 'ㅔ' 의 발음이 문제가 된다. '그런데' 를 '그런대' 로 잘못 발음할 때에는 별문제가 없다. '그네' 를 '그내' 라고 발음할 때에도 그 낱말을 추측해 낼 수 있는 문맥 안에서라면 역시 문제가 되지 않는다. 그러나 '개(犬)' 를 '게' 로 발음한다면 그 경우는 전혀 다른 뜻의 낱말이기 때문에 문제가 발생하는 것이다.

"바닷가에서 게를 잡아 국을 끓였다."는 문장에서 '게' 를 '개' 로 발음하였다고 가정해 보자. 그 말을 듣는 사람은 완전히 다른 상황을 상상할 것이다. '개/게' 의 문제보다 더 심각한 낱말의 쌍이 다름 아닌 '내/네' 라고 하겠다.

우리는 미사 때마다 "내 탓이요, 내 탓이요, 내 큰 탓이로소이다."라고 참회의 예절에서 가슴을 치며 우리들 자신의 잘못을 뉘우친다. 그런데 이때에 '내' 를 '네' 로 잘못 발음한다고 가정해 보자. 이 참회의 예절은 세상만사 모든 잘못은 나와는 아무 관련이 없다는 결백과 변명, 책임 회피, 책임 전가의 절차가 되어버리는 것이 아닌가?

더구나 성서에는 '내' 와 '네' 를 구분하여 발음하지 않으면 안 되는 무수히 많은 말씀들이 있다. 몇 군데 읽어보기로 하자.

성서에, '너보다 앞서 내 사자를 보내니 그가 네 갈 길을 미리 닦아 놓으리라.' 하신 말씀은 바로 이 사람을 가리킨 것이다.(마태 11, 10)

그 속에 한 스타테르짜리 은전이 들어있을 터이니 그것을 꺼내서 내 몫과 네 몫으로 갖다 내어라.(마태 17, 27b)

'네 이웃을 네 몸같이 사랑하라' 하는 계명이다.(마태 19, 19)

몸의 등불은 눈이다. 네 눈이 성하면 온몸이 밝을 것이며, 네 눈이 병들었으면 온몸이 어두울 것이다.(루가 11, 34)

성서를 봉독하는 사람이 '내/네' 를 명확하게 구분하여 발음하는 데 자신이 없으면 어떻게 할 것인가? '나의/너의' 라고 고쳐 읽는다면 당장 오해의 소지를 없앨 수 있다. 그러나 궁극적으로 정확하게 발음할 수 있도록 훈련을 하는 노력을 기울여야 할 것이다.

'사랑하사'와 '빌으소서'

공식행사 때마다 나라사랑을 가슴에 되새기며 부르는 애국가 제1절과 예수 그리스도의 강생이 인류를 구원하시고자 하시는 하느님의 극진한 사랑의 결단이었음을 밝히는 요한복음 3장 16절(물론 개신교에서 통용되는 옛날 번역본), 이 두 곳에 화석처럼 굳은 옛 말투 하나가 있어서 오늘날 어법에는 맞지 않는 표현을 용납하고 있다.

> 동해물과 백두산이 마르고 닳도록 하느님이 보우하사 우리나라 만세.
>
> 하느님이 세상을 이처럼 사랑하사 독생자를 주셨으니….

여기에 나오는 '보우(保佑)하사'와 '사랑하사'는 오백 년 전 중세국어 시절에는 '보우ᄒᆞ샤', 'ᄉᆞ랑ᄒᆞ샤'로 적혔을 낱말로서, '–샤'는 말속의 주인공을 높이는 존경의 보조어간 '–시–'와 앞의 말을 조건의 뜻으로 삼아 뒷말에 연결시키는 연결어미 '–아/어'가 결합한 형태인데, 현대어로 바꾸면 '보우하시어', '사랑하시어'라고 해야 올바른 표현이 되는 것이다. 그러나 옛 말투를 그대로 이어받은 애국가 가사와 성서안의 표현이 꼬리에 꼬리를 물면서 잘못된 표현을 양산하고 있는 실정이다. 흥미롭게도 가톨릭 성가 201장 '은총의 샘' 가사에는 올바른 표현 '–하시어'형과 잘못된 표현 '–하사'형이 전반부와 후반부에 나란히 나타난다.

> 은총의 샘인 성심, 사랑의 바다여, 성혈로 **씻으시어** 깨끗이 하소서. 세고에 시달리는 우리를 **돌보사** 연약한 우리 믿음 굳세게 하소서.

'돌보사'가 '**돌보시어**'로 고쳐져야 함은 두말할 필요도 없는 일이다.

그런데 이 '–하사' 문제보다 더 심각한 문제는 '**빌으소**

서' 에 숨어있다. 이 낱말은 우리가 하루에도 몇십 번씩 외우는 성모송의 끝부분이기 때문이다.

이 낱말 빌다(祈)는 이른바 'ㄹ불규칙 동사' 에 속하는 것으로 우리말 속의 골칫거리라고 할 수 있다. '빌-' 이라는 어간은 뒤에 오는 어미가 어떤 것이냐에 따라 '빌면, 빌고, 빌지요…' 와 같이 어간 '빌-' 을 완전한 형태로 유지하는가 하면, 한편으로는 '비니, 비는데, 빕니까…' 처럼 어간의 끝소리 'ㄹ' 을 탈락시켜 버리기도 한다.

이와 같은 'ㄹ불규칙 동사' 에 '날다(飛), 놀다(遊), 들다(擧), 돌다(回)…' 등이 있는데, 이들 낱말도 모두 '빌다' 와 마찬가지로 잘못 쓰이는 경우가 많다.

어린이 만화영화에 나오는 '배트맨(Bat Man)' 을 묘사하는 표현에 한때 '날으는 배트맨' 이라는 말이 쓰였는데 이것도 '나는 배트맨' 이라고 해야 옳은 것이지만, 그렇게 쓰면 '날아가는' 의 뜻이 분명하게 나타나지 않으니까 잘못된 표현인 줄 알면서도 그렇게 썼던 것이다.

'빌으소서' 도 사정은 마찬가지다. 현대어의 바른 어법대로라면 '비소서' 라고 해야 옳은데, 그렇게 하면 '빌-' 이라는 어간 형태의 불완전한 발음이 '비는 행위' 의 불완전을 나타내는 것 같은 불안한 심리가 '빌-' 을 완전하게 발음하고, 거기에 '-으-' 라는 불필요한 음절을 삽입하여 '빌으소서' 라고 하게 된 것이다.('으' 가 삽입되는 정당한 현상, '잡다-잡으소서' 같은 것에 유추된 표현인 것만은 분명하다.) 그러나 '빕니다, 빕시다' 가 맞는 표현이요, '빌읍니다, 빌읍시다' 가 틀린 것이라면 분명 '빌으소서' 는 잘못된 표현이다.

이 '빌으소서' 에 대하여 어간 형태를 완전하게 유지하려는 언어 대중의 노력의 결과라고 해석하는 것은 바른 언어생활을 지키려는 노력과는 상반되는 것이다. 현재로서 해결책은 '비옵소서' 나 '빌어주소서' 로 바꾸는 것이지 '빌으소서' 를 내버려 두는 것이 아니다.

'한다라는'과 '되어지는'

금세기 후반 50년에 걸쳐 지속적으로 우리말에 영향을 끼친 외국말이 있다면, 그것은 무엇일까? 이 물음은 "지난 50년 동안 우리말은 어떤 외국어의 영향을 가장 많이 받았는가?"라고 바꾸어볼 수도 있다. 이때에 우리는 한결같이 '영어'라고 대답하는 데 주저하지 않는다.

영어는 영국과 미국의 나라말일 뿐만 아니라 캐나다, 호주, 뉴질랜드의 나라말이요, 인도, 싱가포르, 필리핀 같은 나라에서도 표준 공용어의 구실을 하고 있고, 그밖에 많은 국제 관계에서 중심 언어의 지위를 누리고 있다. 따라서 영어를 바르게 구사한다는 것은 곧 현대 세계를 주름잡고 살아갈 수 있는 자격을 구비하였다는 뜻을 지닌다. 그만큼 '영어' 는 오늘날 세상을 살아가는 힘이 되었다.

이 힘이 우리말에 영향을 미쳐서 전통적인 우리말을 왜곡시키고 있다. 영어 낱말이 마구잡이로 쓰이는 현상은 아예 접어두기로 하고, 우리말의 문장 구조에 끼친 영향만을 말한대도 한두 가지가 아니다. 그중에서도 대표적인 두 가지만 지적한다면, 그것은 직접 인용 표현과 피동 표현의 과잉 현상이라고 하겠다. 이 두 가지가 아름답고 우아한 우리말의 구조를 일그러뜨리고 있다.

(1.가) 하늘이 맑다는 말과 날씨가 좋다는 말은 결국 같은 말이 아니겠어요?

(1.나) "하늘이 맑다" 라고 했을 때와 "날씨가 좋다" 라고 했을 때, 사람들은 대체로 비슷한 반응을 보입니다.

(2.가) 아는 것이 힘이라는 것을 누가 모른답니까?

(2.나) "아는 것이 힘이다" 라는 말은 누가 처음 말했습니까?

위의 예문에서 (가)는 간접 인용이고 (나)는 직접 인용이다. 직접 인용은 글로 쓸 때에는 따옴표(" ")를 붙여야 한다. 그런데 근자에 이르러 간접 인용을 해야 할 경우에도 직접 인용의 형식을 취하는 사람들이 부쩍 늘었다. 다음 글을 보자.

(3) 문화생활을 한다라는 것과 삶의 질을 높인다라는 것은 결국 같은 말입니다. 사람답게 산다라는 것이지요.

이 글에서 '라' 자만 뺀다면 얼마나 아름다운 우리말이 될 것인가? 참으로 안타깝기 그지없다. 이와 같은 직접 인용 표현의 과잉 현상은 관계대명사가 많이 쓰이는 영어 구문을 우리말로 옮기는 과정에서 잘못 정착된 것이 아닌가 싶다. 영어의 문장 구조는 관계대명사를 쓴 다음에 인용하고 싶은 내용을 뒤에 접속시키는 반면에 우리말에서는 예외 없이 인용하고 싶은 내용이 앞에 놓이고 그것이 관형형으로 바뀌는데 이때에 그 관형형의 문장을 직접 인용 구문처럼 생각하기 때문이다.

피동 표현의 과잉 현상도 피동형이 자연스럽게 많이 사용된 영어문장을 번역할 때, 그것을 직역하는 과정에서 발생한 것인데, 이제는 아무 데나 마구잡이로 사용하여 거의 돌이킬 수 없는 고질병이 되었다. 다음 문장들을 비교해 보자.

(4.가) 15대 국회는 내일쯤 의장단을 선출할 것으로 보입니다.

(4.나) 15대 국회는 내일쯤 의장단을 선출할 것으로 보여 집니다.

(5.가) 시멘트 독에 유물이 훼손될까 우려됩니다.

(5.나) 시멘트 독에 유물이 훼손될까 우려되어집니다.

위의 예문에서 (가)는 올바르고 아름다운 우리말이지만 (나)의 '보여지다', '되어지다'는 하루빨리 고쳐야 할 잘못된 표현들이다. 그러나 이렇게 정성 들여 지적하고 가르치는 목소리는 한없이 미약하고, 전파나 인쇄 매체를 타고 퍼지는 '보여지는'과 '되어지는'은 걷잡을 수 없이 넘쳐흐르고 있다. 무슨 방법이 없을까 우울하기 그지없다.

'감사'와 '찬미'

바람직한 신앙생활이란 무엇인가? 이렇게 물으면 대답하기가 어렵다. 무엇부터 말해야 할지 막연하기 때문이다. 그러나 "하느님을 대하는 자세와 행동은 어떤 것이 바람직한가?"라고 묻는다면, 그때에 우리는 즉시 적어도 두 개의 낱말을 생각해 낼 것이다. 그 하나는 '감사'요, 또 하나는 '찬미'다.

'감사'와 '찬미'는 우리가 하느님을 공경하고 의지하는 신앙생활의 두 기둥이다. 그러면 우리는 이 두 개의 동사 '감사하다'와 '찬미하다'를 올바르게 쓰고 있는가? 한 번쯤 검토할 필요가 있다.

한동안 '감사하신 하느님'으로 시작하는 기도가 유행했

다. 하느님을 향한 감사의 마음이 성급하게 이런 표현을 만들어낸 것이다. 그러나 '점잖으신 아버지' 라는 말이 '아버지는 점잖으시다.' 의 뜻을 나타내는 것이라면 '감사하신 하느님' 이란 말은 '하느님은 감사하신다.' 의 뜻을 나타내는 것이요, 그것은 '하느님이 우리에게 감사하신다.' 로 해석될 수밖에 없다는 결론에 이른다. 이처럼 황당한 망발이 어디에 있겠는가? '고마우신 하느님' 은 '하느님은 고마우시다.' 가 되어 괜찮지만 '감사하신 하느님' 은 천만부당한 표현이 된다. '점잖다, 고맙다' 는 형용사이고 '감사하다' 는 타동사이기 때문이다.

'감사하다' 는 말처럼 좋은 말이 없건만 이 낱말을 바로 쓰기가 그렇게 쉽지가 않다. 이 낱말은 다음과 같이 반드시 그 앞에 세 개의 명사를 거느려야 완전한 문장을 구성한다.

A는 B에게 C를 감사한다.

물론 문맥 상황에 따라 B 또는 C가 생략될 수는 있으나, B에는 여격조사(~에게)가 쓰이고 C에는 대격조사(~을, ~를)가 쓰인다는 점이다. 그러나 우리가 일상으로 사용하는 기도문은 어떠한가?

1. 우리에게 베풀어주신 모든 은혜를 감사하나이다.
2. 오늘도 평화로운 하루를 허락하였사오니 감사하나이다.
3. 이렇게 아름다운 자연 속에서 당신을 찬양할 수 있도록 허락하여 주심에 대하여 감사하나이다.

위의 예문에서 1은 완전한 표현이고, 2는 '감사하나이다' 앞에 '이것을' 이 생략된 표현으로 보아 온전한 표현으로 볼 수 있다. 그러나 3은 이른바 번역체인데 엄격하게 말하면 잘못된 표현이다. '허락하여 주심을' 로 고쳐야 우리말다운 표현이라 할 수 있다. 'thank for something' 이라는 영어 표현이 '무엇에 대하여 감사하다' 라고 직역될 수 있으나 우리말로는 어디까지나 '무엇을 감사하다' 라고 해야 올바른 표현이 되기 때문이다.

한편, '찬미하다' 는 '감사하다' 의 경우처럼 잘못을 저지르는 예는 발견되지 않는다. 그러나 이 기회에 우리 교우들이 편지 첫머리에 사용해 온 관용표현 '찬미 예수' 에 대하여 생각해 보기로 하자.

'찬미 예수' 는 분명히 우리말 어법에는 맞지 않는다. 한문 구조로 보거나 'Praise The Lord' 를 직역한 영어 구조로

본다면 무방하겠으나 그것이 자연스런 우리말이 아닌 것만은 분명하다. 이것은 이백여 년 전, 우리 신앙 선조들이 한문 편지의 첫머리에 쓰던 관용구가 그대로 이어 내려온 것이 아닌가 싶다. 그렇다면 그것은 한문의 한 구절이지 우리말은 아니다. 모든 표현을 아름다운 현대의 우리말로 바꾸고자 하는 의향이 있다면 '찬미 예수' 도 '예수님을 찬미합니다' 로 고쳐야 하지 않을까?

하늘나라에 가서도 우리 민족은 거기에서 만나는 누구에게나 아름다운 우리말로 하느님을 찬미하리라는 것은 의심할 여지가 없다.

참 한국인의 소원

며칠 전 쉰 살 안팎의 신사 한 분이 내 연구실을 찾아오셨다. 만날 것을 약속하는 전화에서, 『경향잡지』의 내 글, '우리말 바로 쓰기' 를 즐겨 읽는 사람이라고 자기소개를 했었기 때문에, 우리는 십 년 사귄 친구처럼 처음부터 이야기가 술술 풀려나갔다.

건네어 받은 명함에는 그분의 직업이 컨설턴트 회사에서 토목 · 건축의 감리를 담당하는 엔지니어임을 밝히고 있었다.

"엔지니어가 어떻게 우리말과 글에 대해 관심을 가지게 되셨습니까?"

"아니, 한국 사람이라면 누구나 우리말을 사랑하고 우리

글을 바르게 가꾸는 데 앞장을 서야 하는 것 아닙니까?"

그분은 내 물음이 의외라는 듯, 나를 보며 이야기를 이어 나갔다. 그분은 우리 정부의 국어 순화 사업이 지나치게 미지근하다고 불평을 털어놓았다. 총무처에서 간행한 『쉬운 행정용어 모음집』은 일선 행정 부서에 제대로 배포도 되지 않은 상태이니, 우리말 순화가 언제 실현되겠느냐고 한숨을 쉬었다. 더군다나 기막힌 것은 그 『행정용어 모음집』에서 잘못이라고 밝히고 있는 낱말이 버젓이 그 책 머리말에 실려 있다고 책을 펼쳐 실례를 짚어 보이는 것이었다.

그래서 그분은 자기와 같은 사람들이 민간 차원에서 우리말 순화운동을 크게 벌여야 한다고 힘주어 주장하였다. 그리고 실제로 우리말 신문에 보낸 권고의 글월을 내보였다. '우리말' 을 다시 심어 널리 보급하려는 운동과 '우리말' 을 바르게 가꾸어 바르게 쓰자는 운동은 같은 맥락의 운동이라고 생각하면서 나는 그분의 글을 읽어나갔다.

"제가 우리말과 우리글에 관심을 가지게 되면서 이번 신문을 여태까지와는 다른 눈으로 읽어보았는데, '입장' 이나 '역할' 같은 요즘 너무 흔하게 쓰는 일본말이 없어서 읽기가 편했습니다. 그러나 그밖에 낱말이나 말법은 여느 일간

신문과 다른 신선한 것이 눈에 띄지 않았습니다.

신문은 읽기 쉬워야 합니다. 우리나라에서 의무교육을 받은 사람이면 누구나 다 읽고 그 뜻을 알 수 있어야 합니다. 그러나 요즈음 신문은 모두 쉬운 우리말을 두고, 어려운 말을, 더구나 외국말을 다투어 쓰고 있습니다. 글자만 '한글'을 빌려 쓰고 있을 뿐, 내용은 어느 나라 말인지 알 수 없을 정도로 외국말의 잡동사니입니다. 정해진 좁은 지면에 짜임새 있게 늘어놓아야 한다면 신문사 또는 기자 마음대로 맞춤법이나 띄어쓰기를 무시하며 우리말과 우리글의 법칙을 어기고 있어서, 의무교육을 받은 사람들이 '내가 잘못 배웠나?' 하며 어느 것이 맞는지 갈피를 잡지 못하고 있습니다.

우리는 지금 우리 겨레의 말과 글 역사에서 중요한 때에 살고 있습니다. 120년 전까지는 우리말과 우리글이 중국 영향을 받았지만, 일본 침략을 받아 나라를 빼앗기면서 말과 글이 송두리째 없어질 뻔하였다가 겨우 벗어났지만, 일본말에서 생긴 잘못된 말과 글은 점점 굳어가고 있으며 게다가 서양말과 글이 또 우리말과 우리글을 좀먹고 있습니다.

우리말과 우리글이 모양을 아주 알아볼 수 없을 정도로 세월이 더 흘러가기 전에 고치기 시작해야 하고, 또 고쳐야 합니다. 좀 늦기는 했지만 아직도 못 고칠 정도로 늦은 것은 아닙니다."

이 글은 우리 민족의 영원한 번영이 반드시 우리말과 우리글의 튼튼함과 깨끗함에서 말미암는다는 사실을 거듭거듭 강조하고 있었다.

나는 그 글을 읽다 말고 그분께 말하였다.

"형제님 같은 분이 우리나라에 열 분쯤만 계신다면 당장 국어 순화사업은 순풍에 돛을 달겠습니다. 형제님 본당은 어디십니까?"

"네. 저는 본명을 형 베드로라고 해요. 우리나라 성인을 본받기 위해서 그런 본명을 가지게 됐어요. 개포동 성당에 나갑니다."

나는 마음속으로 중얼거렸다.

'역시 가톨릭 신자 가운데 이런 분이 계시는구나.'

고유어만 쓰기, 과연 옳은가?

우리는 왜 말을 다듬어 써야 하는가? 그 까닭은 말을 다듬어 씀으로써 그 말을 쓰는 사람의 마음과 정신도 다듬을 수 있기 때문이다. 말을 다듬는다는 것은 결국은 마음을 가다듬고 정신을 바로잡는다는 뜻을 갖는다. 그런데 마음과 정신을 바로잡는다 하여 무조건 순수한 우리말만 고집하는 잘못된 경향이 있다.

가령 미래(未來)는 '앞날'로, 가격(價格)은 '값'으로, 미소(微笑)는 '웃음'으로만 써야 한다고 주장한다. 다시 말하면, 한자어는 죽이고 순수한 우리말로 쓰자는 것이다. 이러한 생각은 대단히 위험할 뿐 아니라 어리석은 생각이다. 고유어를 살려 쓰자는 뜻은 좋으나 어휘 자산의 빈곤을 불러오기 때문에 언어의 발전을 막는 결과가 되는 것이다.

영어가 오늘날, 세계를 지배하는 당당한 국제어가 된 까닭은 무엇보다도 풍부한 어휘 자산 덕분이라고 할 수 있다. 영어는 매우 너그러운 자세로 세상의 모든 언어로부터 새로운 어휘를 받아들인다. 영어 어휘 속에 끼지 못한 어떤 언어가 있다면 그런 언어는 아마도 이 지구상 어느 궁벽한 곳에 사는, 겨우 몇천 명 정도가 말하는 언어일 것이다.

다시 한자어와 고유어의 관계를 살펴보자. 순서(順序)를 쓰지 말고 '차례' 만 쓰자는 사람이 있다. 이런 분은 '차례' 가 순수한 우리말인 줄 알고 있을 것이다. 그러나 '차례' 는 '차제(次第)' 라는 한자어가 이른 시기에 중국어로 수입되어 발음이 변한 낱말이다. '약간(若干)' 을 쓰지 말고 '조금' 이라고만 쓰자는 사람이 있다. 이런 분은 '약간 명(若干名)' 이라고 하는 것을 '조금 명' 이라고는 쓸 수 없음을 생각해 보지 않았을 것이다.

또 민족의 주체성을 강조하는 나머지 "미국으로 나간다", "한국으로 들어온다" 라고만 말해야 한다고 주장한다. 그러면 생각해 보자. 가령 어떤 사람이 다음과 같이 말했다 하자.

"아무개가 다음 달에 미국으로 들어간대."

물론 말한 사람과 아무개는 한국 사람이요, 이 말은 서울에서 한 말이다. 이때에 말한 사람이 미국에 이민 가서 사는 사람이요, 아무개는 새로 이민을 가는 사람이라면 이 말에 잘못이 있다고 트집을 잡을 이유가 없다. 그분들은 이미 미국이 생활 근거지라는 생각을 갖고 있으므로 미국을 의식의 중심점에 놓고 말한 것이기 때문이다. 또 말한 사람이 한국에 사는 사람이요, 아무개가 이민 가서 사는 친구라고 해도, 이 말은 타당성을 갖는다. 미국을 생활 근거지로 하는 친구의 처지를 존중한 표현이기 때문이다. 이 말이 잘못된 표현으로 트집을 잡히게 되는 경우는, 아무개가 한국에 사는 한국 국민인데 미국에 잠시 머물기 위해 떠나는 경우에 한한다. 이때에는 말한 이의 정신이 어디에 놓였느냐고 힐난을 해도 괜찮다. 이러한 경우를 뺀다면, 혈통상의 한국 사람이라고 하여 미국으로 가는 것은 '나간다' 고 해야 하고, 한국으로 오는 것은 '들어온다' 고 해야 한다고 주장할 수는 없는 일이다.

우리말은, 원래 말하는 이의 처지에 따라 나가고 들어옴이 자유롭게 바뀌는 말이다. 그런데 우리말의 자존심을 살린다 하여 어떤 경우에나 "미국으로 나간다", "한국으로 들어온다"라고 표현해야 옳다고 주장하는 것은 융통성 없고 고집스런 국수주의의 산물일 뿐 아니라 열등의식의 발로라고 할 수 있다.

앞으로 한국어가 세계어로 발전하려면 국어 순화가 깔끔하고 논리적인 문장 구조에 관심을 돌려야 하며 고유어만 써야 한다는 주장은 다시 생각해야 할 문제인 듯싶다.

주는 것과 받는 것

인간생활의 아름다움을 표현하기 위한 낱말이 얼마나 많을까? 그 많은 낱말 가운데서 오늘은 '주다(드리다)-받다' 한 쌍의 낱말이 만들어내는 몇 개의 표현들을 생각해 보기로 한다. 우리는 세상을 살아가면서 다른 사람한테서 진실로 많은 것을 받는다. 하느님께 받는 것은 더 말할 필요도 없이 엄청나다. 그리고 우리는 받는 것보다는 조금 적게(?) 남에게 주며 살아가는지도 모른다. 하느님께 드리는 것은 얼마나 될까? 어쨌거나 인간 생활은 주고받음의 관계에서 발전하고 성장한다.

그러면 무엇을 주고받는가? 첫째로는 눈에 보이는 물건을 주고받는다. 둘째로는 눈에는 보이지 않지만 물건값에 해당하는 권리도 주고받는다. 셋째로는 볼 수도 없고 값으로 칠 수도 없지만 우리가 지닌 것 가운데 가장 소중한 마음을 주고받는다. 정(情)을 주고받으며 뜻(생각)을 주고받는다. 말씀을 주고받으며 사랑을 주고받는다. 이런 것들이 모두 마음이다. 그래서 마음과 깊이 관련된 낱말은 주고받음의 대상이 될 수 있다. 다음과 같은 낱말이 '주다(드리다)' 와 '받다' 의 목적어가 되는 까닭은 그것이 모두 마음을 나타내는 낱말이기 때문이다.

축하드립니다.

감사드립니다.

인사드립니다.

제대로 말하려면 '축하합니다, 감사합니다, 인사합니다' 라고 해야 옳을 것이다. 축하, 감사, 인사는 모두 상대방에게 나의 마음을 전하는 행동 표현의 낱말이므로 동사형을 택하는 것이 제일 자연스런 표현이 되기 때문이다. 그러나 그것들은 결국 '축하하는 마음, 감사하는 마음, 인사하는 마음' 이기도 하니까 '주다(드리다)' 의 목적어가 되어 '축하드립니다, 감사드립니다, 인사드립니다' 가 받아들일 수 있는 표현이 되는 것이다.

한편, 우리 교회에서 자주 쓰는 표현으로 '받다' 와 어울리는 것, 두 가지가 있다.

찬미 받으소서.

영광 받으소서.

이 두 표현은 하느님께로 향하는 흠숭의 마음을 표현했다는 점에서 공통된다. 그러나 '찬미' 는 '찬미하다' 와 짝이 되는 동작의 명사인 반면, '영광' 은 '영광스럽다' 와 짝이 되는 상태의 명사이기 때문에 같은 자리에서 설명되지 않는다. 다시 적어보자.

① 하느님은 찬미 받으소서.

② 하느님은 찬미하는 마음을 받으소서.

③ 하느님은 저희들이 찬미하는 마음을 받으소서.

①은 ②의 축약형이요, ②는 ③의 축약형이란 관점에서 그 표현이 정당하다는 판정을 받을 수 있다. 그러나 '영광' 의 경우는 그렇지 않다.

④ 하느님은 영광 받으소서.

⑤ 하느님은 영광스러운 마음을 받으소서.

④는 ⑤의 축약형이라는 설명에 무리가 따른다. ⑤는 성립되지 않는 표현이기 때문이다. '영광' 은 '기쁨, 행복' 처

럼 사물의 형편을 묘사하는 형용사이기 때문에 '기쁨을 누리다, 행복을 누리다'가 자연스럽듯이 '영광 받으소서'가 가능하다면 '기쁨 받으소서, 행복 받으소서'가 가능한 표현이어야 한다. 그러나 한국말을 하는 어떤 한국 사람이 기쁨과 행복을 주고받음의 대상이라 할 것인가?

이제 우리는 바야흐로 새로 고친 미사 통상문으로 미사를 드리게 되었다. 여러 해에 걸쳐 고치고 다듬은 것이라 잘못된 표현이 없을 것이지만 행여나 '영광 받으소서' 같은 구절이 어느 구석에 숨어 있지 않나 하여 오늘도 새 미사 통상문을 조심스럽게 훑어보았다.

(가톨릭 『경향잡지』, 1996년 1월~12월)

우리말은 아름답다

한국어와 한국인

한 민족의 정신세계를 체계적으로 밝혀 보려는 이른바 민족사상의 탐구가 그 민족이 사용하고 있는 언어에 의해서 이루어질 수만 있다면 그것처럼 확실한 접근방법도 없을 것이다. 더구나 우리 배달민족처럼 비교적 장구한 세월 동안 단일한 언어를 사용해 왔다고 믿어지는 경우에는 한국어를 곧 한국민족과 거의 완전히 동일시하여도 좋으리라는 견해를 쉽게 받아들이게 되는 때문이다. 그러나 언어를 통하여 민족의 사상을 탐구한다는 말은 흔히 그 언어로 표현된 내용, 즉 여러 역사적 저술이 직접 사상을 나타내고 있을 때에 적용되는 것이지, 언어 자체의 문법적 특성이나 어휘자료를 대상으로 해서 사상적인 특성을 찾아내는 작업을 뜻하지는 않는다. 그럼에도 불구하고 언어 자체의 검토를 통하여 그 언어를 사용하는 사람들의 사상을 찾아낼 수 있으리라는 기대는 금세기에 들어와서도 언어학자와 철학자들, 그리고 언어를 연구 대상으로 하는 학자들에게 끊임없는 충동적 매력이 되어 왔었다. 도대체 언어를 '존재의 집' 이라고 했을 때, 또는 언어를 '중간 세계' 라고 규정했을 때, 그리고 언어는 분명히 실재하는 현실세계가 아니라 현실세계를 특정한 사회적 집단의 공통적 생활방식에 의해 걸러 낸 생각의 표출이라고 했을 때, 그 언어가 만들어 놓은 특정한 개념의 체계들은 분명히 서로 다른 언어를 쓰는 사람들이 만들어 놓은 개념의 체계와는 다르다는 사실을 인정하지 않을 수 없다. 그러면 언어자료의 면밀한 검토를 통하여 그 언어를 사용하는 사람들의 사상적 특성을 찾아낼 수 있을 것이 아닌가? 그러나 이와 같은 희망이나 기대는 사상이니, 사고(思考)니 하는 정신작용이 모든 인간에게 보편적으로 존재한다는 점과 그 보편적 정신작용이 언어를 매개로 하지 않고서도 훌륭하게 수행된다는 점을 들어 불가능한 것으로 생각되기도 하였다. 분명히 어떤 특정의 창작활동, 예컨대 작곡을 할 때나 그림을 그릴 때나 또는 조각품을 만들 때, 그리고 그것들을 감상할 때 우리는 언어에 의한 사고를 전제로 하지 않는다는 것을 너무나 잘 알고 있다.

그렇다면 우리는 정말 한 언어의 문법적 구조나, 어휘체계를 검토함으로써 그 언어를 사용하는 사람들의 사상적 특성을 전혀 검출해 낼 수 없다는 말인가? 언어와 사상이 전혀 별도의 차원에 속하는 것이라고 주장하는 사람들은 흔히 '현실세계를 표현하는 방법이 다르다고 해서 현실세계가 달라지는 것은 아니다' 고 말한다. 그러나 이 말은 '현실세계를 표현하는 방법이 다르다고 해서 현실세계를 보는 눈이 달라지는 것은 아니다' 는 뜻을 나타내는 말은 아니다. 우리는 아무도 사상을 현실세계 자체라고 생각하지 않는다. 따라서 사상을 '현실세계를 보는 눈' 이라고 생각할 수만 있다면 언어와 사상이 차지하고 있는 자리는 매우 가까운 근접점에 있다는 것을 깨닫게 된다. 이때에 비로소 낱말들이 만들어 내는 개념들의 차이가 분명히 존재하는 두 언어 사이에는 그러한 차이를 만들게 하는 사람들의 관점 차이를 의식하지 않을 수 없다는 결론에 이르게 된다. 한걸음 물러서서, 같은 언어를 사용하는 사람들 사이의 문체(文體)의 차이를 두고 그 문체의 주인공들이 현실세계에 접근하는 방법의 차이라고 볼 수는 없는 것인가? 거듭되는 말이지만 만일에 현실세계에 접근하는 방법을 곧 '사상' 이라고 규정할 수만 있다면 그 문체는 곧 사상의 표상이 될 수도 있을 것이다. 물론 형식이 그대로 내용을 구성한다고 생각해서는 안 되며 그럴 수도 없는 것이지만, 동시에 형식이 내용과 전혀 무관하다고 완전히 분리시켜 생각할 수도 없는 것이다. 여기에서 우리는 한 언어의 문법구조나 어휘체계를 검토함으로써 대단히 우회적인 방법이요, 또 조금은 위험한 가설이 될지라도, 한번쯤 그 언어의 주인공이 어떻게 세계를 바라보며 인생을 생각하는가 하는 문제를 다루어 볼 수 있을 것으로 생각된다.

사실, 위와 같은 논의는 1920년대와 1930년대에 걸쳐 인류 언어학자들 사이에 선풍적인 인기를 끌던 문제였다. 사피어 - 워르프 가설(Sapir - Whorf Hypothesis)이라고 불리어지는 이론에 의하면, 특정의 언어를 사용하는 사람들은 그 언어의 틀을 통해서만 세상을 바라본다는 것이다. 아메리카 인디언들의 언어를 조사한 결과, 그들의 언어는 자연현상을 분류하는 방법에 있어서나, 시간과 공간 같은 추상개념을 분류하는 방법에 있어서 영어를 위시한 유럽 언어를 사용하는 사람들이 사용하는 방법과는 다른 방법을 택한다는 사실이 밝혀졌었다. 그것은 곧 아메리카 인디언들이 유럽 문명국의 사람들의 세계관과는 다른 세계관을 가졌음을 나타내는 것으로 판단되었었다. 그러나 이 가설은 충분히 증명할 수 없다는 이유로 반신반의 되던 중 1960년대에 이르러 촘스키(N.Chomsky)가 인간의 보편적 사유능력을 전제로 하는 언어학 이론을 개발하자 잠시 언어학 논쟁점의 뒷전으로 밀려나는 듯하였었다. 그렇지만 언어 현상은 궁극적으로 개별적인 사회 현상이며, 따라서 그것은 특정한 사회의 문화적 상황을 반영하지 않을 수 없다는 사회언어학(Socio-linguistics)의 끈질긴 주장이 다시금 고개를 들면서 그 사피어-워르프 가설에 대한 재조명이 시작되었다. 현재의 시점에서 우리는 이들 두 개의 극단론의 어느 한쪽에 선다는 것은 대단히 위험하다는 생각을 굳히게 된다. 그러면서 우리는 다시금 조심스럽게 한국말에 의한 한국인의 진단을 시도해 보려는 것이다. 이 해의 편의를 위하여 우리는 '번역은 가능한가?' 하는 문제의 상극적인 두 개의 해답이 모두 가능하다는 사실을 확인해 보기로 하자. 첫째, 번역은 가능하다. 지금까지의 모든 인류문화는 서로 다른 언어를 쓰는 문화권의 교류에 의해 발전하여 왔는데, 그 교류는 전적으로 서로 다른 언어 사이의 번역의 가능성에 의존한 것이었다. 인간의 정신적 유산인 모든 저작물은 각기 다른 문화배경을 가진 언어에 의하여 줄기차게 번역되어 왔으며, 그것은 정도의 차이가 없지는 않겠지만 거의 완벽하게 원문의 사상을 이해하게 하였다. 그러나 둘째, 번역은 불가능하다. 번역의 대상이 미학적 범주에 속하는 시문학 작품일 때, 원문이 지닌 그 섬세한 감흥이 번역된 다른 언어에 의해 원문대로 재생되기를 기대하는 사람은 아무도 없을 것이다. 이때에 우리는 그 시를 이해하기 위하여 번역을 시도하기보다는 그 언어를 배우고 그 언어의 문화를 이해하려고 노력하면서 그 작품을 직접 원문대로 감상하는 것이 보다 빠른 길이라는 것을 발견하게 된다. 바로 이 점이 언어 속에 특정한 사상이 반영된다고 할 경우 그 언어가 지닌 사상성의 한계라고 말해도 좋을 것이다. 그 사상이 세계관이건 인생관이건, 그것은 미학적 범주에 속하는 문화적 특질을 벗어나지는 않을 것이다. 물론 그것도 오랜 세월이 흐르는 동안 이질적인 문화에 의해 퇴색하고 변형되고 혹은 소멸할는지도 모른다. 그러나 특정한 시대에 있어서 그것은 분명히 그 사회를 지배하는 문화적 특질이요, 일컬어 사상이 될 수도 있다.

그러므로 우리가 한국어를 검토함으로써 한국인의 사상적 특징을 검출해 보겠다고 할 때에 그 검출된 특징이 절대적으로, 그리고 보편적으로 모든 한국인의 사상적 특징을 반영한다고 생각해서는 안 될 것이다. 검출된 특징은 한국어의 구조 속에 잠재하여 있는 하나의 원형(原型 : Archetype)일 뿐이기 때문이다. 이 원형은 현실적으로는 나타나지 않을 수도 있으며 설혹 나타난다고 하더라도 그것이 긍정적인 측면으로 작용하느냐, 아니면 부정적인 측면으로 작용하느냐에 따라 그 원형에 대한 우리들의 견해는 현격하게 달라지게 된다. 따라서 우리가 한국어로부터 이끌어낸 한국인의 사상적 특징은 한국인이 '이러이러한 사람들이다' 라고 규정하기보다는 한국인은 '이러이러한 사람이어야 한다' 는 당위론에 기울 수밖에 없는지 모르겠다. 왜냐하면 우리가 한국어로부터 실제로 찾아낸 사상적 특질이란 것은 원형 자체가 아니라 그 원형이 적용된 현상을 특정한 관점에 서서 해석하여 붙인 명칭이기 때문이다.

그러면 지금까지 한국어를 통하여 한국인의 사상적 특징을 규명해 보려고 노력한 한두 개의 업적들을 살펴보기로 하자.

그 첫 번째는 1960년대 초반에 간단한 논설문의 형식으로 발표된 신일철(申一澈) 교수의 '한국인의 사고방식' 이다. 그는 일본인 불교철학자 나카무라 하지메의 '동양인의 사고방식' 에 자극을 받고 그의 방법론을 의식하면서 한국인의 사고방식을 진단하려 하였다. 그는 우선 나카무라 하지메 씨가 동양의 여러 민족 가운데서 논리적 자각을 가지고 독자적인 사유형태(思惟形態)를 성립시킨 민족은 중국인 · 인도인 · 일본인, 그리고 티베트인 등 네 민족에 국한시켰다는 사실에 분개하고 있다. 특히 한국을 만주 · 월남과 함께 중국적이라고 묶어버린 사실을 일제 식민사관에 근거한 동양근세사의 편견이 만들어낸 잘못으로 지적하면서 한국어에 나타나는 두 가지 논리적 특성을 예시하였다. 그 첫째는 논리의 결여요, 둘째는 논리와 자연의 합일이다.

첫 번째의 예증으로서 우리말에는 논리와 밀접한 관계에 있는 수개념이 불명확하다는 점, 주어가 없는 문장이 많다는 점, 1인칭 주어 '나' 라는 대명사가 고정되어 있지 않아서 자아중심의 의식이 희박하다는 점, 추상명사가 발달되지 않아서 개념적 사고가 발달되지 못했다는 점, 술어 중심의 문장구조이기 때문에 주어 의식이 미약하다는 점 등을 들고 있다. 그리고 두 번째의 증거로서는 우리말 동사로서는 사실판단과 가치판단의 구별을 명쾌하게 할 수 없다는 점, 가상을 전제하는 낱말 '만일에, 혹시, 가령' 등에 해당하는 고유어가 없는 점을 들어 한국인은 초자연적 세계에 대한 사고방식이 발달하지 않았으며 소박한 실재론의 색채를 띠고 있음을 한탄하고 있다.

신 교수의 이 글은 처음부터 본격적인 탐구의 자세를 지니고 집필되었다기보다는 문제 제기의 성격을 띤 것이기 때문에 더 이상 언급할 필요가 없을 것이지만, 한 가지 분명히 해 두어야 할 사항은, 이 글이 처음 부분에서 일본인 학자의 분류에 불만을 품고 한국인 고유의 사고방식을 찾아보겠다는 의욕을 가지고 씌어졌음에도 불구하고 그러한 의욕이 지나치게 단편적으로 한국어의 특성을 나열하는 데 그치고 말았다는 점이다. 더구나 그러한 한국어의 사실들이 모두 서구 논리학의 관점으로 논단되었다는 데에 문제의 심각성이 있다. 도대체 아리스토텔레스 이래 서부 유럽에서 발달한 논리적 사유방식에 맞추어 한국어를 바라본다면 분명 거기에는 서구식 논리 전개 방식의 모습을 찾을 수 없을 것은 명

약관화의 사실이다. 왜냐하면 한국인은 누구인가 했을 때 한국적 논리 전개 방식에 의해서 한국어를 사용할 것임이 미리 예견되기 때문이다. 따라서 우리는 한국인의 논리와 서구인의 논리를 대등하게 바라보는 고차원적인 견지에서 한국인의 논리 방식을 한국어를 통해 검출해내려는 방법론이 확립되지 않는다면 우리는 언제나 한국적 사고방식의 고유성을 찾고자 하다가 서구적 논리의 부재라는 신 교수의 전철을 밟을 수밖에 없을 것이다.

두 번째로 시도된 업적은 1960년대 후반에 발표된 이규호(李奎浩) 교수의 언어철학서 '말의 힘' 이다. 그는 이 책의 제9장을 우리말의 분석을 통한 한국의 논리학 설정에 바치고 있다. 그는 우리말의 문법구조로부터 다음과 같은 네 가지 한국인의 논리를 유도해 내고 있다.

첫째, 우리말은 술어 중심의 다원구조(多元構造)이다. 우리말에서는 주어도 술어를 수식하는 수단으로 간주할 수 있다. 이것은 현상을 변화하는 양상 그대로 이해하고 여기에 자연스럽게 조화하려는 사고방식을 발전시켰다. 즉 현상학적이다.

둘째, 우리말은 긴장된 대화형이다. 이러한 대화형은 사실을 객관적으로 서술하는 말이라기보다는 언제나 너에 대한 나의 말이다. 즉 상관관계가 중요시된다.

셋째, 우리말은 접미사가 묘한 역할을 하기 때문에 직선적인 추리를 하는 것이 아니라 우회적인 추리 논리를 한다.

넷째, 우리말의 시제는 삼차원적인 시간관을 반영한다. 과거와 미래가 현재 속에 살아있다. 과거는 기억과 전승으로서 살아있고, 미래는 희망과 기대로서 살아 있고, 현재는 과거와 미래에 의해서 보호된 상태와 움직임이기 때문에 이것은 살아있는 시간이며 구체적인 시간이다. 그러므로 한국사람들은 사고방식이 아주 현실적이다.

위의 네 가지를 간추리면 우리말은 현상 논리 · 상관 논리 · 우회 논리 및 삶의 논리로 요약된다. 여기에서 지적된 우리말의 구조적인 특징들은 한국 사람이라면 대개 의식적으로나 무의식적으로 알고 있는 특징들이다. 우리말은 서구의 언어들보다는 확실히 술어 중심의 성격을 강하게 드러낸다. 우리말이 긴장된 대화형이란 점도 수긍할 수 있다. 그리고 격조사 및 어미에 의해 여러 가지 복잡한 통사적 관계를 나타낸다. 또 아직 명쾌하게 밝혀지지는 않았으나 우리말 시제는 과거와 미래가 현재를 집합점으로 하여 긴밀하게 묶여 있다는 것도 국어학자들 사이에 자주 논의되어 왔었다. 그런데 문제는 이와 같은 우리말의 구조적 특징들이 과연 현상 논리·상관 논리·우회 논리 및 현실 논리를 구성하는 필요하고도 충분한 조건이 될 수 있는가 하는 점이다. 만일 위에 지적한 네 가지 논리가 오로지 우리말에만 있는 것이며, 또 우리말의 그러한 구조적 특징에 의해서만 그러한 논리를 나타낼 수 있는 것이라면, 술어 중심은 곧 현상 논리요, 대화적 특성은 곧 상관 논리요, 교착적 접미현상은 우회 논리이며, 현재를 중심으로 과거와 미래가 묶여 있는 시제구조가 곧 현실 논리라고 말해도 좋을 것이다. 그러나 아무도 그렇게 과감한 결론을 옳다고 생각하지는 않을 것이다. 그렇다면, 우리는 우리말의 그러한 구조적 특성들이 현상적이요, 상관적이요, 우회적이요, 또 현실적인 경향을 띨 가능성을 확인하는 정도에 머물러 있어야 한다. 이 교수의 논조도 그러한 경향성을 지적하는 데 그친 것으로 해석하여야 할 것이다. 그러면 우리는 어째서 명쾌한 결론에 들어가기를 주저하고 이렇게 조심하는가?

도대체 한 언어의 몇 가지 구조적 특징이 특정한 사고방식을 대표한다고 단정하는 소박한 유형론이 범하게 되는 잘못은 마치 혈액형에 의해 인간의 성격을 규정하는 것만큼 어리석은 작업이 될 우려가 있기 때문이다. 우리는 그동안 그릇된 유형론이 얼마나 우리들의 의식에 무서운 편견을 몰아왔는가를 잘 경험하여 왔다. 그 대표적인 예가 이른바 민족성에 대한 그릇된 생각이었다. 민족성이란 어떤 특정한 역사적·사회적 환경에서 관습적으로 길들여진 사고방식 내지는 문화유형이라고 소박하게 정의할 수 있다. 그러므로 민족성은 영구불변의 고정적인 것이 아니라 그 민족의 긴 역사 속에서 끊임없이 변화하여 간다고 보아야 한다. 그런데 우리는 그동안 일본 식민사학자들에 의하여 조작된 한국 민족성 때문에 얼마나 많은 고통을 겪었는가? 식민지시대의 교육을 통하여 그 그릇된 선전이 뿌려놓은 독소를 제거하기 위하여 해방 이후 우리나라 사학자들과 지식인이 얼마나 많은 노력을 기울였는가를 우리는 회상할 필요가 있다.

우리가 만일에 한국어의 구조적 특징을 찾아내어 그것을 독특한 사고방식과 떨어질 수 없는 관계가 있는 것으로 확립하여 놓는다면 한국어를 사용하는 한 우리는 영원히 그 독특한 사고방식을 벗어날 수 없을 것이라는 논리를 인정하여야 한다. 이토록 무섭게 언어가 사고방식을 지배할 수는 없다. 어떤 사고방식이 어떤 언어구조로 보다 잘 표현될 수는 있겠지만 그 언어구조에 의해서만 표현된다고 생각하여서는 안 된다. 가령 격조사(토씨)나 어미를 다채롭게 구사하여 논리를 우회적으로 유도한다는 것은 가능하지만 그것만이 우회 논리의 유일한 방도가 아님을 우리는 거듭 명심하여야 한다.

그러므로 우리는 이제 더 이상 한국어의 구조적 분석을 통하여 한국인의 전형적 사고방식을 찾아보려는 노력은 포기하여야 할 것이다. 단지 앞서 언급한 바와 같이 미학적 범주에 속하는 한국문화의 특질을 설명하기 위한 보조적인 방편으로서, 그리고 당위론적 한국인 상(像)을 제시하기 위한 방편으로서만 한국어는 이용될 수 있을 것이다.

그러면 한국문화의 성격을 해명하고 바람직한 한국인 상을 제시하기 위한 간접자료로서 이용가치가 있는 한국어의 특징에는 어떤 것이 있는가? 지금까지의 논의에서 이미 지적된 것들은 할애하고 몇 개의 새로운 것을 덧붙여 보기로 하자.

첫째, 존경을 표시하는 보조어간 '시'의 존재와 겸양을 표시하는 보조어간 '-압-, -잡-, -삽-'의 존재에 대하여 눈을 돌려보자. 신라 향가에 이미 賜(샤)와 白(숣)으로 표기된 이들 존경법과 겸양법의 형태들은 우리말의 가장 특징적인 면모의 하나이다. 우리말과 계통을 같이한다고 믿어지는 다른 알타이어에는 이러한 문법적인 형태가 없다는 점에서 이것은 우리 한국어가 누리는 귀중한 특권이다. 말하는 사람이 자신을 낮추는 것은 겸양이요, 말을 듣는 사람이나 말 속에 나오는 주인공을 높이는 것은 존대이다. 일찍이 우리 민족이 어떤 사회를 이루고 살아왔기에 우리의 언어 속에 자신을 낮추고 상대방을 높이는 장치를 마련했던 것일까? 중국 사람들이 우리를 가리켜 동방예의지국이라고 했던 것은 겉치레의 인사말이 아니라 충심에서 우러나오는 찬사였을 것이다. 그런데 현대어에 와서 이 겸양의 전통은 그 흔적을 찾기 어려울 정도로 퇴색하였다.

"아버님께서 걱정하시는 말씀 듣자옵고 그 계획은 취소하였습니다." 이렇게 머리를 조아리며 무릎을 꿇고 아버님 앞에서 송구해하는 아들의 모습을 오늘날 어느 가정에서 찾아볼 수 있을 것인가? 현대사회가 아무리 급진적으로 변모한다고 하여도 부모와 자식이 존경과 자애로 묶이는 가정을 사회구성의 기본으로 유지하여야 하는 한, 부자간의 윤리는 태곳적 원시사회이거나 우주여행을 하는 미래사회이거나 변함이 없어야 할 듯싶다.

둘째, 공동체의식을 강하게 반영하는 제1인칭 복수 대명사 '우리'의 보편화된 사용법의 한 가지를 살펴보기로 하자. 몇 가지 관점에서 우리말 대명사의 생성과 분화는 비교적 둔감했음을 우리는 확인할 수 있다. 가령 제3인칭 대명사 '그, 그녀, 그들'은 금세기에 들어와서 서구 언어에 대응하는 표현을 찾으려는 노력에 의해 만들어진 낱말들이었다. 마찬가지로 '우리'라는 낱말도 기원적으로는 제1인칭의 복수를 뜻하는 것이 아니라 취락이나 취락경계를 가리키는 보통명사였을 가능성이 있다. 비록 성조가 다르기는 했으나 15세기 국어에서 '우리〔我〕, 우리〔笠籠〕, 울〔籬〕' 등의 낱말들은 보다 이른 시기에는 어떤 관련이 있었으리라는 추측을 자아내기에 충분한 것들이다. 이와 같은 어원 탐색이 허망한 것이 아니라면 낱말 '우리'는 애초부터 부족 집단이나 씨족 집단을 가리키는 것이었음을 짐작하기 어렵지는 않을 것이다. 다른 한편, 현대어의 사용법을 살펴보면 이러한 추론이 그렇게 허망하지만은 않다는 생각을 굳히게 된다. '우리나라, 우리 집, 우리 동네'라는 표현에서 우리는 '나'를 내세우기보다는 '나' 가 속해 있는 집단을 앞세워 의식하는 강한 공동운명의 표출을 발견한다. 어떤 이는 이것을 자아의식의 결핍이라고 할는지 모른다. 그러나 이런 생각은 서구식 개인주의의 관점에서 잘못 풀이하였다고 생각된다. '나' 의 존재를 자각하지 않은 상태에서 '우리' 를 의식한다는 것은 상상할 수 없기 때문이다. '우리' 를 내세움으로써 '나' 의 존재의의와 사명이 무엇인가를 보다 포괄적으로 이해하고, 더 나아가 '우리' 의 구성원으로서의 '나' 와 '우리' 를 동시에 활성화하여 표현하여 왔다고 해석하는 것이 온당할 듯싶다. '나' 를 내세우지 않고 '우리' 를 앞세우는 표현은 그만큼 자신이 속해있는 집단의 발전이, 곧 자신의 발전이라고 생각하는 큰 자아(大我)의 발견이 아닌가? 이렇듯 원시 씨족사회의 공동체의식의 표출이었던 듯싶은 '우리' 라는 낱말은 '나' 와 '나를 둘러싸고 있는 집단' 과의 유기적인 관계를 나타내면서 현대에 이르기까지 계속 사용되어 왔다. 그러나 이 낱말이 조선조시대에 이르러 족별 내지는 가문의 차원에서만 이해되는 경향이 없지 않았다. 즉 '우리' 는 '우리 집' 또는 '우리 집안' 이라는 표현을 간단히 줄여 말할 때에 쓰는 편법이 되었던 것이다. 그렇지만 그러한 의식도 점차 지나간 시대의 유물로 퇴색하고 있다. 아마도 앞으로는 이 '우리'라는 낱말 속에 국가 내지는 민족적 차원의 의미가 점차 자리를 굳혀 갈 것이다.

셋째, 이른바 존재를 뜻하는 '있다'의 용법을 살펴보기로 하자. '있다'는 이 세상에 감각적으로 존재한다고 판단되는 사물만이 아니라 우리들의 관념 속에 존재한다고 느껴지는 모든 것의 '그러함'을 나타내는 말이다. 물론 다른 언어, 예컨대 영어의 'be' 동사도 우리말의 '있다'와 마찬가지로 세상만물의 '있음'을 표시하는 말로 쓰인다. 그러나 영어에서 'be' 동사가 소유의 관념을 나타내는 'have' 동사의 영역을 거의 완전히 대신할 수는 없다. 그런데 우리말의 '있다'는 '가지다'가 나타내는 의미 영역을 거의 전부 포섭한다. 다시 말하면 '가지다'를 쓸 자리에 문장구조를 바꾸어 '있다'를 써서 표현할 수 있다는 말이다.

"자네 돈 좀 가졌나?"

"응, 내게 좀 있어. 얼마나 필요한데?"

이 간단한 대화 속에서 '가지다'는 반드시 '누구'가 가졌느냐는 소유의 주인공이 문제 됨에 반하여 '있다'는 누구에게 있느냐가 문제 되는 것이 아니라 단지 누구에게이건 있

기만 하면 된다는 존재의 사실만이 초점이 됨을 발견한다. 우리는 여기에서 성급하게 우리 민족이 '있다'를 '가지다'에 대신해 씀으로써 서로 돕고, 서로 아끼는 이웃사랑을 실천하였다고 결론하여서는 아니 된다. 그리고 일본어의 'ある'가 우리말의 '있다'와 대체로 일치하니까 일본 사람과 한국 사람을 동일시할 수 있다고 생각하여서도 안 된다. 우리는 다만 '있다'라는 낱말에 우리 민족이 지향해 나아가야 할 윤리적 가치를 부여하여 우리들의 사람됨을 다시 돌아보는 계기를 삼으면 그것으로 족할 뿐이다.

넷째, 다른 언어에 비하여 특별히 우리말에 두드러지게 발달하였다고 믿어지는 의성·의태어의 특성과 기능을 살펴보기로 하자. 흔히 언어학에 대한 소양이 없는 사람들은 그 풍부한 의성·의태어의 존재가 한국어의 우수성을 반증하는 것이라고 생각하는 경향이 있다. 그러나 그것은 대단히 우스운 생각이다. 어떤 언어이건 모두 의성·의태어를 가지고 있을 뿐만 아니라 오히려 정형화된 낱말을 가지고 있기 때문이다. 그러면 우리말 의성·의태어의 다양성을 어떻게 해석할 것인가? 결론부터 말한다면 그것은 주관적 표출 기능이 다른 언어에 비해 낱말의 형태로 잘 드러난다고 할 수 있겠다. 똑같은 종소리를 묘사하면서 한 사람이 '딸랑딸랑' 이란 표현을 택하고 다른 사람이 '딸그랑딸그랑' 을 택했을 때, 우리는 그 두 표현의 객관성을 문제 삼기보다는 그 두 사람이 느낀 감각의 차이를 문제 삼는다. 그것은 누가 옳고, 누가 그르냐는 문제가 아니라, 동일한 대상이 사람에게마다 다르게 반응한다는 사실이 문제 되는 것이다. 이것을 윤리적 차원에서 좋게 해석한다면 우리 민족은 화이부동(和而不同, 개성을 존중하면서 서로 조화를 이루는 경지)을 언어로 나타낼 수 있다고 주장할 수도 있다. 그러나 한국 사람은 누구나 화이부동의 인격자라고 한다면 이처럼 터무니없는 망발은 또 없을 것이다. 따라서 우리는 한국어 의성·의태어의 표현 기능을 통하여 각기 다른 개성을 지닌 사람들이 어떻게 화목할 수 있는가 하는 교훈을 배우는 데 만족하여야 한다.

이상으로 한국어의 특징 몇 가지를 간단하게 훑어보았다. 찾아보면 다른 언어에는 없는 한국어 고유의 모습들이 더 있을 것이다. 그러나 그것이 한국인을 규정하는 움직일 수 없는 증거가 되는 것은 아니다. 한국인이라고 하여, 또 한국어를 사용한다고 하여 다른 민족이나 다른 말을 쓰는 사람과는 무엇인가 다르지 않겠느냐는 생각은 더 이상 하지 말아야 하겠다. 한국어는 한국 사람에게서 풍기는 김치 냄새 그 이상도 이하도 아닐 것이다.

(1981년 1월)

우리말 바로 가꾸기

이백 년이 채 안 되는 옛날, 정조(正祖)대왕 시절의 선비 다산(茶山) 정약용(丁若鏞)은 여러모로 그 당시로서는 생각이 깊은 지식인의 대표적인 인물이었다. 그는 그 시대에 바람직한 사람은 어떠해야 하는가를 깊이 있게 궁구하였다. 어떤 것이 바른 임금이며, 바른 신하인가? 어떤 것이 바른 행정관이며, 바른 백성인가를 궁리하였다. 그러므로 그의 글을 읽으면 어떻게 하는 것이 바른 임금 노릇이며, 바른 벼슬살이인지, 또 어떻게 사는 것이 바른 인생살이인지가 드러난다. '흠흠신서(欽欽新書), 목민심서(牧民心書), 경세유표(經世遺表)' 같은 책이 그러한 내용을 담고 있다. 물론 그의 글에는 어떻게 살아야 규모 있고 견실하게 살아가는 길인가도 들어있다. 잘 산다고 하는 것의 실체를 보여주기 위하여 그는 평생 동안 수십, 수백 권의 저술을 하였다. 그가 지은 이러한 업적들은 모두 바른 사람과 바른 삶의 길을 찾아 헤매는 구도자의 피맺힌 절규와 같은 것이었다.

그는 한때 그 무렵에 새롭고도 신선한 바람을 몰고 온 천주교의 교리에도 깊이 심취하였다. '서학(西學)' 이라 이름하였던 서양의 목소리에 인생의 참된 길이 있는가를 확인하고자 노심초사하였음을 알 수 있다. 그래서 오늘날 공부하는 사람들 사이에 그가 천주교도인가 아닌가 하는 문제를 놓고 뜨거운 논쟁을 벌이는 단서를 마련하기도 하였다. 그러나 현재 이 문제는 쉽게 결말을 내지 못하고 있다. 그는 자기가 살고 있는 당대에, 스스로 취할 수 있는 최선의 길을 찾아 끊임없이 자기부정과 자기탐색을 거듭한 분이기 때문이다. 따라서 다산의 생애는 어느 한순간도 다산 자신의 처지에서 보면 정당하지 않는 때가 없었다고 보아야 한다.

그러나 눈을 돌려 20세기 막바지에 놓인 오늘의 시점에서 다산이 전 생애를 걸었던 연구 성과를 비판해 보기로 하자. 우선 다산은 봉건적 왕정체계를 떠나서는 정치를 생각하지 못하였다. 그에게는 임금님이 계시지 않는 나라는 상상할 수가 없었기 때문이었다. 또한 농축산과 가내공업을 근본으로 하는 산업구조를 떠나서 경제를 생각하지 못하였다. 그에게는 오늘날과 같은 공업화와 정보화는 꿈도 꿀 수 없었기 때문이었다.

그렇다면 다산의 정치사상과 경제사상, 더 나아가 그가 주장했던 인성론(人性論)은 오늘날 다시금 거들떠볼 필요가 없는 것인가? 아마도 성급한 사람들, 특히 문화사적 안목을 중요시하지 않거나 미래만을 내다보려고 하는 사람들은 다산을 기억하는 것이 단지 역사학의 논의거리일 뿐이라고 말할는지도 모른다. 그렇다면 200년 전의 다산은 정말로 세상을 보는 눈이 모자랐던 것일까? 18세기 후반에서 19세기 초엽에 걸쳐 75년 동안 살다 간 다산은 그가 살던 당대에는 가장 높은 산마루에서 세상을 바라보았고, 계획을 세웠고, 또 미래세계를 구상하기도 하였다. 그럼에도 불구하고 그가 올라섰던 높은 산마루에서는 20세기 막바지인 오늘날이 보이지가 않았던 것이다. 그래서 그의 고뇌는 그 당시로서는 빛나는 업적이면서도 지금에 와서는 상당 부분이 흘러간 옛이야기가 되고 말았다. 이것이 변하는 세상의 참 모습이 아닌가 싶다.

그는 언어의 변화에 대하여서도 매우 고루하고 진부한 생각을 가지고 있었다. 그가 지은 '아언각비(雅言覺非)' 는 다음과 같은 말로 시작된다.

"배움이란 무엇인가? 배움이란 깨닫는 것이다. 깨달음이란 무엇인가? 깨달음이란 것은 그릇된 점을 깨달아 안다는 것이다. 그릇된 점을 깨달아 안다는 것은 어떻게 하는 것인가? 바른말을 사용함으로써 깨달아 알 따름이다. 쥐를 가지고 옥덩이라 하였다가 갑자기 이를 깨닫고 '이것은 쥐일 따름이다. 내가 잘못하였다.' 라 말하고, 또는 사슴을 가리켜 말이라고 하였다가 이를 깨닫고 '이것은 사슴일 따름이다. 내가 잘못하였다.' 고 말하며, 이미 저지른 잘못을 깨닫고 부끄러워 뉘우치면서 고치는 것, 이것을 배움이라고 이르는 것이다. 자기의 몸가짐을 닦는 것을 배우는 사람은 '악한 일은 작다고 해도 하지 말아야 한다.' 고 말하고, 글을 다듬는 것을 배우는 사람도 또한 '악한 일은 작다고 해도 하지 말아야 한다.' 고 말하는데, 이렇게 하여야 그 배움에 진전됨이 있을 것이다. 그런데 멀리 치우쳐 있는 사람은 글을 배운다는 것이 다 남에게서 전하여 들은 것일 뿐이어서 거짓되고 일그러진 점이 많으므로 이런 말을 하는 것이다.

세상에 풍습이 서로 전하여지는 동안에 그 쓰이는 말이 애초의 참뜻을 잊어버리고 그릇되게 전해진 것을 그대로 이어받고 따라 써서 그만 습관이 돼도 살피어 고치려 하지 않는다. 우연히 하나의 그릇된 말을 밝혀 깨닫게 되면 드디어는 사람들이 많은 의문을 일으켜 그릇된 말들이 진실에 어긋남을 깨우치게 되므로 이런 것을 자료로 삼아 아언각비 세 권을 짓는다."

이렇게 주장한 다산은 그 당시에 잘못 쓰이는 450여 개의 한자어에 원뜻을 밝혀 잘못 쓰는 일이 없도록 바로잡아 주고 있다. 예컨대 '장안(長安)' 은 중국 역사상 '서울' 이었던 땅 이름인데, 그것을 빌어다가 우리나라 서울을 지칭하는 것으로 사용하는 것은 잘못임을 근심하고 있다. 그러므로 '장안이 떠나갈 듯' 이라든가 '온 장안에 파다하게 퍼진 소문' 이라고 할 때에 '장안' 은 '서울' 이라고 바꿔야 옳은 표현이 되는 셈이다. 그의 주장에 따르면 중국에서 처음 사용했을 때의 원뜻에서 벗어나서는 그 낱말을 사용할 수 없게 되어있다. 낱말의 의미가 적용의 범위를 벗어나 새로운 의미를 얻게 되는 의미변화 현상을 다산은 인정할 수 없었던 때문이었다.

우리는 이제까지 이렇게 다산의 이야기를 장황하게 살펴보았다. 오늘날 국어순화를 외치며 고유한 우리말 쓰기만을 주장하는 움직임이 행여나 다산의 아언각비와 비슷한 일이 아닌가를 생각해보기 위해서였다.

우리는 입만 열면 민족의 단일성, 순수성, 독자성, 주체성을 목청 높여 자랑한다. 그리고 민족적 순결을 지키는 것이 나라와 민족을 사랑하는 으뜸 행동이며, 그 민족적 순결은 우리말의 순결을 통해 증명할 수 있는 것처럼 생각한다. 그래서 할 수만 있다면 고유한 우리말만 살려 쓰자고 주장한다.

그러나 우리는 좀 더 긴 안목으로 생각해 보아야 한다. 앞으로의 세상은 과연 민족적 순결을 부르짖으며 배타적 민족주의를 용납할 것인가? 많은 기업이 다국적기업(多國籍企業)으로 바뀌며, 많은 물산이 세계적인 규모로 유통되는 세상이 되었다. 국산품이라는 낱말도 종래의 개념으로는 이해하기가 힘들게 변모되었다. 어찌 보면 국산품이라는 낱말의 의미 자체가 분해되어 없어졌다고 생각되기도 한다. '메이드 인 코리아' 라는 상표가 붙었어도 외국제품이나 다름없는 물건이 있으며, '메이드 인 필리핀' , '메이드 인 인도네시아' 라는 상표가 붙었어도 내용상으로는 한국제품이라고 해야 할 상품이 쏟아져 나오는 세상이 되었다. 기껏해야 가까운 몇 나라를 상대로 물건을 사고팔던 것은 옛말이요, 이제는 전 세계 수백 개의 나라와 정치, 문화, 사회, 경제적 교류를 갖지 않을 수 없게 되었다.

이제는 한국이 '동북아시아의 한국', 또는 '동양의 한국'이라는 지역적 한계를 뛰어넘어서 '세계의 한국', '지구촌의 한국(global Korea)' 이어야 하며, 실제로 많은 분야에서 그렇게 되고 있다. 이러한 형편이 되었는데도 언어만은 19세기식 민족자결주의를 고집하며 거기에 충실한 순화운동만을 벌이고 있을 것인가? 끊임없이 밀려오는 새로운 문물제도를 고유어로만 표현하기를 고집할 것인가?

가령 이런 생각을 해볼 수 있다. 지금 우리가 힘주어 고쳐보려고 애쓰는 국어순화운동의 성과를 '아언각비' 처럼 책으로 간행하였다고 하자. 그리고 그것이 200년이 지난 22세기 끝 무렵에 우리 후손들이 보면서 다음과 같이 말하지는 않을까?

"사백 년 전의 아언각비와 비슷하구먼. 고유어를 살려 쓰는 것이 나쁠 것이야 없지만 그것만으로는 이미 세상이 달라져서 말을 할 수가 없게 되었다는 것을 이백 년 전의 우리 조상들은 상상할 수가 없으셨겠지…"

그러나 이렇게 엄청난 변화를 오늘의 시점에서 우리가 올바르게 예견할 수 있다고는 생각지 않는다. 여전히 우리는 이백 년 전 다산이 올라섰던 높이의 산마루에서 재래의 '한국' 이라는 개념을 뛰어넘지 못하며 "그저 한국 사람은 한국 사람다운 말씨를 지켜야 하느니…." 하고 근심어린 표정으로 중얼거리면서 외래어의 난무와 일본말의 흔적들을 씻어내려고 애쓰는 것, 그것을 힘쓸 뿐이다. 이것만이 우리가 지닌 안목으로 현재를 충실하게 살아가는 바른 자세이기 때문에.

(1992년 6월)

옛말의 되살림

한국을 좋아하고 한국 사람을 아끼는 외국 사람들은 한국이 급속도의 경제성장을 이룩하는 반면에 점차로 옛 모습을 잃어가는 현상에 대하여 기쁨 반, 실망 반의 착잡한 심정에 빠진다고 한다. 특히 금세기 초엽부터 한국에 와서 선교 사업을 벌였던 서양 사람들은 이러한 심정이 더 강렬하다는 것을 서슴없이 고백한다. 나막신을 신고 종로통을 거닐던 1920년대의 남산골샌님을 구경하지 못하게 되었다는 것은 지나친 감상일는지 모른다. 그리고 초저녁 골목길을 지나노라면 들려오던 아낙네들의 다듬이 소리를 들을 수 없게 되었다는 얘기도 또한 감상이라고 돌려버릴 수 있을는지 모르겠다. 그러나 인후(仁厚)하던 할아버지 때의 인정을 잃어버린 것은 감상이 아니며 급속한 공업화에 밀려 인심처럼 탁해가는 자연환경을 애처로워 하는 것은 정녕 감상이 될 수는 없다. 한국에서 태어나서 지금껏 한국에서 일하고 있는 중늙은이의 서양 사람들과 마주 앉아 한국의 아름다움과 한국인의 사랑스러움을 얘기하다 보면, 한국의 한국다움은 어디까지나 전근대적 농본국의 나라이어야 하고 온후하고 질박(質朴)한 성품의 선비 기질을 가진 한국 사람으로 남아 있어야 될 것 같은 생각이 들게 된다. 이러한 느낌은 굳이 한국을 사랑하는 서양 사람들에게만 있는 것이 아닐 것이다. 지나간 세월이 아름다워 보이고 더 정이 가는 것은 모든 사람이 누구나 가지고 있는 보편적인 상고취향(尙古趣向)이기 때문이다.

그러면 어떻게 할 것인가? 만물이 유전(流轉)하여 세월이 흐르면 인정도 변하고 세사만상(世事萬象)이 시간의 흐름과 더불어 바뀌어 가는 것은 만고의 천리(天理)인데, 이렇게 변해가는 세상을 원망하고 가만히 앉아있을 것인가? 현재의 생활을 보다 예스러운 풍취로 살아가고자 하는 사람들은 그리하여 선조들이 남기고 간 유물 – 비록 그것이 하찮은 담배쌈지거나 한 조각 편지일지라도 – 을 간수하고 아끼는 것이다. 말하자면 박물관이 수집하여 보관하고 있는 유명문화재들은 작게 보면 흘러간 세월에 대한 애착의 표상(表象)이라고 말할 수 있다. 변모하여가는 미래에 대처하여 현명하게 앞길을 개척하는 것이 바람직한 것처럼, 그와 꼭 같이 지나간 시대의 정신적·물질적 자산을 아끼고 사랑하는 것도 또한 바람직한 일이 아닐 수 없다.

사장(死藏)된 고어(古語)들

이와 같은 문제를 언어에 적용시키면 어떻게 될까? 말이라는 것도 세상의 물정과 같이 세월이 흐름에 따라 변해 가는 것인데, 그 변화에 맹목적으로 추종하여 흘러가는 대로 내버려 둘 것인가? 아니면 골동품을 간수하고 아끼듯이 과거에 쓰이던 말들도 잘 가꾸고 보관할 수는 없을 것인가? 인정이 시대의 산물이듯이 언어도 역시 시대의 산물임을 면하지는 못한다. 각박한 현대사회에서는 이웃 간의 따사롭던 우의(友誼)도 그리 쉽게는 찾아가지 않는 것처럼 지나간 시대에 쓰이던 언어들은 소위 그 언어들이 시대적 사명을 다한 오늘에 와서는 쓸모없는 골동어가 되어 옛날 책 속에 곰팡이 낀 활자처럼 뒤쪽으로 처져서 이제는 말하지도 듣지도 않게 되어 버린다. 그렇지만 우리들의 상고 취향은 지나간 시대에 쓰이던 옛말에 자꾸만 애정이 쏠리고 흘러간 대중가요를 듣듯이 자꾸 듣고 싶은 그런 말들이 있다. 아무리 역사적 사명을 다하여 오늘날에 와서는 쓸모없이 되어버린 말일지라도 어떻게 해서 다시 들어볼 수는 없을 것인가 하고 생각나는 낱말, 생각나는 표현들이 없지는 않다. 냉정하게 말한다면 오늘은 오늘이고, 어제는 어제였으니까 어제를 오늘 속에 끌어들일 수 없음은 물론이다. 만일 오늘 속에 어제를 끌어들이려 하는 사람이 있다면 아마 그런 사람은 라이터나 성냥을 사용하는 현대에 살면서 부싯돌 사용하기를 주장하는 격이 될 것이고, 자동차가 폭주하는 서울 거리에 가마를 타고 가는 것과 다름이 없이 될 것이다. 그러나 언어에는 지금은 전혀 쓰이지 않는 옛날 물건의 이름만으로 되어 있는 것은 아니다. 구레나룻 허연 할아버지가 도포자락을 휘날리며 호기 있게 걸으시던 그 위풍당당한 모습처럼 우아하고 의젓한 기풍을 묘사할 수 있는 어휘들이 지금은 용처를 잃고 옛말 사전 한구석에 쭈그리고 있을는지도 모른다.

되살아난 말들

고요한 아침의 나라, 은자(隱者)들의 인후한 품성처럼, 그리고 공해 없던 자연환경같이 맑고 아름답던 우리말이 행여 있다면, 우리는 그러한 낱말들을 조심스럽게, 그리고 자랑스럽게 다시 살려 보는 작업을 해 보아야 할 것이다. 이와 같은 착상은 1920년대와 1930년대에 걸친 우리 문학인들이 이미 시도한 적이 있었다. 그들은 일제에 나라를 빼앗긴 뒤에 민족혼을 일깨우고 민족정신을 온전하게 보존하려는 의도 아래 두 가지 방면의 국어 사업을 폈었다. 그 하나는 한글학회(당시는 朝鮮語學會라 하였다)를 중심으로 하여 벌였던 우리말 사전 만들기와 철자법 제정운동이었고, 또 하나는 문인들이 중심이 되어 일으켰던 시조부흥론(時調復興論) 및 시조의 창작이었다. 여기에서 육당 최남선, 가람 이병기, 위당 정인보, 노산 이은상 같은 선각자들의 공이 지대하였음을 새삼 상기하게 된다.

그들은 옛말의 부활이 일상생활의 언어로서는 이루어지기 힘들다는 것을 진작 깨달았던 것 같다. 그래서 그들은 고시조를 부활하여 새로운 민족문화의 하나로 정립하는 것과 동시에 그 시어 속에 예스러운 말들을 가능한 한 재생시키고자 시도하였던 것이다. 이 착상은 당시의 시대적 분위기와 그들 재주 있는 문인들의 열성 어린 시조창작에 의해 어느 정도 성공을 거두었었다. 그 성공의 결과 어쩌면 완전히 사어(死語)의 운명을 감수해야 했던 일부의 낱말은 지금도 적어도 시어(詩語)로서는 그 명맥을 유지하면서 우리들에게 복고취향(復古趣向)의 욕구를 충족시키는 어휘로 사랑을 받고 있다. 이제 그 예를 몇 개 들어 보기로 하자.

누리(世上), 우음(웃음), 새배(새벽), 뫼(산), 머귀(梧桐), 멀위(포도), 탓(까닭), 가람(강), 싸눈(싸락눈), 새오다(시기하다), 예다(가다)

이러한 단어들은 따로 현대어가 있기는 하면서도 시적 문맥 속에서는 현대어보다 훨씬 정서적 호소력을 지니고 우리에게 친숙하게 되어 있다.

그리고 또 다음과 같은 부류의 어휘도 있다.

마슬 · 마실(마을), 아음(친척), 꼭두(헛개비), 하다(많다), 얼믜다(드물다), 인애(아지랑이), 조히(깨끗이)

이런 단어들은 옛날 책에서 발견될 수 있을 뿐만 아니라 아직도 시골 어느 지역에서는 쓰이고 있는 사투리들이다. 한 언어에서 하나의 사물을 가리키는 말이 꼭 하나일 수는 없으며, 그중의 하나가 공용어(흔히 표준어라고 말한다)가 되고 다른 것은 사투리로 취급되는 것은 누구나 다 아는 사실이다. 그런데 그 사투리 가운데는 옛날 한때 공용어의 구실을 하다가 어떤 연유로 세력을 잃고 사투리로 전락돼 버린 것들이 있다. 이러한 사투리가 특수한 환경에서 다시 쓰일 때는 예스러움과 시골스러움을 함께 지니고 우리 앞에 나타난다. '마실' 이니, '아음' 이니 하는 단어들이 바로 그러한 사투리로서 아직도 우리에게 특이한 매력을 발산한다. 이와 같은 단어들은 향토색이 짙은 분위기를 묘사해야 할 경우에 없지 못할 언어 재산이다. 이렇게 본다면 지나간 시대의 말이라 해서 한 묶음으로 내던져버릴 일은 아니라는 것이 분명해진다. 그러나 거듭 확신하거니와 그러한 어휘들은 일상의 언어생활과는 역시 거리가 있다는 것도 숨길 수 없는 사실이다. 우리의 조상들이 어떤 생활환경 속에서 무엇을 생각하며 살아왔는지를 느끼고 싶을 때, 우리는 민속박물관을 찾아가 그곳에 놓인 기명(器皿)을 보며 조상의 슬기와 멋을 추적한다. 그와 마찬가지로 지나간 세월에 쓰이던 어휘를 오늘날 우리가 쓰는 문장 속에 섞어 넣으면 거기에서는 '사서삼경(四書三經)'을 외우던 청아한 옛날 선비의 음성이 되살아 나온다. 물론 우리는 이때에 그 문장이 글 전체의 주제에 합당한 것인지 아닌지를 글을 쓰기 전에 충분히 검토하여야 할 것이다. 이러한 조건에서만 옛말은 다시금 현대의 문맥 속에서 살아날 수가 있다.

국어의 변천

어느 호젓한 여름날 오후, 가까운 친구나 친척, 그리고 집안 식구들조차 모두 산으로 바다로 피서를 떠나버리고 어쩌다가 세사에 묶여 집안에 남아 있게 된 여름날 오후, 그 무료와 울적함을 달래기 위해 홀홀히 창덕궁의 비원 안을 거닐게 되었다고 하자. 그리고 수령이 3~4백 년은 훨씬 넘었을 듯싶은 느티나무 그늘에서 땀을 식히며 조용히 눈을 감고 있었다고 하자. 그러면 시간은 거꾸로 흘러 옛날로 우리의 혼이 달음질쳐 갈 것이다. 주합루(宙合樓) 다락 위에서 집현

전 학사들과 성운(聲韻)을 논하시는 세종대왕도 만나보게 될 것이고, 연경당(演慶堂) 앞뜰을 거닐며 탕평책(蕩平策)이 제대로 실현되지 않음을 안타까워하시는 영조대왕도 뵙게 될 것이다. 과거 보러 온 선비가 우리의 옷깃을 스치고 지나갈지도 모른다. 자, 이렇게 과거로 거슬러 갔을 때, 우리의 혼이 그 옛날의 대화를 얼마나 이해할 수 있을까? 이 질문은 언어의 변천을 조사하고자 할 때 우리들이 내어 놓을 수 있는 상상적인 상황을 제공해 준다. 이 물음은 다시 다음과 같은 물음과도 비슷하다. 가령 서울에서 한 발자국도 나가지 않고 스무 해를 살아온 대학생 한 명이 생전 처음으로 제주도로 여행을 갔을 때, 역시 제주도를 벗어나 보지 못한, 그리고 학교 공부라고는 전혀 해 보지 못한 환갑 줄의 노인네를 만나 길을 물었다고 생각하자. 이때에 이 두 사람은 서로 의사소통이 가능할 것인가? 세종대왕을 만났을 때는 시간의 격차를 생각하게 되고, 제주도 노인을 만났을 때는 지역의 상거(相距)를 생각하게 되는데, 그 어느 경우이거나 원만한 의사소통은 불가능하다는 것을 깨닫게 된다. 아니 훈민정음을 창제하시고 우리 민족사의 문화적 중흥을 이룩하신 세종대왕을 만나서 우리가 말 한마디 제대로 나눌 수 없다니 그게 사실인가? 그러나 우리가 아무리 섭섭해할지라도 그동안의 우리 국어의 변천은 세종대왕과의 원만한 대화를 가능하게 해 주지 않는다. 5백여 년을 지나는 동안 현대국어와 15세기의 국어 사이에는 다음과 같은 중요한 차이가 생기게 되었다.

첫째, 15세기에는 국어에 성조가 있었다. 그때의 문헌에는 글자 왼쪽에 점〔傍點〕을 찍어 표시했는데, 점이 하나면 높은음〔去聲〕이었고 없으면 낮은음〔平聲〕이었으며, 점이 둘 있으면 처음은 낮았다가 나중에 높아지는 음〔上聲〕이었다. 오늘날에는 경상도 방언에서 그 흔적을 찾을 수 있으나 그 경상도 방언의 억양과 15세기의 그것과는 상당한 거리가 있을 것이다.

둘째, 오늘날에는 쓰이지 않는 음들이 있었다. 예컨대 글자조차 없어진 모음의 'ㆍ(아래 아)'와 자음의 'ㅿ', 'ㅸ', 'ㆆ' 등은 그 대표적인 것이다. 이 가운데서 실제로 발음이 되었었는지의 의심이 되는 'ㆆ' 같은 것을 빼어버린다고 해도 오늘날 우리의 귀에 쉽게 식별되지 않는 'ㅿ(半齒音)'과 'ㅸ(脣輕音)'은 그때에는 흔히 쓰이던 발음이며 문자였다. 그리고 글자의 형태는 같으나 오늘날의 발음과 비교하여 두

드러지게 달랐던 것에 ‘ㅐ, ㅔ, ㅚ, ㅟ’ 같은 모음자들이 있다. 이들은 15세기 당시에는 아직 단모음화가 일어나지 않아서 ‘아이, 어이, 오이, 우이’ 와 같이 소리하였다. 그러니까 글자로는 ‘애’ 이지만 이것은 ‘아이’ 로 발음했으며, ‘외’ 는 ‘오이’ 라고 발음하였다는 말이다.

셋째, 오늘날에는 전혀 쓰이지 않는 어형이 존재했었다. 가령 상대방을 존대하는 말씨에 오늘날에는 “~합니다.” 정도로 말끝을 맺지만 세종 당년에는 이것이 엄청나게 복잡하였다. 일일이 당시의 표기대로 적기도 까다로운 것이 많았다. “~하나닝이다. ~하시리로송이다. ~하압나닝이다.” 등등이 경우에 따라 사용되었다.

살리고 싶은 말들

끝으로 오늘날에는 아니 쓰는 어휘들을 예로 들 수 있겠다. 요즘 우리들이 예사로 쓰는 외래어가 얼마나 많은 가를 생각해 보면 없어져 버린 옛날 말이 또 얼마나 많이 있었을 것인지는 짐작하고도 남음이 있다.

이제 그러한 옛날 어휘들 가운데서 우리의 예스러운 정취와 품위를 다시 살릴 수 있는 단어들은 어떤 것이 있을까? 혹 세종대왕의 말씀 속에서 지금의 우리가 들어도 알아들을 수 있고, 우리가 다시 사용해도 멋이 번지는 고유한 어휘 두엇을 음미해 보기로 하자.

1. 가멸다(부유하다)

15세기의 정확한 표기는 'ᄀᆞᅀᆞ멸다' 였다. 현재 '가난하다' 라는 말에 대응하는 고유어가 없다. 물론 '가난하다' 도 한자어 '艱難' 에서 온 것이긴 하지만 '가멸다' 는 말이 새로이 세력을 가지게 되면 우리 백성 모두가 정말로 정신적으로 물질적으로 가멸게 되어 남북통일조차 쉽게 이루어질 것 같은 기분이 든다.

2. 구실살이(官吏生活)

옛날 표기로 '구위' 또는 '구위실' 이 관청 또는 관리를 의미했다. 따라서 '구실살이' 는 관리생활을 뜻하는데, 옛 문헌에 '구실살이' 라는 명사형이 발견되지는 않는다. 오늘날 '구실' 을 '기능 · 역할' 의 뜻으로 쓰고 있는데, 그것은 관료의 기능이 막대했던 조선왕조 때의 현상에 말미암는 듯하다. '구실살이' 라는 말이 일반화한다면 탐관오리는 정말 옛말이 되어버릴지도 모르겠다. 겸하여 '죽살이(生死)' 란 단어가 있었음도 소개함직하다.

3. 겨를하다(閑暇하다)

'~하다' 를 붙여 새로운 말을 만드는 경향은 어제오늘의 일이 아니다. 한자어를 우리말로 수용하는 과정에서 매우 생산적인 표현방식이었다. 따라서 그것은 한자나 외래어(스포티하다, 스마트하다의 경우)에만 붙일 것이 아니라 고유어 어간에 붙여서도 써야 할 것 같다. '겨를' 이 '여가(餘暇)' 를 뜻하니, '겨를하다' 는 당연히 유유자적하는 신선의 멋을 드러낸다 하겠다.

4. 가치노을(白頭波)

파도가 몰아치고 풍랑이 일 때에 솟아오르는 하얀 물거품의 파도를 일컫는 말이다. 현대어의 까치(鵲)와 노을(霞)에 이끌리어 엉뚱한 연상을 하게 되는 옛말이다. 혹시 어느 지역 어부들이 지금도 이 말을 쓰는지 모르겠다.

우리가 지금 옛말의 정취를 아쉬워하면서 옛말을 되살리려 하는 작업은 행여나 가치노을의 원뜻(白頭波)을 까치의 노을(鵲霞)로 이해하려는 부질없는 몽상은 아닌지 곰곰 생각하게 된다. 세월이 가면 언어도, 인정도 어쩔 수 없이 변해야 하는 것인가?

(1977년 7월)

국어순화의 정도正道

영국 사람들은 인도를 통째로 주어도 '셰익스피어' 한 사람과 바꾸지 않겠다는 명언을 자랑으로 삼는다. '셰익스피어'의 어떤 점이 그의 무게를 그토록 무겁게 만든 것인가? 그것은 두말할 필요도 없이 그의 붓끝을 통해 나온 주옥같은 언어 때문이었다. 예컨대 '리어왕' 같은 작품은 참으로 흔해 빠진 민담설화로서 그 비슷한 얘기가 세계 도처에 깔려 있다. 그러나 셰익스피어의 '리어왕'을 읽을 때, 그리고 그 연극을 관람할 때, 우리는 셰익스피어를 통과한 단어가 어떻게 범속한 설화와 다른가를 깨닫게 될 것이다. 이러한 사실을 통하여 우리는 언어의 1차적인 기능은 전달성이기 때문에 언어가 사상을 담은 그릇이기는 하지만 더 나아가 언어가 바로 표출된바 사상 그 자체일 수도 있다는 언어의 부차적 특성이 오히려 더 중요하다는 반증을 얻게 되는 셈이다.

국어순화의 문제를 논의하는 자리에서 이렇듯 언어의 정신적 가치를 먼저 이야기하는 것은 당연한 순서인 것처럼 보인다. 왜냐하면 언어의 전달 가치만을 강조하게 되는 경우에 극단적으로 말하여 어떤 언어를 사용하든지 무방하리라는 생각을 먼저 경고하고 싶었기 때문이다. 영양분을 섭취하기 위하여 어떤 음식이나 먹어도 좋다는 식의 생각을 발전시키면 의사소통을 위해서 어떤 언어를 써도 상관이 없을 것 아니냐는 논리는 아무런 잘못도 없어 보인다. 하기는 오늘날 아무도 양복을 입고, 구두를 신고, 또 약간의 장발을 하였다고 하여 그 장본인에게 바지저고리를 입지 않았고, 고무신을 신지 않았고, 또 상투를 틀지 않았다고 비난하는 사람은 없다. 전통적인 한옥에 살지 않고 어째서 맨션아파트에 사느냐, 주체성이 없는 것이 아니냐고 힐난하는 사람도 없다.

그러나 언어를 그러한 의식주의 차원에 놓을 수는 없는 일이다. 만일에 언어가 단순한 인간생존 내지는 물질문명의 수단에 불과한 것이라면 알퐁스 도데의 '마지막 수업' 같은 작품이 우리에게 아무런 감동도 일으킬 수 없을 것이고, 지난 36년의 일제 암흑기에 목숨을 바쳐가며 국어를 연구한 분들에게 우리는 아무런 존경도 드릴 필요가 없을 것이다. 더 나아가 우리 중의 누가 '가네무라' 나 '윌리엄' 이라는 이름을 가지고 있다고 하여도 우리는 아무렇지도 않을 것이다.

그리하여 우리는 국어가 바로 우리의 정신을 지키는 수문장이요, 또한 우리의 정신세계가 안주할 수 있는 도성임을 깨닫게 된다. 그러나 어떤 이는 이 도성이 너무 굳게 닫혀 있어서 외부세계와의 단절을 가져오면 문화적 쇄국을 초래할 염려가 있다고 말한다.

다시 말하면, 국어순화가 폐쇄적 민족주의, 고식적 주체의식의 발로라고 근심하는 것이다. 그리고 민족주의나 주체성은 세계문화를 폭넓게 수용할 수 있을 때에만 가능한 것이라고 주장한다. 합당한 말이 아닐 수 없다. 왜냐하면 국어순화는 바르고 고운 한국어를 사용하자는 것이기 때문에 고유 국어가 아닌 언어의 사용을 기피하게 되어 그 결과 세계문화와의 교류가 막힐 것이 아니겠느냐는 근심이 생겼기 때문일 것이다. 그러나 이러한 주장과 근심은 국어순화의 정체를 잘못 파악하였기 때문에 생긴 오해에 지나지 않는다.

국어순화운동은 말하자면 언어의 대내적 '새마을 운동'과 같은 것이다. 그것은 심오한 연구 활동이 아니라 일반 언어 대중에게 건실한 정신적 자세와 민족적 긍지를 갖게 하려는 대중문화운동이다. 그것은 국제 간의 학술교류가 아니요 특정 지식인들끼리의 전문적 토의가 아니다. 긴박한 세계정세 속에서 올바른 역사의식을 가지고 당당하게 살아가기 위하여, 그리고 우리의 후손에게도 오늘날 우리가 설정했던 지표가 정당한 것이었고, 우리는 그 목표를 향해 성실하게 전진했음을 유산으로 남기기 위한 범국민적 의식순화의 운동이다.

대중이 어떤 의식으로 살아왔는가를 설명하는 것이 역사라고 한다면, 그 역사는 대다수의 대중이 어떤 문화를 누려왔는가를 말할 수 있어야 할 것이다. 그런데 문화는 정신적 창조의 세계인만큼 결국 그것은 현재에도 언어로 표현되고 있으며 미래에도 또 언어로 기록될 것이다. 따라서 언어를 통하여서만 우리 문화의 실상이 후세에 밝혀지게 된다. 그러므로 좀 심하게 말하여 국어의 순화가 이루어지지 않는다면 경제적 부를 약속하는 '새마을 운동'도 정신과의 불균형을 해소하지 못하기 때문에 참다운 성공을 거두지 못할는지도 모른다고 할 수 있다.

물론 대중의 문화는 신기를 좇는 유행에 민감하고 계층적으로 보다 높은 문화유형에 재빨리 영합하려는 모방성을 가지고 있다. 바로 이러한 특성을 올바르게 파악하여 거기에 맞는 응분의 대처를 하여야만 대중문화운동은 바람직한 방향으로 이끌 수 있을 것이다.

국어순화운동을 성취하기 위한 지식인의 사명이 강조되는 이유가 여기에 있다. 외국어를 일상의 대화에서 마구 지껄이는 지식인이 지탄을 받는 이유가 여기에 있다. 일상의 대화나 대중적인 언론의 자리에서 부득이하게 외국어를 쓸 경우 억지로라도 우리말로 바꾸어 표현하려는 성의에 값비싼 찬사를 보내야 하는 이유가 여기에 있다. 버터와 치즈를 먹어보지 못한 사람에게 굳이 그 맛의 미차(微差)를 설명할 필요는 없는 법이기 때문이다.

국어순화는 크게 두 가지 방향을 가진다. 하나는 국어로 순화하는 것이니 외국어와 외래어(엄격하게 말하면 외래어는 국어이다. 문제는 외국어와 외래어를 규정하는 판별 기준이다)가 대상이 되는 길이며, 또 하나는 국어를 순화하는 것이니 한자어, 비속어, 은어 등을 대상으로 하는 길이다. 이

때에 구체적인 어휘 예를 검토해 보면 단어마다 자기 나름의 사정이 있어서 쉽사리 결정할 수 없는 당혹에 부딪치리라는 것은 자명한 사실이다.

그리하여 우리는 순화된 국어가 어느 것인가를 판단하고 필요하다면 새 말을 만들어 내는 기관을 가지고 있어야 할 것이다. 요컨대 상설연구기관이 있어야 하겠다는 말이다. 마침 최근에 정부는 이러한 기구를 발족시켰다고 한다. 시의에 맞는 조치였다. 그것은 순화된 국어를 만드는 입법부의 구실을 담당할 것으로 보인다. 그러나 언어는 법으로 다스려지는 대상이 아니다. 더구나 그 언어는 대중의 언어다. 대중에게 인기를 얻으려면 대중의 여론에 부합되어야 한다. 여론을 강요할 수는 없다. 그리하여 우리는 다시금 언어 여론의 조종자로서 어학자와 언론인과 문필인과, 그리고 각 분야의 지식인들이 어떻게 대중 앞에 책임 있는 말, 영향력 있는 말, 공감을 얻을 바르고 고운 우리말을 할 것인지 그들의 입을 조심스럽게 쳐다보는 것이다. 아마도 국어순화를 실현시키려는 행정적 뒷받침이나 법률적 규제는 무대 뒤에 숨은 조명기사의 역할 밖에는 되지 않을지도 모른다.

(1983년 10월)

우리말은 아름답다

며칠 전 어떤 연수회에 참석하느라 온양에 내려간 일이 있었다. 그때 회의를 끝내고 두어 시간 여유가 생기자 나는 일행 몇 사람과 더불어 민속박물관을 찾았다. 한 시간 남짓 둘러보고 나오면서 우리는 이런 말들을 주고받았다.

"거기에 진열되어 있는 물건의 대부분은 우리 어릴 적에 우리들 주위에 지천으로 널려 있던 것 아니오?"

"누가 아니랍니까? 그런데 그 흔하던 물건들이 이제는 박물관에 와야 보게 되었군요!"

"그러게 말입니다. 한데 참 신기해요. 그토록 하찮은 옛 물건들이 어쩌면 그렇게도 정겹고 아름답게 느껴지는지 모르겠어요?"

"아니, 그것도 모르시오? 당신이 한국 사람이고, 또 당신이 한국을 사랑하기 때문이지요."

그러나 나는 이런 말을 들으면서도 무언지 모르게 서운하고 허전하기만 하였다. 그때 마침 어떤 분이 이런 말을 하였다.

"이렇게 의식주가 변해버렸으니 이제 백 년쯤 후의 민속박물관에는 우리 것이라고 내놓을 것이 무엇이 있을까요?"

그제서야 나는 내가 왜 서운하고, 허전한 감정의 찌꺼기를 삭이지 못하고 있었는지를 깨달았다. 그리고 마치 준비하고나 있었던 것처럼 이렇게 말하였다.

"있지요. 형체가 있는 물건은 아닙니다만 그것은 아마 한국말일 것입니다."

온 세상이 커다란 하나의 문화권으로 서서히 뭉쳐지고 있는 것을 보면서 성급하게 민족도, 국가도 문제 시할 것이 없다고 속단하는 이상주의자가 생기지는 않을 것이지만 행여 우리 한국 사람이 한국말이 아닌 다른 말을 쓰고 살아도 괜찮을 것이 아니냐고 생각할 사람이 있을 듯싶기도 하다.

그러나 이 또한 나의 부질없는 근심이라는 것을 안다. 부질없는 근심인 줄 알면서도 한마디 건네고 지나가는 까닭은 꿈에라도 그런 생각을 해서는 안 된다는 것을 못 박아 두려는 뜻이 있기 때문이다.

우리는 한국 사람으로 태어나 한국 사람으로 죽고자 하기 때문에 한국말을 아름답다고 생각한다. 우리의 부모가 다른 집 부모보다 권력도 없고, 지위도 낮고, 돈도 잘 벌어오지 못하지만 그 부모님을 사랑하는 것처럼, 누가 뭐래도 우리는 우리의 생각을 키우고, 우리의 생각을 다듬고, 우리의 느낌을 유감없이 드러내는 우리 한국말을 아름답다고 생각한다. 어쩌면 아름답다고 하는 것은 오래된 것이고 정든 것, 그리고 너무너무 잘 아는 것을 일컫는 말인지도 모른다. 고향산천은 나에게 있어, 오래 정들어 있고 손금을 보듯 환히 아는 곳이기 때문에 아름답지 아니한가.

주름살투성이, 옹이진 손마디가 나뭇등걸처럼 티석해도 나의 할머니의 웃음 띤 얼굴과 따사로운 손길처럼 아름다운 것이 어디에 또 있을 수 있는가? 그 고향산천의 할머니보다 더 오래 우리에게 정들어 있으면서 우리가 누구인지를 끊임없이 일깨우는 것이 바로 한국말이다. 그래서 우리는 한국말을 아름답다고 만천하에 선언한다. 이 사실을 인정하는 사람은 예외 없이 한국 사람뿐이라는 것을 알지만, 그렇다고 우리가 섭섭해할 이유가 없다. 한국어의 아름다움은 한국 사람에 의해서만 증명되기 때문이다.

그러면 우리는 한국말을 아름답다고 선언하는 것으로 우리의 일이 끝나는 것인가? 절대로 그럴 수가 없다. 아름다운 것은 가꾸고 보존해야 한다. 아껴야 한다. 물건을 아낄 때에는 감추어두는 것이 하나의 방법일 수 있지만 말을 아낄 때에는 되풀이 사용해야만 한다. 말은 형체가 없기 때문에 쓰임에 의해서 형체를 유지한다.

이때에 우리는 보다 효과적인 쓰임의 방법을 생각하지 않을 수 없다. 그동안 우리는 한자문화권 속에서 우리말을 보다 깊이 아끼고 가꾸는 일에 게을렀었다. 한자어라고 해서 한국말이 아닌 것은 아니지만 그것이 서자(庶子)인 것만은 분명하다. 서자도 자식인 바에야 똑같이 사랑할 일이다. 그러나 그동안 우리는 적자(嫡子)인 고유한 우리말을 제쳐놓고 서자를 지나치게 애지중지하였었다. 이제 우리는 윗목 구석에 쭈그리고 앉아있는 적자를 아랫목으로 불러들여야 하겠다. 그것은 필요 이상으로 한자를 사용하거나 한자어를 사용하는 나쁜 버릇에서 벗어나는 일이 아닌가 싶다. 엊그제 가까운 친구로부터 그의 저서 한 권을 기증받았다. 그런데 지은이 소개란을 보니 그전 같으면 약력이라고 적혔을 자리에 '걸어온 길' 이란 표현이 눈을 끌지 않는가? 음절수가 좀 늘어난들 어떠랴.

이런 태도야말로 우리 한국말을 아끼고 살리고 다듬어가는 지름길이라고 생각되었다. 돌이켜보면 신라시대 이후 한자어에 의해 고유한 우리말은 줄곧 밀려왔다. 장마철이면 개울물이 넘쳐흘렀기 때문에 '물넘이', '무너미', '무네미'로 부르던 마을이 일제시대에 '문암리(文岩里)' 로 둔갑한 마을이 있다. 우리말이 이렇게 훼손되는 동안 우리 부모님들이 겪은 쓰라림은 이제 더 이상 돌이켜 생각지 말자. 그 대신 우리는 순수한 우리말, 일상적인 우리말에 더 깊은 뜻을 심어, 그것으로 우리다운 학문을 할 수 있도록 마음의 자세를 가다듬어야 할 것이다.

한때 비행기를 '날틀' 이라고 부르는 것을 웃음거리로 삼은 적이 있었다. 이것은 마치 모두 갈색 눈 빛깔을 가진 사람 사이에 파란 눈 빛깔을 가진 사람이 외톨이로 끼어들었을 때, 색목인(色目人)이라 손가락질되는 현상에 비유됨직하다.

한 사람이 유독 앞선 생각을 할 경우 그는 웃음거리가 되지만 결국 세월은 그것이 옳았다는 것을 증명하고야 만다.

이제는 적어도 '날틀' 식의 새말이 나와도 그것을 신기한 눈으로 바라보지는 않을 만큼 우리들의 의식은 변화되었다. 그러나 아직 너도 나도 '날틀' 이란 말을 만들어보겠다는 적극적인 단계에는 이르지 못했다. 그렇지만 실은 지금 당장 그러한 의식의 변화가 모든 한국 사람에게서 일어났으면 하는 마음이다.

그런 다음에야 우리는 한국말을 아름답게 발전시킨 한국의 셰익스피어, 한국의 괴테를 가질 수 있을 것이기 때문이다. 우리는 삼사백 년 전 우리말의 아름다움을 이야기할 때에 황진이와 정송강(鄭松江)을 기억해낸다.

그러면 현대국어의 아름다움을 말하기 위해 누구를 손꼽을 수 있는가? 가까운 것은 귀하고 아름다운 줄을 모르기 때문에 쉽게 발견할 수 없을 뿐이지, 분명히 괴테나 셰익스피어에 맞설 만한 현대작가가 있을 것이라고 정말 자신 있게 말할 수 있는가? 시대를 아파하지 않으면 문학이 아니라는 명분을 세우고 욕설과 익살과 비꼬임 투성이의 글은 있으되 정말로 한국 사람의 마음과 생각과 꿈이 아름답다는 것을 밝혀내려는 문학작품은 얼마나 있었는지 우리는 진지하게 반성을 해 보아야 하겠다.

이것은 굳이 문학인의 책임만은 아닐 것이다. 한국말을 공부하는 사람들이 차분하게 옛 문헌을 찾고 뒤져서 잊혀졌던 낱말을 하나라도 소중히 쓸고 닦아 사전에 끼워 넣는 일에 신명이 나야만 현대의 황진이, 현대의 정송강이 비로소 태어날 것이라고 생각되기 때문이다.

오늘날의 세상은, 아무도 알아주지 않는 일에 미련하게 세월을 허송하는 바보가 나올 것 같지는 않으니, 한국말을 연구하는 일에 신명이 나서 목숨을 바칠 사람이 적다는 것, 그것이 끝내 한탄스러울 뿐이다.

(1983년 12월)

우리말 연구는 통일의 밑거름

오늘은 5백 44돌 한글날이다. 나라의 운명이 촌각을 다투며 종말로 치닫던 구한말 20세기 초엽에 주시경 선생은 '언어와 민족과 국가는 겉으로는 셋이나 속으로는 하나' 라는 삼위일체설을 주장했다. 언어문화의 발전과 안정이 민족·국가의 발전과 안정을 보장한다는 논리를 전개하며 우리말 연구에 심혈을 기울였었다.

물론 오늘의 세계를 총체적으로 살펴볼 때 주시경 선생의 삼위일체설이 꼭 맞는다고는 할 수 없으나 적어도 우리 민족에게는 여전히 유효한 진리임을 부정할 수 없다. 왜냐하면 우리는 단일민족으로 하나의 언어를 사용하면서(비록 왕조의 바뀜은 있었으나) 1천5백 년이나 되는 긴 세월을 하나의 나라를 유지하며 살아왔기 때문이다. 이러한 역사적 사실을 바탕으로 했을 때, 우리는 여전히 한국어의 발전은 민족국가의 통일에 기둥 노릇을 하리라는 기대를 하게 된다.

그러면 한국어란 무엇인가? 한마디로 한국어는 7천만(해외동포 포함) 우리 민족이 모국어로 사용하는 말이다. 7천만 명은 통일된 독일의 인구보다는 조금 적고, 프랑스의 인구보다는 조금 많은 숫자다. 따라서 한국어의 발전을 말하려면 이들 7천만 명이 사용하는 모든 우리말을 발전의 대상으로 삼아야 한다.

이데올로기에 의한 양극체제가 날카롭게 대립하던 과거 한때는 4천만 명이 사용하는 남한 언어만을 한국어로 생각했었다. 민족국가의 통일을 염원하면서도 언어나 해외동포들의 모국어를 우리말 발전의 연구 대상으로 삼지 않았으니 얼마나 어리석었는가.

이제 우리는 이 세 갈래의 우리말 덩어리들을 하나의 용광로에 넣고 새롭게 달구어내 세련된 세계어의 하나로 키우기 위하여 배전의 노력을 기울여야 할 것이다. 아마도 이때에 4천만 명 이상이 사용하는 남한 언어의 현실이 가장 크게 존중될지도 모른다.

그렇다고 북한 언어의 현실과 해외동포들의 모국어 현실이 절대로 소홀하게 다루어질 것을 뜻하지는 않는다. 오히려 더 면밀하게 검토되고, 통일 민족의 언어 자산으로 더욱 고귀하게 취급되어야 할 것이다. 그렇게 될 때에만 21세기가 열리는 새 시대에 우리 민족이 세계문화를 앞장서서 이끌어가는 주인 노릇을 할 수 있다. 그것은 언어정책과 언어연구가 대단히 폭이 넓고도 탄력성 있게 진행되어야 할 것임을 시사한다.

우리는 한때 일본 식민지 시절에 받아들인 한자어를 '일본 색채 쓸어내기' 라는 명분을 내세워 사용하지 말자고 주장했었다. 민족주의의 발현이란 점에서 그것은 긍정적인 일면이 없는 것은 아니었지만, 언어가 문화현실의 충실한 거울이라는 대국적인 관점에서 보면 역시 고루한 쇼비니즘의 나쁜 찌꺼기였다. 가령 '안내(案內)' 는 일본식 한자어이므로 '인도(引導)' 라고 하는 것이 옳다는 주장 같은 것이 그 좋은 예인데, 이러한 정도는 대범하게 수용하여야만 한국어가 발전된다고 할 수 있다.(현재 '안내' 와 '인도' 는 의미 영역을 달리하는 각기 다른 낱말이다)

이와 비슷한 현상이 요즈음 북한 언어에 대한 반응으로

나타나고 있다. 어째서 북한 사람들은 '상호(相互)'라는 낱말 대신에 '호상(互相)'이라고 하는가 하면서 북한 언어의 특이한 표현들이 우리의 언어감각에 일치하지 않는 것을 한탄한다. 이 한탄에는 솔직히 말하여 자기가 아는 것만이 옳다 하는 편견이 감추어져 있다.(사실 '상호'는 일본식 한자어요, '호상'이 전통적인 우리 표현이다) 그러나 이러한 견해는 민족문화를 발전시키기 위하여 모든 현상들을 넓고 크게, 그리고 멀리 바라보려는 의지와는 거리가 있는 생각이다.

우리는 지금 결단코 민족·국가의 통일을 성취해 내겠다는 열의와 21세기에는 세계 역사를 주도하는 주인이 되겠다는 야망을 함께 지니고 20세기의 마지막 10년을 보내려 하고 있다. 이러한 열의와 야망이 현실로 다가오고 세계사의 흐름이 우리 편이 되려면, 우리가 기억해야 할 분명한 한 가지가 있다. 그것은 5백40여 년 전 세종대왕이 한글을 창제하면서 이룩한 문화민족으로서의 긍지를 살리는 길이다. 그 길은 7천만 우리 민족이 아끼고 사랑하는 우리말, 우리글을 체계 있게 갈고 다듬는 작업을 통하여 열릴 것이다.

(1990년 10월)

한글날 공휴일 존폐론에 부쳐

한글날을 공휴일로 하지 않는 것이 어떻겠느냐는 의견이 나왔다고 한다. 우리나라의 경제발전의 둔화가 공휴일이 많음에 말미암는다는 설이 있다고도 한다.

그래서 한글날이 문제 된 듯싶다. 경제발전과 공휴일의 숫자가 필연적인 상관관계가 있는지 없는지는 알 수 없으나 만일 그것이 사실이라면, 경제발전을 지속하던 지난 80년대의 공휴일 숫자는 지금보다 적은 것이었는지 궁금하다. 우리는 한글날의 존폐문제를 거론하기 전에 잠시 다른 나라에서 제나라 언어나 문자를 얼마만큼 소중하게 다루고 때로는 과장 선전하기까지 하는가 예를 하나 언급하고자 한다.

"한 민족이 다른 나라에 노예가 되어 끌려가더라도 제 민족의 말을 잘 보존한다면 이것은 감옥의 열쇠를 쥐고 있는 것이나 마찬가지입니다." 이 한마디 문장은 프랑스 소설가 알퐁스 도데의 '마지막 수업' 이라는 짤막한 이야기의 결론 부분에 나온다. 우리는 이 한마디에 얼마나 크게 감동하였던가! 한때 중학교의 국정교과서에까지 실린 적이 있었기 때문에 이 이야기의 내용은 프랑스 소설가의 꾸민 이야기로서가 아니라 역사적 사실로 이해되었고, 급기야는 우리들의 의식 속에 모국어 사랑의 열정을 키우는 소재로 깊이 새겨져 있지 않은가!

그런데 사실은 그 이야기와는 아주 다르다. 알사스 지역은 현재 프랑스 영토 안에 포함되어 있으나, 역사적으로는 독일과 프랑스가 교대로 점령해왔던 곳이고, 그 지역 토박이들은 지금까지 독일어 또는 알사스어를 일상어로 사용하고 있다. 따라서 '마지막 수업' 은 프랑스 사람들이 프랑스어를 잘 가꾸고 지켜나가기 위하여 꾸며낸 하나의 아름다운 거짓말일 뿐이다. 그럼에도 불구하고 도데의 '마지막 수업' 은 알사스 지역에 독일어나 알사스어가 사용되는 것은 침략자의 횡포에 의한 것인 양 그려냄으로써 프랑스어의 영광을 묘사하는 데 성공을 거두고 있다.

프랑스 사람들은 자기네 말을 보급하고 지키기 위하여 이렇듯 거짓말까지도 꾸며내어 세상 사람들을 현혹시킨다. 아마도 독일어나 알사스어를 모어(母語)로 하면서 프랑스 국민이 된 알스스 지역의 토박이들을 제외한다면 도데의 '마지막 수업'에 대하여 심경 상의 갈등을 느끼는 사람은 없을 것이다. 오히려 대부분의 세상 사람들은 여전히 도데에게 박수갈채를 보내며 프랑스어를 지키기 위하여 눈물겨운 수업을 진행하는 '마지막 수업'의 프랑스어 선생님에게 흠모의 정을 보낼 것이다. 하나의 국가가 문화적 동질성과 유일성을 확보하는 것이 얼마나 아름다운 것이며 또한 절대적인 것인가를 알기 때문이다.

그러면 한글날은 우리 민족, 우리나라에서 어떻게 기념되기 시작하였으며, 그것은 우리에게 어떤 의미를 주는 것이었는가를 생각해 보기로 하자.

애초에 한글날과 비슷한 명칭의 우리 문자 기념일을 정했던 때는 1926년으로 거슬러 올라간다. 나라 잃은 지 열여섯 해의 세월이 흘렀고 역사적 안목이나 지각이 없는 사람들은 우리나라가 영구히 일본에 병탄되는 것이 아닌가 하는 막연한 허탈감과 좌절감에 빠져 있을 시절이었다. 그러나 그렇게 암담한 시절이었음에도 불구하고 조선어연구회(조선어학회의 전신)에서는 한글 반포의 날을 기념하기로 결정하였다. 이 결정의 첫 번째 이유는 무엇보다도 일본 제국주의 통치의 억압으로부터 정신적으로 해방되어 민족적 자긍심과 겨레사랑의 기운을 북돋우자는 것이었고, 두 번째 이유는 아무리 살펴보아도 독창적이요, 신묘하기 이를 데 없는 우리 한글이 인류 문화의 자랑거리인 만큼, 그것으 기념함으로써 문화애호의 정신을 드러내자는 것이었다. 이 세상 어느 민족, 어느 나라도 자기 나라 고유의 문자에 대하여 우리만큼 확고한 자긍심을 가진 예를 찾을 수 없다. 그것은 문자 자체의 우수성도 우수성이려니와 한글날의 제정을 계기로 하여 민족적 동질성과 독창성을 확신하여 마지않는 범민족적 공감대가 뿌리 깊이 자리 잡혔기 때문이라고 하겠다. 처음엔 한글날이 아니라 '가갸날' 이라 하였다. 조선왕조실록 세종 28년 9월 초에 실린 기사 "이 달에 '훈민정음' 이 완성되었다.(是月訓民正音成)"는 내용을 근거로 하여 그 9월달 그믐날(28일)을 양력으로 환산, 11월 4일을 '가갸날' 로 선포하니, 이것이 한글날의 시초로서 한글이 세상에 나온 지 480여 년이 지난 뒤의 일이었다. 1928년에는 '가갸날' 을

'한글날' 로 고쳐 부르고 기념식을 가졌다. 1931년에 와서 시대의 흐름에 맞추어 음력을 율리우스력인 양력으로 고쳐 10월 29일에 한글날 기념식을 거행하였다. 그러다가 다시 1934년에는 현행하는 그레고리오력 양력으로 바꾸어 10월 28일로 정하였다. 해방이 된 1945년까지 이 날이 한글날로 기념되었다. 1940년에 해례본 훈민정음(解例本 訓民正音)이 경상북도 안동의 고가(古家)에서 발견되었는데, 거기에 "정통십일년구월상한(正統十一年九月上澣)" 이라고 좀 더 확실한 날짜가 밝혀졌지만 그 9월 상한(10일)을 근거로 하여 오늘날과 같은 10월 9일을 한글날로 잡은 것이 해방이 된 1945년에 가서야 이루어졌다. 그리고 그 다음 해인 1946년, 해례본 훈민정음이 반포된 지 꼭 5백 년이 되던 해에 한글날을 공휴일로 정하였다. 그때로부터 45년간 우리는 한결같이 10월 9일을 한글날로 기념하면서 문화민족으로서의 긍지를 키워왔다. 그날이 엄격하게 말하여 해례본 훈민정음의 원고 완성일 내지는 출판기념일에 해당하는 것이요, 훈민정음이라는 문자, 곧 한글이 실제로 완성된 것은 그보다 3년이 앞서는 세종 25년 12월이라고 하는 사실이 분명하게 확인되었음에도 불구하고 우리는 날짜를 다시 바꾸지 않고, 맑고 드높은 가을 하늘과, 삽상하고 청랑한 가을 날씨를 겸하여 즐기면서 세종대왕을 흠모하고 훈민정음에 끝없는 애정을 쏟아왔다. 그러므로 10월 3일의 개천절로부터 10월 9일의 한글날까지의 한 주일간은 누가 뭐라 해도 민족적 동질성, 문화적 독창성, 역사적 영원성을 우리 민족 한 사람 한 사람이 무의식적으로 느끼는 매우 소중한 기간이 되어왔다.

이 세상에는 잠을 자지 않고 일만 하는 사람도 없으며, 밥을 먹지 않고 일을 할 수 있는 사람도 없다. 그렇다고 잠자고 밥 먹는 일이, 생산을 위한 경제활동의 일부가 아니라고 생각하는 사람도 없다. 휴식을 취하고 영양을 섭취하는 것이야말로 경제활동의 필수조건임은 삼척동자라도 짐작하는 일이다. 그런데 한글날을 하는 일 없이 노는 날이라고 생각하여 없앤다는 발상은 도대체 어디에서 나온 것일까? 문화적 긍지가 말살된 자리에 돈 한 푼이 더 생긴들 그것이 무슨 값어치가 있다는 말인가? 세종대왕의 탄신일까지도 찾아내어 문화행사를 벌인 문화부 당국자들이 설마하니 한글날을 없애자고 하지는 않았을 것이고, 문교부에서 말이 나왔을 리도 없다. 정부에서는 말이 없는데, 문화가 무엇인지도 모르는 무책임한 어떤 정치가의 즉흥적인 발언에 누군가 맞장

구를 친 것이 아닌지, 우리는 작금의 정치풍토를 보면서 조마조마 불안한 것이 한둘이 아니거니와, 한글날까지 들먹이리라고는 차마 하니 꿈도 못 꾸던 일이었다.

철없는 사람이 잘못 던진 한마디에 공연히 민족문화를 아끼는 백면서생(白面書生)들이 지레 놀란 일이기를 빌어 마지않는다.

(1990년 9월)

말련聯 기행紀行

'금수강산 삼천리 무궁화동산' 이렇게 말하면 우리나라를 생각할 것이지만 동남아시아의 일우(一隅)에도 우리나라와 흡사한 반도가 있고 거기에도 마을마다 집집마다 무궁화가 만발한 산수(山水)의 나라가 있다.

우리 축구팀이 연년이 원정(遠征), 우승하고 돌아오는 메르데카배 축구시합의 쿠알라룸푸르라고 하면 "아! 말레이시아!" 하고 외칠 것이다. 말레이반도를 싸고도는 해안엔 어디엘 가도 수영하기 좋은 모래톱 아닌 곳이 없고, 바라보기만 해도 낭만이 흐르는 야자수의 정취. 국토의 8할이 인적이 닿지 않은 채 개발을 기다리는 밀림이다.

서부 말레이시아를 형성하고 있는 반도 서북단(강가)에서 동남단(조흐바루)까지의 직선거리 8백km, 고속도로 연장거리 1천여km, 그러니 삼천리 아닌가? 말레이시아의 국화(國花)도 놀랍게 무궁화이다.

Hibiscus라는 학명을 지닌 무궁화는 아시아 원산(原産)으로 세계의 어디에서나 그 장중하고 우아한 품위로 사랑을 받는 꽃이다.

그곳에서는 붕아라야('나라꽃' 이라는 뜻)라고 부르는데 화관이 크고 암술머리가 우리나라의 것보다 배 이상으로 길게 늘어져 있을 뿐 꽃 모양이며, 꽃의 빛깔은 같다. 그래서 공적이거나 사적인 자리에서 으레 두 나라의 공통점을 들고 나와서 서로 마음을 트고 지내는 계기를 마련하곤 하였다.

먼 나라와의 관계보다 가까운 나라끼리의 상호 협조가 보다 더 요구되는 오늘날, 이런 방법의 접근은 가슴을 치는 감명을 주는 것 같았다.

두 나라는 다 같이 아시아에 있으면서 하나는 동북에, 하나는 동남에 모양도 비슷한 반도로 되어있는 나라다.

서로 길고 짧은 차이는 있지만 2차 대전이 끝나는 20세기 중엽까지 두 나라는 모두 식민지 생활의 경험을 가지고 있다.(그들은 15세기 말 포르투갈 식민지로부터 시작해서 네

덜란드, 영국, 일본에 이르기까지 실로 4백 년 이상의 식민지 경험을 갖고 있다)

말씨만 해도 말레이시아어의 억양에서 느긋하고 구수한 우리 시골 사투리를 느끼게 된다. 충청도 말이 말레이시아어와 억양과 어조에 흡사하다.

국민의 마음씨도 온후하고 친절하고 너그러워 가끔 착각을 느낄 때가 많다. 한국에 있는지 말레이시아에 있는지 혼동이 될 정도다.

이런 이야기를 주고받은 뒤 헤어질 때의 악수는 한결 뜨겁고 눈길도 따사롭다.

천연자원의 혜택을 이곳만큼 받고 사는 나라도 드물다. 세계 고무 생산량의 4분의 3, 노천광산에서 노다지로 캐내는 주석은 2분의 1을 점유하고 있어 동남아에선 가장 여유있는 나라다. 독일제 벤츠도 5, 6년 지나면 영업용 택시로 바뀌어 굴러다닌다.

폭서(暴暑)의 열대라 자동차가 신발 노릇을 하는 곳이라고는 하여도 중류 이상의 가정이라면 보통 자동차 2대 이상을 갖고 있다. 남편과 아내가 따로 차를 소유하는 셈이다. 또 고등학교 학생쯤 되면 대개 자기 전용의 오토바이나 스쿠터가 있다.

이렇게 풍성한 조건이니까 많은 일을 할 필요가 없다. 근무시간은 대개 8시간보다 적다. 일반 관공서는 오전 9시에서 12시, 점심시간은 모두 집으로 가서 식구들과 함께 먹는다. 그리고 오후 2시에서 4시 반까지 하루 5시간 반의 근무. 그러고도 잘 먹고 잘 산다. 시장의 장사꾼들도 예외가 아니다. 말레이시아 시장은 새벽 해뜨기 직전부터 열리기 시작하여 오전 10시쯤이면 파장이다. 어물전, 푸줏간, 야채상, 과일장사들이 10시쯤 되면 모두 짐들을 챙겨서 부대에 담고 얼음에 재고 끈으로 묶어 장사하던 그 자리에 놓아두고 엉성한 바깥 철문만 채워둔 채 모두 떠난다. 그래서 시장바닥은 한여름 대낮의 괴괴한 정적에 잠긴다.

그러다가 다시 저녁이 되면 그렇듯 새벽에 법석대던 인파가 해변가의 음식점이나 큰 운동장 옆의 야시로 몰려든다. 일용잡화와 포목의류가 매매되는 이 야시의 물건값은 일반 상가에 비해 약간 싼 편이다. 그러나 사람들이 몰려드는 것은 물건 값이 싸기 때문이라기보다는 시원한 저녁 바람을 쐬러 나와서 쇼핑도 하고 노천음식점에서 친구끼리, 애인끼리 그리고 가족끼리 하루의 지난 얘기를 서로 나누며 저녁

식사를 하려는 데 큰 목적이 있다.

오후 7시를 전후해서 이글거리던 태양이 서녘 하늘에 비낀 구름을 뚫고 빨간 놀을 토해내다가 눈 깜짝할 사이에 바다 밑으로 떨어져 버린다. 날이 밝는 것도 어두워지는 것도 길게 꾸물거리지 않고 시원하게 나타나고 깨끗하게 사라진다. 이렇게 어두워진 음식점 홀에 식탁을 차지하고 앉으면 여러 음식 가게에서 주문을 받으러 몰려온다.

고급 레스토랑이 아닐 경우에 대중 식사집에는 여러 음식상들이 자릿세만 내고 몰려있다. 혹껜미, 꿰따오, 샤떼이 같은 음식을 파는 장사들은 자그마한 유리 상자에 자기가 파는 음식의 재료를 넣고 그 옆에 조리대와 풍로 하나만 설치하면 훌륭한 음식 가게가 되는 것이다.

혹껜미는 중국 복건성(福建省) 국수인데 매콤한 맛이 한국인 입맛엔 꼭 맞는다. 꿰따오는 쌀가루 국수와 돼지고기, 조개, 야채 등을 섞어 볶거나 국물에 말아놓은 국수로 역시 한국인 식성에 잘 어울린다. 샤떼이는 꼬치 불고기라고 할 수 있는데 우리나라의 불고기 산적에 비기면 아무것도 아니지만 땅콩죽이나 카레에 찍어 먹으면 그런대로 남국의 운치가 있다. 계산할 때엔 일일이 따로 불러서 값을 치러야 한다.

음식값을 주려면 신경질이 날 정도로 몇 번씩 불러야 나타나는 게으름뱅이도 있다. 왜 빨리 와서 받아가지 않느냐고 하면 "주문 음식은 빨리 갖다 드렸는데요" 다.

'스팀보트' 라는 꼬치 음식은 날 새우, 메추리 알, 돼지고기, 간, 곱창 따위를 꼬치에 꿰어 끓는 물에 식성에 맞게 데쳐서 말레이 특유의 고추장이나 간장에 찍어 먹는 것. 먹고 싶은 대로 먹고 나면 대나무 빈 꼬치를 세어 계산한다. 장난꾸러기 우리 집 둘째 놈이 한두 개 부러뜨려 내 버리면 그건 공짜로 먹은 것이 된다. 어수룩하다는 말을 붙이기가 쑥스러울 만큼 어수룩하고 순박하게 살고 있다.

페낭에 온 관광객들은 우선 트라이샤라고 불리는 삼륜 인력거를 타는 일로부터 말레이시아에 찾아온 흥취를 즐긴다. 자전거의 앞바퀴를 떼어내고 어른 두 사람이 꼭 끼여 앉을 만큼의 좌석을 만들어 그 양쪽에 자전거 바퀴를 달고 그것을 앞바퀴 떼어낸 자전거에 연결한 인력거가 트라이샤인데 2차 대전 때 일본 군인들이 교통수단으로 창안해 놓은 것이라 한다. 자동차가 그토록 흔한 나라이지만 관광객과 영세민을 위해 없애지 않는다.

이것을 타고 가면서 운전사에게 서투른 말레이 말로 "수입이 얼마냐, 식구는 몇 명이나 되느냐? 그래 먹고 살기에 어렵지는 않느냐?"고 물어보면 그들에게서는 밝은 대답이 나오지 않는다.

트라이샤(三輪人力車) 운전사는 우리나라 지게뿐이나 다름없는 사람들인데, 어쩌면 그렇게 예외 없이 자식들이 많은지 흔히 5, 6명은 된다. 하루 평균수입이 7~8달러(말레이 1달러=韓貨 1백 60원)이니 월수입이 3만 5천 원은 되는 셈이다.

의복값이라야 1년 내내 한두 벌이면 충분하고 아이들의 초등학교 학비라야 1년에 2달러 50센트(한화 4백 원)이면 충분한데 먹고 살기엔 큰 불편은 없지 않느냐고 반문하면 "그야 굶을까 걱정하는 것은 아니지요. 사람이 세상에 태어나서 자기 자동차는 하나 굴려야 하지 않겠습니까?" 하고 되물어 본다.

따라서 이 나라에서 부정이나 뇌물이라는 것은 생각할 수조차 없다. 가족이 말레이시아에 도착한 얼마 후, 초등학교 4학년과 1학년에 각각 두 딸을 입학시켜 놓고 이른바 대한민국 대학교수의 체면을 생각해서 애들의 담임을 집으로 초대하여 식사대접을 한 일이 있었다.

며칠 뒤, 우리 내외는 그들로부터 그 답례의 초대를 받았고 먼저 대접한 갑절이 넘는 후한 선물을 받아들고 돌아왔다. 나중에 안 일이지만 한 끼의 식사도 뇌물로 간주되기 때문에 오히려 더 크게 답례를 함으로써 외국인인 우리 내외에게 나쁜 인상을 씻고자 하는 것임을 알았다. 어디에서 이토록 깨끗한 기질이 나오는 것일까? 간단하다. 생활하기에 어렵지 않은 봉급을 받기 때문이다. 만일 내가 우리 정부의 파견 교수로 가지 않고 페낭대학에 정식 임용된 교수였다면 나는 지금까지 받아온 생활보조금의 3배 정도는 월급으로 받았을 것이고 그 돈으로 나의 여섯 식구는 한국에서보다는 좋은 식생활을 즐길 수 있었으리라.

풍요를 누리는 말레이 사람들의 실제 생활은 또 그만큼 호화로워야 할 것이 아닌가? 그러나 사실은 전혀 그렇지 않다. 바떽이라고 하는 손으로 직접 그려 염색한 면직물로 쫑삼(내리닫이 원피스와 치마)이나 살롱(통치마 : 남녀가 다 같이 사용함)을 만들어 입는다.

엄청난 부자의 멋쟁이가 아니면 T셔츠에 허름한 바지, 여자라면 산뜻한 원색의 원피스 정도면 충분하다. 정장을 해야 하는 파티를 빼면 값싼 샌들이 훌륭한 외출용 신발이다.

형식이나 격식 따위에 전혀 얽매이지 않는 자유분방하고 소탈한 속에서 실질적으로 인생을 즐기는 생활태도를 보면 반드시 고도의 문화와 뿌리 깊은 전통이 굳이 고집스레 지켜야 할 것인지 의문을 품게 할 때가 있다.

교육제도는 초등학교 6년, 중학교 5년, 대학예비학교 2년, 대학 3년, 초등학교는 한 건물에 오전 학교와 오후 학교가 있다.

2부제 수업이 아니고 교장에서 사동까지 완전히 교체되는 것으로 결국 한 건물에 두 개의 학교가 있는 셈이다. 그러니까 6학년이 되어도 하루에 5시간 이상의 수업은 없다. 이 오전 학교와 오후 학교는 1년씩 교체한다. 한 학급의 최대 인원은 40명, 입학 당시부터 간단한 IQ 테스트를 통해 철저하게 우열반을 갈라놓고 가르친다. 학년이 올라갈 때마다 석차에 따라 우열반에 편입된다. 4학년 이상부터는 학과담임제가 가미된다.

7~8개 교과목 중에서 2~3개는 학과담임이 따로 있다. 여학생들에게는 가사, 재봉 등 실생활에 필요한 과목을 가르치기 때문에 초등학교만 나와도 간단한 바느질은 척척 해낸다. 중학교 5학년을 마치고 대학에 가지 않을 사람은 2년 과

정의 대학예비학교에 가지 않는다. 대학 예비학교라고 해서 따로 있는 것이 아니고 으레 중학교에 붙어 있다. 옛날 우리 나라의 대학예과와 비슷한 것이라고 할 수 있다. 이 예비학교 졸업 후에 국가에서 실시하는 대학입학 고시를 치르게 되는데 성적과 지망학과에 따라 전국을 통틀어 4개 밖에 없는 대학으로 배정된다. 이 나라 국어인 '바하사 말레이시아' 에 떨어지면 대학을 깨끗이 포기해야 한다. 그래서 말레이시아 말에 익숙지 못한 중국계 학생들은 아예 싱가포르나 오스트레일리아 홍콩, 영국 등 딴 나라로 빠져나간다. 그러나 그들이 공부를 하고 돌아와도 말레이시아어에 능숙치 못한 한, 그들은 공무원으로 취직하는 것을 포기해야 한다. 1980년까지는 현재 실질적 공용어의 구실을 하는 영어를 몰아내고 말레이시아어를 명실상부한 공용어로 쓰겠다고 노력 중이다. 현재 초등학교 1학년에서 4학년까지는 완전히 말레이시아어로 수업을 진행시킨다. 영어는 하나의 학과에 불과하다. 그들이 1980년에는 대학생이 되니까 그때에는 말레이시아어가 현재의 영어의 위치를 빼앗게 된다는 것이다.

그러면서도 영어 학습에 대한 강조는 말레이시아어에 대한 강조만큼 강렬하다. 세계의 선진지식을 흡수하는 데는 영어교육의 후퇴가 결코 이롭지 않다는 견해가 말레이시아어와 영어의 동시 강화를 초래하는 것이다.

국가가 주관하는 대학입학 고사를 거쳐서 일단 합격이 되고 대학을 배정받으면 인생 목표의 반은 달성한 셈이 된다. 돈 많은 상류계급 귀족의 자녀를 제외한 대부분의 말레이계 학생들은 정부가 지급하는 장학금으로 공부한다. 정부 장학금을 받지 못하게 된 학생들은 적어도 대여 장학금이라도 받는다.

정부 장학금이라는 것은 그야말로 학생들에게 꿩 먹고 알 먹는 것인데, 3년간의 학자금을 얻어 쓰고 졸업 후에는 정부기관에 최소한 5년간 근무함으로써 장학금 받은 은혜를 보상한다는 계약에 의한 장학제도이다. 그것도 졸업 후 1년 이내에 취직이 안 되면 5년간의 근무의 의무가 자동적으로 해소가 된다. 아직까지 졸업생 중 1년 이내에 임명을 받지 못한 예가 없다고 들었다. 5년 근무면 이미 각 기관의 중요한 위치에 올라 신념과 열의를 가지고 일에 몰두하고 있을 것 아닌가? 대학 졸업생의 희소가치가 이토록 찬란한 나라는 또 없다.

지난 2년간 우리나라 정부 장학생으로 석사과정을 이수

할 말레이계 졸업생을 물색하여 보내라는 정부의 지시에 무던히도 애를 썼지만 결국 선발을 못했다. 학생 자신은 한국엘 끔찍하게도 오고 싶어 하는데 그들이 장학금을 받느라고 정부와 맺는 계약은 해소할 수 없었기 때문이다.

(1973년 9월)

어원산책(語源散策)

'용하다'의 본적 찾기

불가(佛家)에서는 흔히 '하나이면서 둘이요, 둘이면서 하나'라는 표현을 즐긴다. 단일 공동체 안에서 개체 의식을 분명히 하는 방법으로도 쓰이고 주체와 객체의 분별과 주객의 보통성 문제를 논의할 때에도 쓰인다. 또한 그것은 한 가정을 이룬 부부에게도 어울리는 표현이요, 접을 붙여 두 가지 열매를 맺는 나무를 묘사할 때에도 쓰일 법한 표현이다.

이제 우리는 이 표현을 우리 국어에 적용시키고자 한다. 우리 국어에는 '하나이면서 둘이요, 둘이면서 하나'라고 말해야 좋을 '둘'이 사이좋게 어울려 살고 있다. 한국어라고 하는 단일 언어를 구성한다는 점에서 하나요, 그 어휘가 한 무리는 고유어이고, 다른 한 무리는 한자어이기 때문에 둘이다.

그러나 그 둘이 따로따로 노는 것이 아니라, 하나로 어울리기 때문에 고유어가 한자어로 둔갑하거나, 한자어로 오해되는 수가 있다. 한자어가 고유어처럼 변장(變裝)을 한다는 것은 그 한자어를 한글로 썼을 때에 웬만한 유식층이 그것이 한자어라는 것을 까맣게 잊어버린 경우를 일컫는 말이다.

물론 개별 낱말들 하나하나를 검토할 때에, 어느 것이 변장이요, 어느 것이 자리바꿈이라고 명쾌하게 구분을 짓지 못하는 경우가 있을 수 있다. 그러나 대부분의 식자층(識者層)이 어떤 낱말을 사용하면서 그것이 한자어라는 생각을 전혀 하지 못한다면, 우리들 국어를 공부하는 사람들은 그 근원을 밝힐 책임이 있다. 이 책임을 완수하는 직업이 이른바 어원 탐구다.

우리 국어는 일찍이 부족한 표현을 보충하는 방법으로 '-하다' 앞에 한자를 붙여 새 낱말을 만들었다. '주춤-, 어스름-, 따르릉따르릉-'과 같은 의성(擬聲)·의태성(擬態性) 어근(語根)을 붙이기도 하고, '핸섬-, 섹시-, 캄푸라지-'와 같은 서양 외래어를 붙이기도 하지만, 가장 이른 시기부터 줄기차게 새로운 낱말을 만든 방법은 '-하다' 앞에 한자를 붙이는 것이다. 이때에 동원되는 한자의 부류에는 어떤 것이 있을까? 물론 그것들은 상태나 동작을 뜻하는 서술성(敍述性) 한자인데, 한 글자로 된 것도 있고 두 글자로 된 것, 그리고 그 이상의 구성도 있다.

우선 한자 하나와 '-하다'가 어울린 낱말 몇 개를 생각해 보자. '可하다, 怒하다, 對하다, 命하다, 犯하다, 善하다, 軟하다, 抄하다….' 이렇게 적어 나가다가 우리는 문득 한자로는 적을 수 없는데, '-하다'와 어울려 쓰이는 다음과 같은 낱말이 있음을 생각하게 된다.

착하다 [형] 마음이 곱고 어질다.
성하다 [형] 본디대로 온전하다.
용하다 [형]재주가 뛰어나고 특이하다.
창하다 [형] 많이 먹어서 배가 빵빵하다
환하다 [형] 광선이 비치어 맑고 밝다.

우리는 이러한 낱말을 보면서, 거기에 본적(本籍)을 찾아 주고 싶은 강한 의욕을 느낀다. 혹시나 이것들이 본래는 특정한 한자를 가지고 있었던 것이 아닐까 하는 의심을 떨쳐

버릴 수 없기 때문이다. 그래서 일단 국어사전을 펼친다.

용하다 [형](여변)
① 재주가 뛰어나고 특이하다.
용한 의사에게 보이다. 용한 무당.
② 갸륵하고 장하다. 착하고 훌륭하다.
일들을 했다니 참 용하구나.

'용하다' 와 비슷한 뜻을 가진 비슷한 소리의 다른 낱말이 없을까 하여 여기저기를 더 뒤지다가 다음 항목에 눈길이 머문다.

영하다 [형](여변)
영검〈영험(靈驗)〉하다의 준말
영한 의원
이 영한 미륵은 많은 사람의 별의별 소원을 다 들어 주었다.
영감하다 [형](여변)
신(神)이나 부처의 영묘(靈妙)한 감응(感應)이 있다.

이제는 '영하다' 와 '용하다' 의 두 항목을 번갈아 살피다가 '영한 의원(醫員)' 과 '용한 의사', 또는 '용한 무당' 이 모두 같은 표현이라는 심증을 갖게 된다. 그래서 우리는 '용하다' 는 말은 결국 '神靈' 하다, '靈驗하다' 를 줄여 말할 때 쓰이던 '영하다' 와 다른 것이 아님을 깨닫게 된다. 그래도 미심쩍어서 옥편을 펴 들고 '신령 령(靈)' 자의 뜻풀이를 다시 한번 훑어본다.

1. 신령(八方神, 하늘神, 구름神)
2. 신령하다, 신묘하다
3. 영혼
4. 정성
5. 산 것(生物, 人類)
6. 좋다, 아름답다
7. 효험, 징험
8. 존엄, 위엄
9. 행복, 은총
10. 마음, 생각
11. 빼어난 것, 걸출한 것

그리고 결론을 내린다. 〈 '영하다' 는 것은 하늘(神)의 신비를 드러내는 것처럼 신묘하고 특출함이 인간의 일, 특히 질

병이나 액운에 효험을 보이는 것이로구나. 그리고 그 말은 때로는 '용하다' 는 말로도 쓰이게 되었구나.〉

이와 같은 추론이 객관성을 얻은 것이라면 '용하다' 의 어원이 '靈하다' 라고 당당히 말할 수 있다. 여기에서 용기를 얻어 '착하다', '성하다', '창하다', '환하다' 도 각기 거기에 합당한 한자 찾아주기, 즉 본적 찾기가 가능하리라는 기대를 갖게 된다. '착할 착', '성할 성', '창할 창', '환할 환' 이라고 읽히는 한자가 있기만 하다면 따져볼 여지도 없을 것이다. 그러나 그런 한자가 쉽게 떠오르지 않는다. 그러나 옥편을 뒤져서 '착', '성', '창', '환' 자들 가운데에 쓸 만한 글자가 있는지를 확인하는 일은 아니할 수 없다. '착하다' 에 대응시킬 한자로 '조심할 娖(착)' 자가 보인다. '조심하다, 신중하다' 가 어떻게 의미상으로 '착하다' 와 연결될 수 있는가? '착하다' 의 뜻풀이는 '(사람의 마음씨나 행동이) 어른의 말이나 사회 규범 · 도덕에 어긋남이 없이 옳고 바르다.' 라고 되어 있다. 의미상의 연결이 가능할 듯도 싶고 조금 거리가 있는 것 같기도 하다.

'성하다' 에 대응하는 한자로는 '이룰 成(성)' 자가 제일 마음에 끌린다. 완성한 것은 완전한 것이요, 온전한 것이며 그래서 성한 것이 되지 않을까? 그러나 그것 역시 자신만만한 대응이라고 주장하기는 어려울 것 같다. 그런데 이 어인 일인가? '창하다' 와 '환하다' 에 이르면 '배부를 脹(창)' 자와 '빛날 煥(환)' 자가 기다리고 있지 않은가? 이것들이야말로 의심의 여지가 없는 것인데 너무도 자주 쓰다 보니 한자어라는 의식을 하지 않게 되었던 것이다. 따라서 사전을 편찬하는 분들도 한자 어원을 밝힐 생각조차 하지 않았었다. 주의를 조금만 더 기울이면 '-하다' 앞에 쓰인 어근 가운데에는 뜻밖에도 한자에 어원을 두고 있는 것을 더 많이 찾아낼 수 있을 것 같다.

'추녀'와 '두레박'

한 덩어리인 줄 알았는데, 알고 보니 그 속에 두 개가 사이 좋게 엉겨 있는 것을 발견했다면 그 두 개의 관계가 얼마나 다정한 것인가는 짐작하고도 남음이 있다. 우리 국어 낱말에는 그러한 낱말이 많이 있다. 어떤 것은 두 개라고 인식되지만 어떤 것은 두 개라고 느낄 수 없을 만큼, 하나의 덩어리로 보인다.

'돈金庫, 새新郎, 외獨子, 驛前앞, 面刀칼, 妻家집…' 같은 것은 한자어의 앞 또는 뒤에 똑같은 뜻의 한자와 고유어가 나란히 붙어 있어서 누가 보아도 같은 뜻의 두 개의 형태가 결합한 것으로 이해된다.

그런데 다음과 같은 낱말은 우리말에 대한 지식이 깊지

않은 사람들에게 간혹 하나의 낱말로 이해되는 것들이다.

> 담장, 뺏골, 널판, 생강, 가락지, 몸체, 몸통, 속내, 애간장, 바람벽, 옻칠, 글자.

그렇지만 이러한 낱말도 '담, 뼈, 널, 몸, 속, 옻, 글…' 등이 한 음절 낱말로 쓰이는 경우도 있어서 '담장, 뺏골…' 등은 두 개 형태의 결합이란 것을 대뜸 알아낼 수 있다. 그리하여 이것들은 결국 '담牆, 뼈骨, 널板, 생薑, 가락指, 몸體, 몸桶, 속內, 애肝臟, 바람壁, 옻漆, 글字'로 고유어와 한자가 나란히 결합하여 만들어 낸 낱말임을 확인하게 된다. 그러나 자세한 설명이 필요한 낱말이 없지 않다. '담牆'은 '담쟁이 넝쿨' 같은 낱말이 만들어져 쓰임으로써 '牆'이 독립 어휘로서의 기능은 사라져 버렸고, '생薑'은 현행 국어사전에서 '生薑(생강)'이라고 완전한 한자어인 양 잘못 처리되어 있어서 고유어와 漢字의 결합이라고 알기가 힘들다. 그런데 현대어 '생강'은 중세국어 시기와 근대국어 시기에 한결같이 'ᄉᆡ양, 새앙' 등으로 사용되었다. 오늘날에도 나이 든 어른들은 '새앵'이라고 길게 발음한다. '바람壁'의 경우도 '바람〔風〕' 이라는 동음이의어 때문에 그것과 구별하기 위해 '바람壁' 이라는 동의중복(同義重複)의 낱말이 만들어지게 되었다.

다음의 낱말은 어떤가 생각해 보자.

본밑, 기틀, 족발, 언덕, 형틀, 연못.

지금까지의 논의로 보아 한자와 고유어가 나란히 결합한 것으로 짐작은 되지만 구체적으로 어떤 글자일지 궁금할 것이다. 한자를 찾아 적으면 다음과 같다.

本밑, 機틀, 足발, 堰덕, 刑틀, 淵못.

이 낱말들은 한자를 공부할 때, 한자의 새김〔釋〕으로 쓰이는 고유어를 한자의 뒤에 붙인 꼴이 되었다. 즉 '本' 을 배울 때, 우리는 '밑 본' 이라고 읽으며 배웠고, '機' 를 배울 때 '틀 기' 라고 읽으며 배웠기 때문이다. 어쨌거나 같은 뜻의 한자와 고유어가 나란히 붙어서 하나의 낱말 구실을 하는데, '널板, 생薑' 류는 한자가 뒤에 있는 경우이고, '本밑, 機

틀' 류는 한자가 앞에 있는 것이 서로 다르다.

'언덕(堰덕)' 과 '연못(淵못)' 에 대하여는 의심을 품는 사람이 있을 것이다. '언덕' 을 그냥 하나의 낱말로 알고 있을 것이요, '연못' 을 연꽃 연(蓮)자와 결합된 '蓮못' 으로 알고 있는 사람이 있을 것이기 때문이다. 그러나 '언(堰, 또는 隁)' 자는 '방죽 언' 또는 '둑 언' 으로 읽히는 글자로 '방죽' 은 한자어 '防築(방축)' 과 관련이 있는 것으로 그 뜻이 '둑' 이라는 점에서 둘 다 같은 글자인데, '둑' 이 '언' 이라는 한자음의 'ㅓ' 모음에 이끌리어 '덕' 으로 바뀌면서 '언덕' 이라는 낱말이 만들어진 것이라고 생각된다. 그리고 '蓮못' 이 아니라 '淵못' 이 옳다고 하는 것은 '蓮꽃이 핀 못' 이어야 '蓮못' 이라고 할 수 있고, 그냥 물만 고인 모든 형태의 '못' 을 '연못' 이라고 부르는 현상을 설명하려면 '淵못' 이라고 하는 것이 합리적이라는 것을 누구나 이해할 수 있을 것이다.

이와 같이 우리말 낱말에는 같은 뜻을 나타내는 두 가지 형태의 결합으로 하나의 낱말 구실을 하는 것이 의외로 많이 있다. 그런 낱말을 찾아내는 일도 하나의 어원 탐구가 된다.

그러면 이제 '추녀' 와 '두레박' 을 검토해 보기로 하자. 사전을 펼치면 각각 다음과 같이 풀이되어 있다.

> **추녀** 명(건) 처마 네 귀에 걸리는 네모지고 길고 끝이 번쩍 들린 큰 서까래, 또는 그 부분의 처마.
> 충설(衝舌), 衝椽(충연).
> 추녀 물은 항상 제자리에 떨어진다.
>
> **두레박** 명 줄을 길게 매어 우물물을 긷는 바가지.

위의 두 낱말은 누가 보아도 의심할 여지가 없는 토박이 고유어라고 생각할 것이다. 물론 역사적으로 그 낱말들의 형성 과정을 고려하지 않는다면 고유어로 분류해 놓아도 크게 잘못이랄 수 없다. '추녀' 는 분명한 단일어(單一語)일 것이고, '두레박' 은 '두레+박' 으로 분석됨직하지만 그래도 그것이 고유어라는 생각을 바꿀 수는 없는 것처럼 보인다.

그런데 17세기 말에 중국어를 배우기 위한 중국어 어휘집 『역어유해(譯語類解)』라 하는 책이 간행되었는데 거기에 '추녀' 와 관련된 항목을 보면 다음과 같이 되어 있다.

> 椽 춴 / 쮠 ○혀 (譯語 上 17a)

오늘날 우리가 '서까래 연' 이라고 부르는 '椽' 자는 근대 중국어 발음으로는 '츈' 과 비슷한 것이었음을 확인할 수 있다. 현대 중국어 발음으로도 [chuán]이어서 우리말 한자음 '연' 과는 아주 다름을 알 수 있다. 그렇다면 얼마 전까지만 해도 일본 특유의 찹쌀떡〔모찌 モチ〕에 대하여 '모찌떡' 이라고 불렀던 것처럼 이 '서까래 연(椽)' 을 중국음 '츈' 으로 읽고, 거기에 우리 고유한 낱말 '혀' 를 덧붙여 '츈+혀' 라고 부르지 않았을까? '서까래' 도 따지고 보면 '혀+ㅅ+가래' 가 변한 것이므로 '서까래' 가 '혀' 에 뿌리를 두고 있음은 쉽게 추론할 수 있다. 그러므로 이 낱말의 변천은 다음과 같다.

츈+혀 → 츈혀 → 추녀

'두레박' 과 관계되는 항목을 『역어유해(譯語類解)』에서 찾으면 다음과 같다.

水斗 쉬투/쉬둫 ○드레
瓦罐 와관/와권 ○딜드레
柳罐 릭관/ 릳권 ○버들로 겨른 드레
鐵落 텨로/ 텽랗 ○드레 ○元話

위의 네 낱말은 모두 ‘두레(박)’ 의 각기 다른 중국어의 존재를 알려 준다. 이것들은 각기 ‘쉬두, 와권, 류권, 텨로’ 라고 정리할 수 있겠는데, 앞의 세 개는 중국어 낱말이지만 마지막 ‘텨로’ 는 후주(後註)에 원화(元話)라고 밝힌 것으로 보아 본래는 몽고말이었음을 알 수 있다. 그 ‘텨로’ 가 우리말로 들어와서는 ‘드레’ 가 되었고, 오늘날에는 맞춤법의 정리로 ‘두레’ 가 되었다. 원래 ‘두레’ 가 아니라 ‘드레’ 임은『훈민정음해례본(訓民正音解例本)』 용자례(用字例)에 ‘드레爲汲器’ 에 분명하게 밝혀져 있으니 달리 의심할 필요가 없다. 그러므로 오늘날의 두레박은 몽고말 ‘드레’ 와 우리말 ‘박(아지)’ 과의 결합에서 비롯되었다.

드레+박 → 드레박 → 두레박

‘추녀’ 는 중국말과 우리말이 결합한 것이요, ‘두레박’ 은 몽고말과 우리말이 결합한 것이며, ‘모찌떡’ 은 일본말과 우리말이 결합한 것이다.

낱말 속에는 이처럼 민족의 어울림, 문화의 어울림이 고스란히 화석(化石)처럼 녹아 있다.

'빡빡하다'와 '씩씩하다'의 어원

우리말은 의성 · 의태어가 다른 언어보다 특별히 발달한 언어로 알려져 있다. 소리와 형상을 그려내는 방법이 많다고 해서 우리말이 다른 언어보다 특별히 우수한 언어라고 말할 수는 없겠지만 의성 · 의태어가 적은 말보다는, 표현의 다양성을 보장한다는 점에서 다른 언어보다 좀 더 편한 언어라고는 말할 수 있을 것이다. 다시 말하여 의성 · 의태어가 풍부한 우리 한국어가 다른 언어보다 발달한(?) 언어라고 자랑할 것까지는 없으나 좀 더 편리한 언어라고는 말할 수 있겠다. 그런데 그 다양한 의성 · 의태어 가운데에는 한자에 기원을 둔 것이 많다고 하면 아마 세상 사람들은 고개를 갸우뚱할 것이다. 한자가 뜻글자로만 되어 있는 줄 아는 사람들은 소리를 표현하고 형상을 표현하는 방법에 한자가 동원되리라고는 생각할 수 없을 것이기 때문이다. 그러나 우리말의 의성·의태어 뿌리에는 엄연히 한자가 도사리고 있다.

이 문제를 풀기 위하여 우선 한자의 표음성(表音性)을 살펴보아야 하겠다. 한자는 분명히 뜻을 나타내는 것을 기본으로 하는 표의문자(表意文字)이다. 그러나 중국어라고 하는 하나의 언어를 표현해 내는 문자로 자리매김하는 과정에서 상당수의 글자가 소리를 나타내는 표음문자로 전용(轉用)될 수밖에 없었다. 이렇게 전용된 글자는 물론 뜻글자로서의 기능을 잃어버리는 것이 아니라, 표음문자로 쓰이는 경우에 한하여서만 일시적으로 기능을 바꿀 뿐이다.

가령 '코카콜라'를 '可口可樂'으로 쓸 경우에 거기에 쓰인 세 개의 한자, 可·口·樂은 일시적으로 표음문자의 구실을 하는 것이다. 그렇지만 '코카콜라'를 표음(表音)하기 위한 한자는 얼마든지 있는데, 특별히 可·口·樂을 골라 씀으로써 그 한자들이 나타내는 뜻을 반영하기 때문에 그 낱말이 한자어로서의 묘미(妙味)를 덧보태게 되는 것이다. 이러한 묘미는 그야말로 한자가 갖는 부수적인 이득인 셈이다. 그렇다면 순전히 소리만 나타내는 글자는 없을까? 물론 그런 글자들이 있다. 가령 '錚'은 쇳소리 '쟁' 자이고, '琤'은 옥소리 '쟁' 자이다. '錚錚하다'는 낱말은 금속성의 '쟁쟁하다'를 나타내는 것이요, '琤琤하다'는 옥구슬을 굴릴 때 들리는 '쟁쟁하다'를 나타내는 것이다. 소리만을 나타내는 글자를 만들어 쓰면서도 그 소리의 성질을 구분하고 있는 점은 그 소리글자들이 단순한 소리글자가 아님을 드러내고 있는 셈이다. 또 어떤 소리글자는 처음에는 소리만을 나타내기 위하여 만들었을지라도 그 글자에 합당한 의미를 붙여 뜻글자로 활용하는 수가 있다. 가령 '呵呵大笑(가가대소)'라는 낱말은 '껄껄 웃는 큰 웃음'을 뜻하는 것으로, 이때의 '呵呵'는 '껄껄'을 표현하는 의성어의 표기임이 분명하고 또 그런 표현을 나타내기 위해 '呵'에 입 '口' 자를 붙였을 것으로 추정된다. 그러나 사전을 찾아보면 그 글자가 뜻글자로서의 '꾸짖을 가'라고 적혀 있고 그런 뜻의 낱말이 있음을 발견한다.

이와 같이 한자는 뜻글자로서의 기능을 기본 바탕으로 하면서도 필요에 따라 소리글자의 구실도 하는 문자이다.

그러면 이제 우리말 의성·의태어 어근 속에 어떤 한자가 숨어 있는지 살펴보기로 하자.

우리는 어떤 사물이 활기차게 살아 있는 모습을 묘사할 때, '생생하다' 는 말을 쓴다. 역동적인 것, 활기찬 생명력이 느껴지는 것일 때 쓰이는 말이다.

"그 일은 어제 있었던 것처럼 나의 기억 속에 생생하게 살아 있다." 이 문장에 나온 '생생하다' 를 한자로 바꾸어 '生生하다' 로 쓴다면 그것이 잘못된 것일까? 결코 잘못이라고 말할 수 없다. 그런데 이 낱말 '생생하다' 는 한자에서 나왔다는 느낌을 버리는 순간, 우리말 특성에 맞게 자유로운 변형을 시도한다. 그래서 '쌩쌩하다, 싱싱하다, 씽씽하다' 를 만들고 '신신하다' 까지 만들어 그것이 또 '新新하다' 와 관련을 맺게 한다.

'시시하다' 와 '미미하다' 를 생각해 보자. '시시하다' 는 보잘것없이 초라하고 작고 무가치한 것을 가리킬 때 쓰인다. 거기에 맞는 한자는 없는 것처럼 보인다. 실제로 '시' 음을 가진 한자로 '시시하다' 를 적을 수는 없다.

그러나 시시콜콜 잔망스럽게 작은 현상을 가리켜 '細細하다' 는 말을 쓴다. 이것이 소리 바꿈과 뜻바꿈을 하여 '시시하다' 가 된 것이다. '미미하다' 는 처음부터 보잘것없이 작다는 뜻을 나타내는 '微微하다' 를 찾아낼 수 있다. 한글로만 썼을 때 '시시하다' 나 '미미하다' 가 무슨 뜻을 나타내는지 잘 알 수 없지만 만일에 그 낱말의 출발점이 되었던 한자를 안다면, 그 낱말의 의미는 분명하게 이해될 것이다.

우리는 어떤 사람을 애타게 그리워할 때 '연연하다' 는 표현을 쓸 때가 있다. 그때에 그 '연연' 이 한자 '그리워할 연(戀)' 자를 연이어 발음함으로써 만든 말인지 아는 사람들은 많지 않을 것이다. 그러면서 막연하게 '연연하다' 의 '연' 이 그리움을 나타내는 심성과 관계가 있다는 느낌을 갖는다. 한자 '戀' 이 의태성 형용사 어근으로 바뀌면서도 그 뜻글자의 흔적을 남기는 현상이라고 볼 수 있다.

우리는 '우중충하다' 는 말이 '충충하다' 와 관계되고 그것을 '청청하다' 의 변형이라는 것을 짐작한다. 여기까지 짐작한 사람이라면 '청청하다' 가 다름 아닌 '靑靑하다' 임을 찾아낼 수 있을 것이다.

'평평하다' 는 말이 '平' 자를 바탕으로 하고 있는 것을 의식하는 사람은 많지 않다. '혁혁하다' 도 '赫' 자와 연결시키는 데에 어려움을 겪는다. 그러나 조금만 생각하면 즉시 그 글자를 찾아낼 수 있다.

'빡빡하다' 는 어떤가? '빡' 이라는 한자가 없으니까 그것은 한자와 관계가 없는 것일까? 그러면 여유가 없고 각박한 심성을 가리키는 '薄하다' 는 무엇인가? '薄하다' 의 '薄' 이 두 번 연이어 쓰이면서 '박박하다' 는 '빡빡하다' 로 변형된 것이라고 볼 수는 없을 것인가?

이와 같은 낱말은 몇 개 더 찾을 수 있다. '쓸쓸하다' 의 원형(原型)은 '瑟瑟하다' 로 볼 수 있는데 '瑟' 은 '바람소리 슬(瑟)' 자이기 때문이다.

하나만 더 찾아보자.

'씩씩하다' 의 원형이 '肅肅하다' 라고 하면 조금은 의아할 것이다. 그러나 『유합(類合)』에 보면 '싁싁 肅', '싁싁 嚴' 이 발견된다. 오늘날의 '엄숙하다' 와 '씩씩하다' 는 그 뜻이 조금 다르지만 본래는 같은 뜻이었음을 짐작할 수 있다.

한자에 뿌리를 둔 의성 · 의태성 어근의 형용사가 이렇게 많은 것은 역시 우리말의 자랑이요 장점이다.

'말쑥하다'와 '얄팍하다'의 어원

'문화' 라는 낱말을 사전에서 찾아보면 다음과 같은 세 가지 풀이가 있다.

① 인지(人智)가 깨고 세상이 열려 밝게 됨.
② 권력이나 형벌보다도 문덕(文德)으로 백성을 가르쳐 이끌어 감.
③ 인간이 자연 상태에서 벗어나 일정한 목적 또는 생활 이상(理想)을 실현하는 활동 과정 및 그 과정에서 이룩해 낸 물질적, 정신적 활동의 소산.

이 풀이에 공통되는 것은 문화가 자연이나 물질에 맞서는 것으로서 정신적 삶의 양상을 표현한다는 사실이다. 그런데 이러한 풀이에 빠져 있는 사항이 하나 있다. 그것은 '文' 이라는 글자가 학문을 가리키는 '글' 이라는 뜻을 가졌을 뿐 아니라, '무늬〔紋〕' 라는 뜻도 함께 나타내는 것이요, 그 무늬는 하나의 결(理)이나 하나의 빛깔(色)로 만들어지는 것이 아니라, 적어도 두 개 이상의 결(理)이나 빛깔(色)이 어울려 만들어지는 것이라는 사실을 반영시키지 않고 있는 점이다.

다시 말하여 '문화' 는 서로 다른 두 사람, 또는 두 집단, 두 사회가 좀 더 높은 경지의 삶을 누려보자고 서로 좋은 점을 배워 나아가는 일을 가리킨다.

그러므로 외부의 영향을 받지 않고 독자적으로 발전하는 문화는 존재하지 않는다.

낱말의 생성에도 문화적 현상이 나타난다. 우리말에는 '-하다' 의 앞에 한자를 기원으로 하는 어근(語根)을 붙여 동사나 형용사를 만드는 방법이 일찍부터 활용되었다.

'工夫(공부)하다, 出衆(출중)하다, 硏究(연구)하다, 華麗(화려)하다' 등 우리말의 동사와 형용사는 이러한 '-하다' 류 낱말이 없다면 자유로운 언어활동을 할 수 없을 것이다.

그런데 이 '-하다' 류 낱말 가운데에는 고유어와 한자가 그야말로 문화적 결합을 하여 겉보기에는 한자어 낱말이 아닌 것 같은 모습을 보이는 것들이 있다. 물론 엄격하게 말한다면 이런 낱말들은 고유어도 아니요, 한자어도 아니다. 다음 낱말들을 자세히 살펴보기로 하자.

'굳건하다, 튼실하다, 익숙하다, 말쑥하다'

우리는 이 낱말들이 '굳다, 굳굳하다, 튼튼하다, 익(었)다, 맑다' 같은 낱말들과 같은 뜻을 나타낸다는 사실을 금방 깨닫는다. 그리고 '굳세다, 굳굳하다' 와 함께 언제부터인가 '굳건하다' 라는 낱말을 사용하여 왔다는 사실도 함께 깨닫게 된다. 그러면 '굳건하다' 는 어디에서 생긴 낱말인가? 두말할 것도 없이 '굳+健+하다' 로 형성된 낱말이다. '굳세다' 는 뜻을 강조하면서 한자말의 멋을 덧보탠 것이 다름 아닌 '굳건하다' 라는 낱말이다. 이렇게 하여 '튼튼하다' 와 '實하다' 의 결합형으로 '튼실하다' 가 만들어졌고, '익다' 와 '익을 숙(熟)' 자의 결합으로 '익숙하다' 가 만들어졌다. 그리고 '맑다' 와 '맑을 숙(淑)' 자의 결합으로 '말쑥하다' 라는 낱말이 생겼다.

그러면 다음과 같이 이 낱말들을 늘어놓아 보자.

굳굳하다 – 굳健하다

튼튼하다 - 튼實하다

익(었)다 - 익熟하다

맑다 - 맑淑하다

이 대비(對比)에서 우리는 한자와 결합된 낱말이 고유어만으로 된 낱말보다 의미의 폭과 깊이가 달라졌음을 발견하게 된다. '맑다' 는 냇물이 맑은 것이요, 강물이 맑은 것이지만 '말쑥하다' 는 얼굴 모습이 깨끗한 것이요, 차림새가 세련된 것이다. 이와 같이 낱말의 문화적 결합은 곧 의미의 문화적 발전과 변모를 가져온다.

위와 같은 낱말 만들기 현상에 대한 지식을 토대로 하여 다음과 같은 낱말은 그 근원(根源), 곧 어원을 어디에서 찾을 수 있는지 궁리해 보기로 하자.

'말짱하다/멀쩡하다, 얄팍하다, 도독하다/두둑하다, 쌀랑하다/썰렁하다, 스산하다'

이미 우리는 앞에서 고유어의 용언 어간에 그것과 같은 뜻의 한자를 결합하여 새 낱말을 만든 예를 보았으므로 그것과 같은 방법으로 만들어진 낱말이 아니겠는가 추측하게 된다. 그러나 '짱/쩡, 팍, 독/둑, 랑/렁, 산' 에 해당하는 한자가 금방 떠오르지 않는다.

더구나 '짱/쩡, 팍, 독/둑, 랑/렁, 산' 과 같이 양성모음과 음성모음으로 엇바뀌어 읽히는 한자어가 없다는 사실이 우리를 얼마간 당혹스럽게 한다. 이때 우리는 발상의 전환을 시도하여야 한다. 양성모음과 음성모음의 대립 양상을 보이는 것은 새로운 낱말로 정착한 후에 우리말 음운법칙에 따라 변형된 것이지 원래부터 그렇게 읽히는 한자가 아니었다는 생각을 하여야 한다. 그런 다음에 조심스럽게 다음과 같은 결합을 생각해 보면 어떨까?

맑 + 淨 → 말짱/멀쩡

얇 + 薄 → 얄팍

돋 + 篤 → 도독/두둑

서늘 + 凉 → 설렁/살랑, 썰렁/쌀랑

싀 + 酸 → 스산

아마도 이들 낱말이 처음 쓰이기 시작하였을 때는 '말짱하다, 얄팍하다, 돋독하다, 서늘량하다, 싀산하다' 와 같은 한 가지 형태의 낱말만 사용되었을 것이다. 그러나 조만간 이런 낱말이 자주 쓰이면서 이것들이 한자에서 만들어졌다는 의식을 버리고 우리말의 음운 법칙에 따라 자유로운 변형을 거쳤다. 이때 동시에 의미의 변화도 발생하였다.

'말淨하다'가 처음 쓰일 때, 그것은 아주 깨끗하고 맑은 것을 나타냈을 것이다. 그러나 '말짱하다/멀쩡하다'는 맑고 깨끗한 것을 가리키지 않는다. 무언가 변질이 되었다가 원상태로 복귀함으로써 과거의 경력을 감춘 채 시치미 떼는 상태를 묘사하는 데 더 적절한 낱말이다. 아마도 '서늘凉하다'가 처음 사용되었을 때에는 날씨를 묘사하는 데 그쳤을 것이다. 그렇지만 요즈음 '썰렁하다'는 기운(氣溫) 상태를 묘사하기보다는 심리 상태의 허전함을 묘사하는 데에 더 잘 쓰이는 낱말이다.

'싀(酸)다'의 경우도 '맛이 시다'는 뜻의 미각(味覺) 표현이 원래의 뜻이었다. 그런데 오늘날 '스산하다'는 낱말은 분위기가 쓸쓸하고 황량한 것, 더 나아가 심정이 심란하고 서글픈 경우에 더 잘 쓰인다.

이와 같이 우리 조상들은 고유어와 그에 대응하는 한자를 결합하여 새로운 의미의 낱말을 만들어냈다. 이 세상에 새 낱말이 갑자기 생기는 것은 아니다. 이미 존재하는 것을 모아서 새롭게 갈고 닦는 방법으로 만드는 것이다. 그것이 곧 문화의 진면목이다. 문화란 서로 다른 두 개를 한데 모아 새로운 어울림으로 한 차원 높은 삶의 경지를 열어 가는 것이기 때문이다.

우리 조상들은 일찍이 한자를 소재로 하여 새로운 문화를 만들어 왔다. 지금 우리가 그 한자를 버린다면 우리는 문화적인 삶의 자세를 버리는 것이 된다.

'무궁화'의 내력

우리나라 글 가운데 무궁화에 대하여 언급한 가장 오래된 것은 고려시대의 문호 이규보(李奎報)의 '차운문장노박환고(次韻文長老朴還古)' – '논근화병서(論根花幷序)' 이다. 그 시는 다음과 같다.

"장노문공(長老文公) 동고자(東皐子) 박환고(朴還古)가 근화(槿花)의 이름에 대하여 논하는데 혹 이르기를 무궁(無窮)하다는 뜻이니, 이 꽃이 피고 지는 것이 무궁한 것을 일컫는 것이라 하기도 하고 또 이르기를 무궁(無宮)의 뜻이니, 이것은 군왕이 이 꽃을 사랑하여 궁(宮)이 무색함을 일컫는 것이라 하기도 하여 결정을 내리지 못하다가 백낙천(白樂天)의 시에서 운(韻)을 취하여 부(賦)한 연(聯)을 지으며 나에게도 시 짓기를 권하므로 내가 다음과 같이 화답하였다."

근화의 이름 두 가지는	槿花之二名(근화지이명)
우리 두 친구에서 비롯하나	發自吾二友(발자오이우)
각기 고집을 버리지 못해	滯一各不移(체일각불이)
좌라 우라 우겨대네	若尙左尙右(약상좌상우)
내 새로운 용기를 내어	我將試新勇(아장시신용)
그대들을 한 손으로 치리라	兩敵破一手(양적파일수)
일찍이 들었노라 옛사람도	嘗聞古之人(상문고지인)
구(韭)를 구(九)라 희롱했거늘	戲韭以爲九(희구이위구)
궁(宮)이나 궁(窮)이나 모두 장난일세	宮窮亦似戲(궁궁역사희)
맨 처음 누가 말했나	初傳自誰口(초전자수구)
내 홀로 결정하리니	予獨立可斷(여독립가단)
약주다 막걸리다 하는 것 같다네	如辨醇醨酒(여변순리주)
이 꽃은 원래 잠깐 피는 것이라	此花片時榮(차화편시영)
단 하루도 가지 않음이	尙欠一日久(상흠일일구)
허무한 인생 같다고 생각되어	人嫌似浮生(인혐사부생)
차마하니 떨어진 꽃을 보지 못하고	不忍見落後(불인견낙후)
오히려 무궁(無窮)이라 이름했으나	反以無窮名(반이무궁명)
그 어찌 무궁함이 있다 하리오	倘可無窮有(당가무궁유)

두 친구는 내 말에 놀라 二子聞之驚(이자문지경)
입 다물고 잠잠하리라 闔吻如閉牖(합문여폐유)
내 이론에 분명한 증거 있으니 我說誠有憑(아설성유빙)
그대들은 수긍하겠는가 않겠는가 問君肯之否(문군긍지부)
만일에 조정에다 내 주장 옮기면 如將移諸朝(여장이제조)
최후의 결론이라 일컬으리라 亦可言亥首(역가언해수)

이 시로 미루어 보면 '무궁화'란 낱말은 이규보의 생존 시기였던 12세기~13세기에 이미 우리나라 안에 퍼져 있었음을 알 수 있다. 그런데 8, 9백 년 전 그때에도 한자로는 근화(槿花)라 하는 나무의 꽃을 '무궁화'라 하면서 왜 그렇게 부르게 되었는지에 대해 지식인들조차 의문을 품고 있었음을 보여주고 있다.

우리는 이 의문을 풀기 위하여 다시 한번 2500여 년 전에 쓰여진 것으로 전해지는 중국 고대의 문헌 『산해경(山海經)』을 들여다보아야 하겠다.

> 군자의 나라에는 목근 나무의 꽃이 많다(군자지국다목근지화 : 君子之國多木槿之華).
>
> 군자의 나라는 북쪽에 있다(군자국재기북 : 君子國在其

北)…그 나라 사람들은 서로 양보하기를 좋아하고 다투지 않는다(기인호양부쟁 : 其人好讓不爭).

또 훈화초가 있는데 아침에 피어났다 저녁이면 시든다(유훈화초조생석사 : 有薰華草朝生夕死).

이 글의 주(注)에는 '훈(薰)'은 곧 '근(菫)'이라 하였다. 그러므로 '薰=菫=槿=木槿'이라고 추정할 수 있다. 다시 말하여 근화(槿花)를 목근화(木槿花)라고도 하였을 것인데, 이 '목근화'가 '무궁화'로 정착한 것이 아닌가 생각해 볼 수 있다.

목근(木槿) 나무가 우리나라에 일찍부터 널리 퍼져 있었다면 물론 고유의 나무 이름이 있었을 것이나 조만간 중국 문화에 깊이 물들면서 사물의 이름을 중국식으로 부르는 것이 유행하였을 수 있다. 그때 이 낱말은 '무끈'과 비슷한 발음으로 불리어졌을 것이요, 그것은 어느 틈엔가 '무궁'으로 발음되기에 이르렀을 것이다.

중국어에서 입성자(入聲字)에 속하는 '木(목)'이 음절말 끝소리 'ㄱ'을 상실하고 '무'로 발음된 것은 상당히 이른 시기까지 소급한다.

그리고 그 '무궁'에는 다시 한자를 붙이려는 노력이 따르게 되어 '무궁(無窮)' 이란 표현이 나타나게 된 것이라고 볼 수는 없는 것일까?

무궁화에 대한 우리나라의 기록은 이규보의 글 다음으로는 한참을 뜸하다가 16세기의 문헌에 연이어 나타난다.

『사성통해(四聲通解)』(A. D. 1517)에는 "槿櫬也今俗呼木槿花 無窮花"라고 적혔고, 『훈몽자회(訓蒙字會)』(A. D. 1527)에는 "槿 無窮花根俗呼 木槿花"라고 있으며, 『운회옥편(韻會玉篇)』(A. D. 1536)에는 "槿 無窮花根"이라고 하여 한결같이 한자로 '無窮花' 라는 표기가 나타나 있다.

그러므로 그 이후의 문헌에 '무궁화' 라는 표기가 나타나는 것은 두말할 필요도 없는 것이다.

그리하여 '무궁화' 는 우리나라의 나라꽃으로 지정되어 사랑을 받으면서 일찍이 한자부회(漢字附會)로 얻은 영원 상징의 '無窮花' 로 완벽하게 자리를 잡게 되었다.

이 '무궁화' 라는 낱말이 전라도 완도(莞島)와 구례(求禮)에서는 '무우게' 로 불리어지고 또 일부 지역에서는 '무게' 라고도 불리어진다는 것을 덧붙인다. 아마도 이러한 낱말은 모두 '무궁화' 로부터 또다시 변화를 입은 이형태(異形態)일 것이다.

'짱꼴라'의 조자鳥子 · 팔자八子

1940년대 초반, 동네 꼬마들은 중국 사람이 경영하는 채마밭을 지나가면서 그 중국 사람의 집을 향하여 '짱꼴라, 짱골라'를 연호(連呼)하며 도망을 치곤하였다. '짱꼴라' 또는 '짱꼴래'라고도 하였는데, 중국 사람을 얕잡아 보고 놀리는 말이었다. 아마도 청일전쟁(淸日戰爭) 이래 승승장구(乘勝長驅)하던 일본 사람들이 중국 사람을 업신여기는 투로 부르던 말이 우리나라 사람에게도 전해진 것이리라. 나는 어린 시절에 이 '짱꼴라'가 '중국인(中國人)'이라는 말의 중국 발음 '쭝궈런'의 변음이라는 사실을 알 턱이 없었다. 그러나 동네 꼬마들과 어울려 '짱꼴라'를 외치며 중국 사람 채마밭을 통과하고 나면 어쩐지 마음이 개운치 않고 씁쓸하였다. 이유 없이 남을 얕잡아 보고 놀린다는 것이 부당하다고 느껴졌던 모양이다.

세월이 흘러 동양 문화에 대한 이해가 조금씩 깊어지면서 우리가 중국 문화로부터 진 빚이 너무나 크다는 사실을 알게 되었다. 그리고 어린 시절에 철없이 중국 사람들을 '짱꼴라' 라고 놀렸다는 사실이 새로운 부끄러움으로 다가왔다. 그 짱꼴라로부터 우리가 얼마나 많은 것을 배웠던가? 또 그들의 말은 얼마나 많이 들여다 썼었던가?

오늘날, 한자어라고 하는 것이 모두 중국 사람들의 것은 아니지만 한자어 가운데 상당 부분이 중국 고전(古典)에서 유래한 것이고, 또 더러는 중국말과 함께 들어와 우리말로 굳은 것들이다. 그 가운데에는 길게 잡아야 300년 안팎으로 추정되는 근세 중국어에 기원(起源)을 둔 낱말들이 있다. 어떤 것은 한국 한자음으로 바뀐 한자어의 모습으로, 또 어떤 것은 중국말일 것이라고는 상상도 할 수 없는 형태의 낱말로 국어 어휘 속에 들어와 있다. 『역어유해(譯語類解)』라는 책에서 몇 예를 골라 보기로 하자. 『역어유해(譯語類解)』는 숙종(肅宗) 16년(A.D. 1690)에 사역원(司譯院)에서 간행한 중국어 학습서인데, 중국어와 우리말의 대역어휘집(對譯語彙

集)이다.

早飯(조반 : 아침밥)

熟肉(수육 : 삶은 고기)

豆腐(두부 : 두부)

半熟(반숙 : 반만 익힌 것)

沙果(사과 : 사과)

요즈음은 아침밥을 '조반' 이라 하는 사람이 많지 않고 또 있다고 하여도 '朝飯(조반)' 으로 알고 있을 것이다. 현행 국어사전에 '조반(早飯)' 과 '조반(朝飯)' 이 구분되어 있으나 그것은 원래 같은 것으로 보아야 할 것이다. '熟肉' 은 물론 중국어로 발음하면 '수우' 가 될 것이나, 그 낱말이 정착하면서 '熟' 은 중국 음으로 읽고, '肉' 은 한국 한자음으로 읽은 결과가 되었다. '수육' 이란 낱말이 정착하기 전에는 '삶은 고기' 라는 말을 썼을 것이다. '豆腐' 를 중국 음에 따르면 '투부/또우후' 가 되었을 것이지만 한국 한자음을 따라 '두부' 가 되었다. '두부' 가 중국어에 근원을 두고 있다니 자존심이 상하는 분이 있을 것이다. 두부 제조법이 한국의 고유한 것인 양 잘못 배우고 가르쳤기 때문일 것이다. '半熟' 도 중국 음으로 발음하면 '반수'가 되어야 할 것이지만 한국 한자음으로 굳었다. '사과'가 중국말이라니 이것도 또한 놀라운 일이다. 그러나 사실이 그러한 걸 어찌하랴. 중국에서 '사과'를 가리키는 말이 두 개가 있었다. 하나는 '사과(沙果)'요, 또 하나는 '빈과(蘋果)'인데 중국 사람들은 '사과'를 한국 사람에게 양보하고 지금 자기네들은 '핀궈'라 발음하는 '蘋果'를 사용하고 있다. '사과'가 우리나라에 처음 들어온 것은 효종(孝宗)대왕 시절이라고 한다. 1655년 인평(麟坪)대군이 연경(燕京)에 사신으로 갔다가, 사과나무를 수레에 싣고 돌아왔는데 효종대왕이 승하한 다음 해인 1660년에야 열매를 맺기 시작했다는 기록이 전하고 있다. 그러니 '사과'라는 말이 우리나라에 쓰인 것은 길게 잡아도 350년이 되지 않는다. 세종대왕은 말할 것도 없고 선조대왕 · 효종대왕도 사과를 잡수어 보지 못한 임금이셨다.

饅頭(만두 : 만두/상화)

餠餖(빙자 : 빈대떡)

蘿菖(라박 : 무/나박)

灸灸(지지 : 굽다/지지다)

'만두(饅頭)' 는 일찍이 고려시대에 '상화' 라고 불렀던 중국 전래의 소 넣은 빵이다. "쌍화점(雙花店)" 이라는 고려가요는 '상화' 의 역사가 무척 오래되었음을 알려준다. 그런데 언제부터인가 '상화' 라는 낱말은 사라지기 시작하였고 요즈음은 그것을 '만두' 라 부르게 되었다. 그 '만두' 가 『역어유해(譯語類解)』에 실려 있다. 그러면 오늘날 중국 사람들은 '만두' 를 무엇이라 부르는가? 그들은 '만두' 를 우리나라에 넘겨주고 자기네들은 '먼투' 대신에 '파오즈(包子)' 를 쓰고 있다. '빙자(餠䊗)' 는 지금부터 50여 년 전에 방종현(方鍾鉉) 선생께서 오늘날 '빈대떡' 의 본딧말임을 밝힌 바 있다. 그때 '빈대떡' 이 '빙자떡' 의 변음(變音)이라는 사실을 우리나라 사람들은 처음으로 알게 되었었다. 언어의 교류(交流)와 문화의 교류를 그 무렵 우리나라 사람들은 어렴풋이나마 구체적으로 깨닫기 시작했었다. '蘿蔔' 은 무〔大根〕를 가리키는 중국어로서 중국 음으로는 '로부' 라고 해야 한다. '로부' 라는 형태는 우리나라 낱말에 존재하지 않는다. 그러나 '나박김치' 라는 낱말의 형태로 우리말 속에 '라박(蘿蔔)' 이 살아 있다. '나박김치' 가 사전에 어떻게 풀이되어 있는가를 보자.

나박김치 : 명 김치의 한 가지. 무를 얄팍하고 네모지게 썰어 절인 다음, 고추, 파, 마늘, 미나리 따위를 넣고 국물을 부어 담근 물김치. 蘿葍菹(나복저).

'지지(炙炙)' 라는 낱말은 근세 중국어에서 '굽다' 라는 뜻의 동사(動詞)이다. 그런데 그것이 그대로 우리말 '지지다' 의 동사 어간으로 행세하게 되었다. '지지다, 볶다' 등, 불에 음식을 익히는 방법의 하나로 쓰인다. '지지다' 와 '굽다' 는 원래 같은 뜻의 말이었는데 '지지다' 가 우리말로 정착하면서 의미 분화가 일어난 것이라고 할 수 있다.

人中(인중 : 코 아래)

鬚髯(수염 : 수염/쉠)

長指(장지 : 장지)

無名指(무명지 : 무명지)

'인중(人中)' 은 얼굴 관상을 볼 때에 코 밑에서 윗입술까지의 골이 진 부분을 가리킨다. '인중이 길면 수명이 길다' 는 속설이 전해 오거니와 우리나라 저명인사로 인중이 긴 분은 김수환(金壽煥) 추기경일 듯싶다. '수염' 을 모르는 사람은 없을 것이다. '수염'을 짧게 줄여서 '쉠'이라고도 한다. 그러면서 이 낱말이 순수한 고유어인 줄 아는 사람이 의외로 많이 있다. 그러나 이 낱말은 한자말이다. 조금 더 정확하게 말하면 중국말이다. '鬚(슈)'는 '입아랫나룻'이고, '髥(염)'은 '턱옛나룻'이며, 코 밑에 나는 나룻은 '입웃나룻'이라 하여 '髭(즈)'라고 하였다. 이 세 개의 한자, '髭(즈), 鬚(슈), 髥(염)' 가운데 두 개가 우리말에 수입되어 '수염'이란 낱말로 쓰이게 되었다. 손가락의 이름은 모두 다섯 개다. 손가락이 다섯 개이니 그 이름도 다섯 개가 되었다. 그런데 '엄(지), 검(지), 애끼(지)'의 셋은 순수한 우리말이 들어 있지만 셋째 손가락과 넷째 손가락 명칭은 유감스럽게도 중국어에 기원을 두고 있다. '장지(長指)'는 중국말로 '창즈'이고 '무명지(無名指)'는 중국말로 '우밍즈'라고 한다. 이런 낱말이 중국말로 수입되지 않고 한자어로 수입되어 한국 한자음으로 '장지'와 '무명지'로 정착하였다.

大便(대변 : 대변)

小便(소변 : 소변)

鳥子(조자 : 자지〔男根〕)

八子(팔자 : 보지〔女陰〕)

대변, 소변이 중국말이라고 한다면, 정말 한국 사람들은 자존심이 상할 것이다. 그러나 이것 역시 사실이 그런 걸 어찌하랴. '大便' 은 중국말로는 '다변' 이요, 우리말로는 '큰 뭏' 이었다. '小便' 은 중국말로는 '샤오변' 이요, 우리말로는 '져근뭏' 이었다. '뭏' 은 현대국어에서 '똥/오줌 마렵다' 에서 '마렵다' 의 기원이 되는 말이다.

대변, 소변에까지 이야기가 전개되었으니 내친김에 조금 쑥스러운 낱말에 대해서도 이야기를 해야 하겠다. 원래 근세 중국어로 남녀의 성기(性器)를 가리키는 낱말에 '기바(髻髭)' 와 '비쥬(屄屦)' 라는 것이 사용되었다. 그런데 이런 낱말을 직접 입에 담는 것이 점잖지 않다는 느낌 때문이었는지 완곡한 표현의 낱말이 개발되었다. 양물(陽物)에 대하여는 '鳥子(냐오즈)' 라 하였고 음문(陰門)에 대하여는 '八子(바즈)' 라 하였다. 형태를 재미있게 묘사한 말이라 하겠다. '냐오즈' 는 '鳥' 의 다른 발음 '댜오' 에 이끌리어 '댜오즈' 라는 말로도 사용되었다. 그런데 우리 조상들이 이 낱말 '댜오즈' 와 '바즈' 를 한국식으로 변음 시켜 '자지' 와 '보지' 로 말하면서 오늘에 이르렀다. 오늘날 이런 낱말을 입에 올려야 할 경우에 영어 낱말을 차용(借用)하는 사람을 만나는 수가 있다. 300년 전에도 우리 조상들은 이 외국어 낱말로 쑥스러움을 피하려고 한 것은 아닐까? 어쨌거나 '鳥子'와 '八子'에 기원을 둔 그 낱말 두 개는 분명 고유한 우리말이 아니었다. 그것은 말하자면 '짱꼴라'의 낱말이었다.

불교에서 유래한 낱말들

우리나라에 불교가 들어온 때는 언제일까? 고구려 소수림왕 2년(A.D. 372)에 전진(前秦)의 스님 순도(順道)가 불상과 경문을 가져왔다고 하는 사실에 의한다면 일천육백여 년 전의 일이요, 신라 눌지왕 시절(A.D. 417 ~ A.D. 457) 고구려를 거쳐 온 스님 아도(阿道)에 의하여 불교가 전파된 것을 기점으로 삼는다면 일천오백오십여 년 전쯤의 일이 될 것이다. 어림잡아 일천오백 년 전부터 우리 조상들은 부처님을 알았을 것이요, 그분의 가르침을 새로운 외래 사상으로 받아들이기 시작했을 것이다.

그 외래 사상은 당연히 새로운 개념의 새로운 낱말을 가지고 있었다. 오늘의 시점에서 보면 너무도 일상적인 낱말이어서 그것이 불교와 관련이 있었으리라는 생각을 하는 것이 쑥스러운 일인지도 모른다. 그러나 불교 사상을 나타내기 위한 불교 용어들은 그것이 수입될 당시에는 신선하고 신기한 새로운 낱말이 아니었을까? 이제 그런 낱말에 어떤 것이 있는지를 살펴보기로 한다.

• **人間**(인간) : 이 낱말은 오늘날 '사람' 을 뜻하는 한자어 구실을 하지만 '사람이 사는 곳' 을 가리키는 불교 용어였다. '마누샤-로카(manusya-loka)' 를 번역한 것인데 '마누샤' 는 '사람' 이요, '로카' 는 '세상' 이라는 뜻의 말이다. 그러므로 '마누샤-로카' 는 '사람 사는 세상' , 곧 '속세' 를 의미하는 것이었다. 고산(孤山) 윤선도(尹善道)의 "어부사시사(漁父四時詞)" 에는 다음과 같은 구절이 있다.

간밤의 눈 갠 後에 景物이 달랏고야
압희는 萬頃琉璃 뒤희는 千疊玉山
仙界ㄴ가 佛界ㄴ가 人間이 아니로다

이 시조에 나오는 '人間' 을 '사람' 으로 해석할 수 없다.

그러면 '인간' 이 언제부터 속세가 아닌 '사람' 을 뜻하게 되었을까? 문헌 자료의 정확한 증거가 있어야 하겠지만 '人間' 이 '사람' 만을 뜻한 역사는 아마도 일백 년 안팎에 머무를 것이다.

• **無常**(무상) : 이 낱말은 '인생무상(人生無常)' 이란 표현으로 우리에게 너무나 친숙한 낱말이다. 영원을 추구하고 희망하는 사람들로서는 야속하고 서글픈 낱말이 아닐 수 없다. 산스크리트어의 아니탸(anitya)를 번역한 말이다. '아(a-)' 는 '아니[非]' 라는 부정 표현의 접두사이고, '니탸(nitya)' 는 '영원(永遠)' 을 가리키는 말이다. 그러므로 '아니탸' 는 '영원하지 않은 것', '일시적인 것' 을 뜻한다. '常' 은 '언제나 그러함' 을 뜻하는 것이요 곧 영원을 나타내는 불교 용어다.

• **緣起**(연기) : 이 낱말은 불교 사상을 구성하는 낱말 가운데 가장 핵심적인 것이라 해도 지나친 말이 아니다. 세상 만물의 생성(生成)과 변화(變化)를 설명하는 가장 기본적인 개념이다. 프라티탸-사무트파다(pratitya-samutpada)를 번역한 것으로 '다른 것에 의존하여 생기는 것' 이라는 말이다.

요즈음 말로 다시 바꾼다면 '원인 결과' 라고 풀이할 수 있으나 꼭 들어맞는다고는 할 수 없다.

• **無我**(무아) : 이 낱말처럼 좋은 말이 또 있을까? 모든 종교적 가르침이 모두 그러하지만, 불교도 '나[我]' 를 버리고 '나' 를 뛰어넘어 '우리' 의 문제에 눈을 돌리라고 가르친다. '아나트만(anātman)' 을 번역한 말이다. '안(an-)' 은 역시 '아니[非]' 라는 뜻의 접두사이고, '아트만(ātman)' 은 '개인 중심을 철저히 벗어나는 것' 을 뜻한다. 모든 불자(佛子)는 이 무아(無我)의 경지에 이르고자 수행에 수행을 거듭하는 사람들이다.

• **業**(업) : 직업(職業)이니, 사업(事業)이니, 업무(業務)니 하는 낱말 때문에 '업(業)' 을 '일거리' 로 아는 수가 있다. 그러나 불가에서는 행위 또는 조작의 뜻으로 쓴다. 행업(行業)이라는 낱말은 업의 동작상(動作相)을 드러내는 표현이다. 이 업은 신업(身業), 어업(語業), 의업(意業)으로 나누기도 한다. 카르만(karman)이란 범어를 음역(音譯)하여 갈마(羯磨)라고 쓰기도 한다. 업을 지으면 그 결과가 있게 마련이다. 그것을

과보(果報)라고 하는데 또한 업보(業報)라고도 말한다. 이 업보를 간단히 업이라고 하는 수도 있어서 업이 행위인지 행위의 결과인지 알쏭달쏭할 때가 있다. 이런 것이 언어의 세계이기도 하다.

• **斷末摩(단말마)** : '단말마의 비명 소리' 라든가 '단말마의 고통' 이란 표현으로 매우 익숙한 낱말이 '단말마' 다. 그런데 이것은 정확하게 말하면 낱말이 아니라 어구라고 해야 옳다. 말마(末摩)는 범어 마르만(marman)을 음역한 낱말로서 요즈음 말로는 '생명의 급소(急所)' 쯤으로 풀이해야 할 것인데 사혈(死穴) · 사절(死節)로 번역하기도 한다. 사람의 몸에 생명을 지탱하는 부위가 10군데라고도 하고 100군데라고도 하는데 그것들을 말마(末摩)라 한다. 그 말마(末摩)를 끊는 것이 곧 단말마(斷末摩)다. 그러므로 말마(末摩)가 끊길 때에는 고통스런 비명이 나오게 되어 있다. 국어사전에 단말마(斷末摩)로 잘못 적혀 있다.

• **刹那(찰나)** : 이 세상에서 가장 짧은 시간의 단위로 이 '찰나' 가 쓰인다. 그러면 '찰나' 는 얼마나 짧은 시간인가? 불

가에서는 1년을 12월로 나누고, 1월은 30주야(晝夜)로 나눈다. 다시 1주야 곧 하루는 30수유(須臾)로 쪼개며 1수유는 30납박(臘縛)으로 쪼갠다. 1납박은 60단찰나(怛刹那)로 가르고 1단찰나는 120찰나(刹那)가 모인 것이다. 무후르타(muhūrta)를 수유라 한 것이고 라바(lava)를 납박이라 하였고, 타트크사나(tatksana)를 단찰나라 하였다. 찰나는 크사나(ksana)의 소리 옮긴 말이건만 우리 한자음으로 읽으니 '찰나'가 되었다. 1수유가 48분이요, 1납박이 96초요, 1단찰나가 1.6초가 된다. 그리고 1찰나는 0.013초에 불과한 정말로 짧은 시간이다.

• 裟婆(사바) : '사바세상'이라는 말로 자주 쓰인다. 범어 사하(sāha)를 음역(音譯)하여 '裟婆'라 한 것인데 우리말로는 '사바'가 되었다. 이 세상을 사는 사람들이 살고 있는 곳으로 '참아야 할 땅' 또는 '견뎌내야 할 세상'이라는 의미를 지닌 말이다. 그러므로 '사바세상'이라고 말할 때에는 '고통의 바다'라고 일컫는 이 세상을 참고 견뎌야 하겠다는 수행의 결의를 이미 감추고 있는 것이다.

'-치다'가 붙는 낱말

우리말에는 '하다' 처럼 여러 가시 동작을 포괄적으로 나타내는 동사가 여러 개 있다. 그중에는 '치다' 도 들어 있다. '천둥치다, 눈보라치다, 물결치다' 같은 것은 '세차게 일어나다〔起〕' 의 뜻을 갖는 자동사이고, '공을 치다, 손뼉을 치다, 딱지를 치다, 못을 치다' 같은 것은 '때리다〔擊〕' 의 뜻을 갖는 타동사이다.

그런가 하면 '난(蘭)을 치다, 줄을 치다, 사군자(四君子)를 치다' 에서는 '그리다〔劃〕' 의 뜻이고, '기름을 치다, 소금을 치다, 간장을 치다' 에서는 '붓다〔注〕' 의 뜻이고, '금줄을 치다, 담을 치다, 붕대를 치다' 에서는 '두르다〔帶〕' 의 뜻이며, '돼지를 치다, 새끼를 치다' 의 경우에는 '기르다〔養〕' 를 나타내고 있다.

이처럼 여러 가지 뜻을 갖는 '치다' 는 그 앞에 오는 말과 어울려 독특한 의미를 나타나게 되는데, 세월이 흐름에 따라 원래의 의미가 무엇인지 모르게 되고 비유의 뜻으로만 사용하게 되면 결과적으로 의미의 변화가 일어나기 때문에, 그 낱말이 애초에 어떤 경위로 만들어졌는지를 모르게 된다. 다음에 그러한 낱말 몇 개를 살펴보기로 하자.

• **黥(경)치다** : 이 낱말은 옛날의 형벌 제도에서 유래한 것으로 묵형(墨刑)을 가리키던 낱말이다. 즉 옛날에는 큰 죄를 지으면 평생토록 그 죄를 세상에 알리며 부끄럽게 살라는 취지에서 죄명을 이마에 먹물로 새겨 넣었었다. 쉽게 말하면, 이마에 먹물 문신(文身)을 새겨 넣는 자자(刺字)의 형벌을 경(黥)이라 하였다. '이마에 경을 그려 넣는다' 는 말을 간단히 줄여서 '경을 치다' , '경치다' 로 표현하였다. 세월이 흘러 먹물로 죄명을 이마에 새겨 넣지는 않더라도 포도청(捕盜廳)에 끌려가 호된 벌을 받으면 그것을 '경을 쳤다' 고 비유로 표현하였고, 그 말이 굳어져서 호된 꾸지람이나 심한 고통을 받는 것을 '경치다' 로 말하게 되었다. 흔히 "못된 짓을

하면 경칠라, 조심해라."와 같은 문맥에서 쓰인다.

경자(黥刺)에서 자묵(刺墨)도 있고 자청(刺靑)도 있었다. '경을 칠 놈'이란 말은 얼마나 무서운 욕설이었던가! 그러나 지금은 약간의 꾸지람을 듣는 정도로 생각하게 되었다.

• **足(족)치다** : 요즈음에는 거의 사라져 버린 풍습이 되었지만 일이십 년 전만 해도 결혼식을 끝내면 신랑을 거꾸로 매달아 놓고 발바닥〔足掌〕을 몽둥이로 때리는 일종의 통과의례(通過儀禮) 같은 것을 하였다. 물론 도회지에서는 볼 수 없었고 시골 마을에서 벌어지던 풍경이었는데, 이때에 발바닥 때리는 것을 '족을 친다' 하였고 줄여서 '족친다' 고도 하였다. '족치다' 의 사전 풀이를 보면 '볶아치다, 쭈그러들게 하다, 작게 줄이다' 의 뜻만 있으나 '발바닥 때리기' 도 있어야 할 것이다. 신랑을 족쳐서 신부에게 노래도 시키고 돈도 우려내어 신랑 친구들이 축하 모임을 갖기도 하였다. 그러나 강제로 빼앗기 위한 풍습이었으므로 '족치는' 행위는 역사의 뒤안길로 사라지는 것이 당연하다 하겠다.

• **죽치다** : '죽치고 앉아 있다', '죽치고 기다렸다' 같은

어구의 형태로 쓰인다. 시간을 축내며 기다리는 자세를 일컫는 말인데 '죽'이 과연 무엇일까 궁금하다. 만일에 '치다'가 '陣 치다, 天幕 치다, 텐트 치다'와 같은 배설(配設)의 뜻을 갖는 동사라면 '죽'은 '죽지' 곧 '날갯죽지'에 해당되는 낱말의 줄임 형태로 볼 수 있다. 즉 '죽지를 치다(내려앉아 시간을 보내다)'의 형태가 '죽치다'로 변한 것 아닌가 하는 가정을 하게 된다.

몽고에서 유래한 날말들

세월이 약이라는 말이 있다. 오랜 세월이 흐르고 나면 고통스럽고 힘들었던 일도 추억 속에 오히려 아름다운 미련으로 남을 수도 있고, 또 웬만한 것은 잊혀져 버리기 때문에 생긴 말이다.

언어의 경우는 어떠한가? 한 나라가 다른 나라의 정치적 영향을 크게 받았을 때, 영향을 준 나라의 말은 영향을 받은 나라에 상처처럼 박혀 있게 된다. 그 상처는 오래되어 아물어 버렸으나 그 아물어 버린 흔적은 본래 그 자리에 있었던 것처럼 새로운 무늬를 형성하며 그 나라의 말속에 파묻혀 있게 마련이다.

우리나라 역사는 1269년(고려 원종 9년)부터 1369년(고려 공민왕 18년)까지 정확하게 일백 년간 원(元)나라 몽고의 정치적 압제에 시달렸었다. 지금부터 730여 년 전에서 630여 년 전의 사건이라 오늘날의 우리들은 특별한 감회를 아니 가질 수 있겠지만 가만히 생각해 보면 수치스러운 역사의 한 도막임에 틀림없다. 그러면 그 일백 년의 세월 동안 몽고말은 고려 사회에 얼마나 많이 침투하였을까? 오늘날 우리 사회에 널리 퍼져 쓰이고 있는 일본말의 남은 모습이나 영어의 넘쳐나는 모습을 생각해 보면 700년 전의 고려 사회에 몽고말이 얼마나 신유행어로 힘을 떨쳤을까는 짐작하기에 어렵지 않을 것이다.

그러나 지금까지 남아 있는 몽고어는 그리 많지 않다. 문헌 자료를 통하여 수습해 볼 수 있는 어휘는 모두 일백 개 남짓하고 그중에 오늘날까지 생명을 부지하고 있는 것은 그 반에도 이르지 않는다. 더구나 700여 년 동안의 세월의 변화는 그 남아 있는 낱말들도 별로 쓰이지 않게 되었다. 그렇지만 이런 것들도 생각하기에 따라서는 고귀한 우리의 언어 자산이다. 이제 그 낱말들을 몇 개 살펴보기로 하자.

• 고도리 : 고두리살

표준국어대사전에 보면 '고두리살' 은 '작은 새를 잡는 데 쓰는 화살. 철사나 대 따위로 고리처럼 테를 만들어 살촉 대신으로 살 끝에 끼운 것' 이라고 풀이되어 있다. 그리고 '고도리' 에는 '고두리살의 옛말' 이라고 되어 있다. 이 '고도리' 가 몽고말이다. 『훈몽자회(訓蒙字會)』에는 '고도리 박(髆), 울 고도리 효(髇), 뼈 고도리 박(骲)' 이 있다.

• 고달개 : 고들개

표준어국어대사전 '고들개' 항목에 두 개의 뜻풀이가 있다. 하나는 '마소의 가슴걸이에 다는 방울' 이고, 또 다른 하나는 '말 굴레의 턱밑으로 돌아가는 가죽. 흔히 방울을 단다.' 라고 되어 있다. '고들개' 와 '방울' 은 원래 서로 다른 물건이지만 항상 함께 붙어 있게 되자 같은 물건으로 취급하게 되었다. 즉 '고들개' 는 『훈몽자회(訓蒙字會)』에 적힌 '고돌개' 인데, 이것은 '鞧' 또는 '鞦皮' 의 뜻으로 몽고말 '후둘가(gudulqa, gudurqa)' 에서 온 것이다. 요즈음 말로는 '밀치 끈' 또는 '껑거리 끈' 이라고 한다.

'껑거리' 는 '길마를 얹을 때 마소의 궁둥이에 대는 막대기' 이다. 요즈음 옥편에는 '껑거리 緧(추)' 가 실려 있다. '밀치' 를 사전에 찾아보면 '말 · 당나귀의 안장이나 소의 길마에 걸고 꼬리 밑에 거는 좁다란 나무 막대기' 라는 풀이를 볼 수 있다.

결국 '고달개' 는 현대어 '껑거리 끈' 으로 바뀌었고, 그 '고달개' 라는 낱말은 원래 몽고말이었음을 알 수 있다.

• 더그레 : 더그레

이 낱말은 형태가 바뀌지 않은 채 오늘날까지 쓰이고 있다. 요즈음 텔레비전 사극을 보면 높은 벼슬아치가 행차할 때에 "아무개 나으리 행차요!" 소리를 치는 갈도(喝道)들의 모습이 보인다. 그들은 두 갈래 앞자락과 한 갈래 뒷자락이 너풀거리는 세 자락 웃옷을 입었다. 이 웃옷의 이름이 다름 아닌 '더그레' 다. 원래 몽고말로는 '더걸러이(degelei)' 였고 군졸들이 입는 짧은 털옷이었으나, 그 말이 우리나라에 들어와 '더그레' 라 하게 되었고 '조선시대에 각 영문(營門)의 군사, 마상재(馬上才)꾼, 의금부(義禁府)의 나장(羅將), 사간원(司諫院)의 갈도(喝道)들이 입는 세 자락 웃옷' 을 통칭하게 되었다. 호의(號衣)라고도 했고 소속에 따라 옷 빛깔이 달랐다.

• 바오달 : 군영(軍營), 군막(軍幕), 야영(野營)

『훈몽자회(訓蒙字會)』에 '바오달 營(영)' 이라 적혀 있는데, 이 '바오달' 이 몽고말 '바구달(bagudal)' 에 기원을 둔 낱말이다. '바구달' 은 '말에서 내려 머물러 쉬는 곳' 을 이르는 말이다. 흔히 '바오달 치다〔下營〕' 와 같은 표현에 쓰이었다. 군대가 야영(野營)하는 군막(軍幕)을 가리키는 것이지만, 요즈음 말로 캠프(camp)에 대응하는 말이라고 생각된다. '캠프' 대신 살려 쓰면 어떨까 싶다.

• 바톨 : 용사(勇士)

이 낱말은 용비어천가에 '아기바톨(阿其拔都)' 이라는 형태로 적혀 있다. 조선왕조 초기에 '바톨' 이란 낱말이 사용되었다는 증거라 하겠다. "阿其는 우리나라 말로 어린아이를 가리키고, 拔都 또는 拔突은 몽고말인데 용감하여 대적할 자가 없는 장수를 가리키는 말이다."라는 풀이말이 '阿其拔都' 에 뒤미처 적혀 있다.

이 '바톨' 이라는 낱말도 '용사' 대신에 살려 쓰면 어떨까 싶다. 가령 '어린이 용사 훈련 캠프' 같은 말을 '어린이 바톨 훈련 바오달' 쯤으로 멋을 부릴 수는 없을까? 영어 외래어가 판을 치는 세상이니 700년 전의 몽고 외래어를 살려 쓴다 해서 나쁜 것은 없지 않은가?

• 사오리 : 사오리, 등상(凳床)

『훈몽자회(訓蒙字會)』에 '사오리 凳(등)' 이라 되어 있는데, 이 '사오리' 는 '앉는다' 는 뜻의 몽고말 '사구(sagu-)' 에 명사를 만드는 접미사 '-ri' 가 붙은 것으로 'saguri' 가 우리말 '사오리' 로 정착하였음을 보여준다. '등(凳)' 또는 '등(蹬)' 은 말을 탈 때 발돋움으로도 쓰고, 걸상으로도 쓰는 나무로 만든 기구를 가리킨다.

• 오뇌 : 오늬

활쏘기를 하는 사람들은 '오늬' 를 모르는 사람이 없다. '오늬' 는 '화살의 머리를 활시위에 끼도록 에어 낸 부분' 을 가리킨다. 오늬를 활시위에 끼고 활을 당겨야 화살이 시위를 떠나 과녁을 향해 날아갈 수가 있다. 이 '오늬' 란 낱말은 『훈몽자회(訓蒙字會)』에 '활오늬 구(彄)' 로 적혔는데, 이 '오늬' 는 몽고어 '호노(hono)' 가 들어와 정착한 낱말이다.

우리말 사전에는 '오늬 목(木)', '오늬무늬' 등의 낱말도 실려 있다.

• 오랑 : 오랑

표준국어대사전에 '오랑'은 '뱃대끈'의 제주 방언이라 되어 있고, '뱃대끈'을 찾아가 보면 〔① 여자의 치마나 바지 허리 위에 매는 끈. ② 마소의 안장이나 길마를 얹을 때에 배에 걸쳐서 졸라매는 줄. 마앙(馬鞅)〕의 두 가지가 실려 있다. 원래는 마앙(馬鞅)의 뜻으로만 쓰이던 뱃대끈을 '오랑'이라 하였는데, 이것이 몽고말 'orang'에서 온 것이다. 이 몽고말이 제주도에서는 여자의 치마나 바지의 허리끈으로 둔갑하여 오늘날에도 쓰이고 있다니 참으로 흥미롭기 그지없다.

시새움·용솟음·억누름

낱말은 세월 따라 형태도 변하고 뜻도 바뀐다. 그러나 그 변화를 이끌어 가는 주인공은 역시 그 낱말을 사용하는 사람이요, 사람들의 의식이다. 같은 뜻의 낱말이라도 의미를 더 강화하고 싶다든지, 미묘한 감정을 좀 더 핍진(逼眞)하게 표현하고 싶을 때, 낱말의 변개를 생각하게 되어 새로운 낱말이 만들어지기도 하고 새로운 뜻이 덧붙게 되기도 한다.

그러면 낱말의 변개는 무엇으로 하는가? 그것은 음운 차원의 것일 수도 있고, 형태 차원의 것일 수도 있다. 음운 차원의 것일 때에는 모음조화에 의한 모음의 교체, 활음조(滑音調)를 위한 유성자음(有聲子音)의 첨가 같은 것이 있을 수 있고, 형태 차원의 것일 때에는 접사의 첨가, 반복복합 같은 방법이 쓰일 수 있다. 그중에서도 우리 조상들이 즐겨 사용했던 방법의 하나는 동일한 의미의 한자를 첨가하여 겉보기에는 접두사를 얹은 것처럼 보이지만 의미상으로는 반복복합어(反復複合語)의 성격을 갖게 하는 새 낱말 만들기이다.

이제 그러한 낱말에 어떤 것이 있었는지 몇 개의 예를 살펴보기로 하자. 우선 시조 한 수를 감상하기로 한다.

가마귀 빠호는 골에 白鷺ㅣ야 가지 마라
셩낸 가마귀 흰빗출 새올새라
淸江에 잇것 시슨 몸을 더러일가 ᄒᆞ노라

이 시조의 작자를 두고 여러 가지 설이 있으나 흔히 고려 말의 충신 정몽주(鄭夢周)가 시류에 휩쓸릴 것을 경계한 정몽주 모친의 작이라는 통설을 받아들이기로 하자. 그 모친의 뜻에 따라 정몽주는 역성혁명(易姓革命)을 일으킨 이씨 왕조에 협력하지 않고 끝내 순절했다는 선죽교의 고사가 너무나 아름답기 때문이다. 그러나 우리의 관심은 이 시조에 나온 귀한 낱말 '새오다' 에 있다. '새오다' 동사는 '시기하다, 질투하다' 의 뜻의 낱말인데, 17세기 내지 18세기까지 쓰이다가 사라진 낱말이다. 이 낱말은 이미 15세기에 명사형 '새옴'에 '-ᄒᆞ다'를 덧붙여 '새옴ᄒᆞ다'로 쓰이고 있었다. 그러니까 중세국어에서는 '새오다'와 '새옴ᄒᆞ다'가 나란히 쓰이고 있었던 셈이다.

> 邪曲ᄒᆞᆫ ᄆᆞᅀᆞᄆᆞ로 聖人ㅅ涅槃法을 새오ᄂᆞ니라(月釋 2:15)
> 앗기고 貪ᄒᆞ고 새옴ᄒᆞ고(月釋 10:86)

이 낱말은 근대국어 이후로 내려오면서 '샘하다, 샘나다, 샘내다'로 바뀌어 현대국어에 이르게 된다. 그런데 언제부터인지 이 낱말은 첫머리에 '시-'를 덧붙여 '시샘하다, 시새우다, 시새움하다'로 쓰이기 시작하였다. 여기에 이르러 우리는 덧붙은 '시-'가 어디에서 왔는가를 생각하지 않을 수 없다. '시-'는 어디에서 왔을까? 허나 그렇게 오래 고민할 필요는 없다. '새오다, 새옴ᄒᆞ다'의 한자어에 '猜忌ᄒᆞ다'가 있었고, 거기에 들어있는 '猜'가 바로 '새암할 猜'자이기 때문이다. 그러니까 '샘하다, 새암하다, 새움하다'에 무언가 좀 더 분명한 미움〔憎惡〕의 이미지를 덧붙이기 위하여 한자 '猜'를 접두사처럼 덧붙여서 '시샘하다, 시새움하다'

를 만든 것이다.

우리 조상들의 어휘 증식 방법이 얼마나 기발하고 신통한 것이었는가? 그렇다면 이러한 방법으로 새 낱말을 만든 것이 어찌 '새오다 – 샘하다 – 시샘하다' 하나에 그치겠는가? 찾아보면 더 있지 않을까? 당장에 두 개만 지적하기로 한다.

'솟다' 라는 낱말은 어떤 사물이 아래에서 위로 올라오는 동작을 가리키는데 그 단독으로 쓰이기보다는 '솟아나다, 솟아오르다, 솟치다, 솟구치다' 등의 변형으로 더 잘 쓰인다. 그것은 또 '치솟다, 용솟음치다' 의 형태를 취하기도 한다. 이때에 '용솟음치다' 에 우리의 눈길이 머문다. '용' 은 무엇일까? 만일에 '솟다' 의 뜻을 가진 한자에 '용' 자가 있다면 그것은 '샘하다 – 시샘하다' 와 같은 수법이 아닐 것인가? 이렇게 생각하고 나면 '涌' 자가 문득 머리에 떠오르게 된다. 그렇다. '용솟음치다' 에서 '용' 은 두말할 것도 없이 '솟을 涌' 자 이외에는 다른 것이 있을 수 없다.

이와 같은 낱말이 또 없을까? 고개를 갸웃거리는 동안에 우리의 생각을 짓누르는 낱말이 있다. '누르다' 라는 낱말이다. 이 낱말도 언제부터인지 '억누르다' 라는 낱말과 나란히 쓰인다. 그렇다면 '억-' 은 무엇인가? 이제는 즉시 '누를

억' 자가 있는가를 생각하기만 하면 된다. 그 생각과 함께 '抑' 자가 금방 나타날 터이니까.

이렇게 하여 우리는 '샘하다 – 시(猜)샘하다', '솟음치다 – 용(涌)솟음치다', '누르다 – 억(抑)누르다' 세 쌍의 낱말을 찾아내었다.

| 명문동양문고 ⑩ |

심재기 교수 산문선[3]

한국인의 언어 문자

초판 인쇄 2019년 1월 25일
초판 발행 2019년 1월 30일

지은이 | 심재기
발행자 | 김동구
디자인 | 이명숙·양철민
발행처 | 명문당(1923. 10. 1 창립)
주 소 | 서울시 종로구 윤보선길 61(안국동)
우체국 010579-01-000682
전 화 | 02)733-3039, 734-4798(영), 733-4748(편)
팩 스 | 02)734-9209
Homepage | www.myungmundang.net
E-mail | mmdbook1@hanmail.net
등 록 | 1977. 11. 19. 제1~148호

ISBN 979-11-88020-78-2 (03810)
12,000원